ARTO PAASILINNA
Der heulende Müller

AF176978

Weitere Titel des Autors:

Über den Autor

Arto Paasilinna (*1942 –†2018) wurde im lappländischen Kittilä. Er war einer der populärsten zeitgenössischen Schriftsteller Finnlands. Seine Schilderungen finnischer Männer und deren unverwüstlicher Einstellung zum Leben haben einen festen Platz im Kanon der finnischen Literatur. Seine schnörkellose Sprache, seine überbordende Fantasie und sein trockener Humor haben auch weltweit viele Leser und Leserinnen gefunden.

ARTO PAASILINNA

Der heulende Müller

ROMAN

Übersetzung aus dem Finnischen von
Regine Pirschel

Lübbe

Vollständige Taschenbuchausgabe
der bei Bastei Lübbe erschienenen Hardcoverausgabe

Copyright © 1981 by Arto Paasilinna
Titel der finnischen Originalausgabe:
»Ulvova Mylläri«
Originalverlag: WSOY, Helsinki

Für die deutschsprachige Ausgabe:
Copyright © 1996 und 2023 by
Bastei Lübbe AG, Schanzenstraße 6 – 20, 51063 Köln

Vervielfältigungen dieses Werkes für das
Text- und Data-Mining bleiben vorbehalten.

Umschlaggestaltung: Kristin Pang
Umschlagmotiv: © Henrik Sorensen/getty-images
Satz: hanseatenSatz-bremen, Bremen
Gesetzt aus der Stempel Garamond
Druck und Verarbeitung: GGP Media GmbH, Pößneck

Printed in Germany
ISBN 978-3-404-19280-9

2   4   5   3   1

Sie finden uns im Internet unter:
luebbe.de
Bitte beachten Sie auch: lesejury.de

1. Teil

Die Mühle des Irren

1

Bald nach dem Krieg tauchte im Dorf ein Fremder auf, er kam vom Süden und nannte sich Gunnar Huttunen. Er meldete sich nicht beim Wasseramt zur Saisonarbeit, wie es die Wandersleute aus dem Süden gewöhnlich taten, sondern kaufte die alte Mühle an der Stromschnelle Suukoski am Kemifluss. Der Kauf wurde für unsinnig gehalten, denn die Mühle war seit den dreißiger Jahren außer Betrieb und bereits sehr verfallen.

Huttunen bezahlte die Mühle und bezog die Stube im Obergeschoss. Die Bauern des ganzen Sprengels und besonders die Mitglieder der Mühlengenossenschaft lachten Tränen über das Ereignis. Sie sagten, die Verrückten seien anscheinend nicht ausgestorben, obwohl der Krieg so viele umgebracht habe.

Im ersten Sommer setzte Huttunen die Schindelmaschine instand, die zur Mühle gehörte. Anschließend gab er eine Annonce in den *Nordnachrichten* auf, in der er anbot, Schindeln zu hobeln. So wurden fortan die Scheunendächer des Sprengels mit Schindeln aus Suukoski gedeckt. Huttunens Schindeln waren siebenmal billiger als fabrikgefertigte Teerpappe, die man ohnehin nicht immer bekam, denn die Deutschen hatten ganz Lappland niedergebrannt, und es herrschte ein furchtbarer Mangel an Baumaterial. Der Kaufmann des Kirchdorfes nahm manchmal bis zu sechs Kilo Butter, ehe er eine einzige Rolle Dachfilz herausrückte. Kaufmann Tervola verstand etwas vom Handel.

Gunnar Huttunen war fast einen Meter neunzig groß. Er hatte steifes braunes Haar und einen eckigen Schädel. Unter einer hohen, steilen Stirn lagen die Augen tief in den Höhlen. Sein Gesicht war schmal, mit starken Wangenknochen, langer Nase und großem Kinn. Er hatte zwar große Ohren, doch standen sie nicht ab, sondern lagen dicht am Kopf. Man sah daran, dass Gunnar Huttunen als Baby sorgfältig gebettet worden war. Wenn ein Knabe große Ohren hat, muss die Mutter achtgeben, dass er sich nicht allein in der Wiege umdreht, sonst hat er später als Mann Segelohren.

Von Gestalt war Gunnar Huttunen schlank und gerade. Beim Gehen nahm er anderthalbmal längere Schritte als andere Männer, im Schnee sahen seine Spuren aus wie der Laufschritt eines Mannes von normaler Größe. Sowie es schneite, hobelte Huttunen sich Skier, die so lang waren, dass sie bis zur Regentraufe eines gewöhnlichen Hauses reichten. Huttunens Skispur war breit und iA allgemeinen gerade, und da er leicht war, lief er fast immer in gleichmäßigem Takt. An den Abdrücken der Stöcke erkannte man sofort, dass Gunnar Huttunen unterwegs gewesen war.

Niemand fand heraus, woher Huttunen eigentlich kam. Die einen erzählten, er stamme aus Ilmajoki, andere meinten, er sei aus Satakunta, Laitila oder Kiikoinen nach Südlappland gekommen. Irgendjemand hatte ihn gefragt, warum er in den Norden gezogen sei. Darauf hatte der Müller erwidert, ihm sei im Süden die Mühle abgebrannt, und dabei sei auch seine Frau ums Leben gekommen. Die Versicherung habe ihm keine von beiden ersetzt.

»Sie verbrannten gleichzeitig«, hatte Gunnar Huttunen erklärt und den Frager seltsam eisig angesehen.

Nachdem er die Knochen seiner Frau aus den verkohlten Trümmern der Mühle geklaubt und auf den Friedhof gebracht habe, habe er sein nun so schauriges Mühlengrundstück und das Wassernutzungsrecht verkauft und die Gegend verlassen. Zum Glück habe er hier im Norden eine akzeptable Mühle gefunden, und wenn sie auch noch nicht in Betrieb sei, so reichten doch die Einkünfte von der Schindelmaschine, um einen alleinstehenden Mann zu ernähren.

Die Kanzlistin der Kirchengemeinde wusste jedoch zu berichten, laut Eintrag in den Kirchenbüchern sei der Müller Junggeselle. Wie kann so einem Mann die Frau verbrennen? Darüber wurde im Dorf viel gerätselt. Die Wahrheit über die Vergangenheit des Müllers fand jedoch niemand heraus, und schließlich verloren die Leute das Interesse daran. Sie sagten sich, dort im Süden seien schließlich auch früher Weiber verbrannt oder verbrannt worden, und trotzdem seien immer noch genug davon vorhanden.

In Gunnar Huttunens Leben gab es hin und wieder lange Phasen der Depression. Dann unterbrach er plötzlich ohne ersichtlichen Grund die Arbeit und starrte in die Ferne. Seine dunklen Augen glommen qualvoll in den Höhlen, sein Blick war stechend scharf und gleichzeitig traurig. Sah er dem Gesprächspartner in die Augen, dann brannte und beunruhigte sein Blick. Wer mit Huttunen während seiner düsteren Stimmung sprach, dem wurde traurig und ein wenig unheimlich zumute.

Aber nicht immer war der Müller finster! Häufig sogar war er sehr ausgelassen, und das ohne besonderen Anlass. Er scherzte, lachte, war vergnügt und machte mit seinen langen Beinen die komischsten Sprünge; er knackte mit den Fingergelenken, fuchtelte mit den Armen, verdrehte den Hals, redete und zappelte. Er erzählte großartige, aber absurde Witze, hielt die Leute gründlich zum Narren, haute den Bauern auf die Schulter, lobte sie über den grünen Klee, lachte ihnen ins Gesicht, zwinkerte vergnügt, klatschte in die Hände.

Während Huttunens guten Phasen pflegte sich die Jugend des Dorfes in der Mühle zu versammeln, um am Treiben des ausgelassenen Müllers teilzuhaben. Man saß wie in guten alten Zeiten in der Mühlenstube beisammen, scherzte und riss Witze. Im friedlichen und gemütlichen Halbdunkel, umgeben von den geheimnisvollen Gerüchen der alten Mühle, waren alle froh und glücklich. Manchmal entzündete Gunnar, *Kunnari*, wie die Einheimischen sagten, auf dem Hof der Mühle ein loderndes Feuer, in das man trockene Späne warf und in dessen Glut man Maränen aus dem Kemifluss röstete.

Der Müller war ungewöhnlich begabt darin, die Tiere des Waldes nachzuahmen: Er schlüpfte in die verschiedensten Gestalten, und die Zuschauer rieten um die Wette, welches Tier jeweils gemeint war. Mal wurde der Müller zu einem Hasen, mal zu einem Lemming oder Bären. Manchmal imitierte er mit seinen langen Armen das Schweben einer nächtlichen Eule, dann wieder heulte er wie ein Wolf, hob das Gesicht zum Himmel und klagte so herzzerreißend, dass die jungen Leute furchtsam näher zusammenrückten.

Oft ahmte er Frauen und Männer aus dem Dorf nach, und die Zuschauer erkannten sofort, wer gemeint war. Wenn Huttunen sich klein und rund machte, was starke Verrenkungen von ihm erforderte, wussten alle, dass er seinen nächsten Nachbarn, den dicken Bauern Viittavaara, darstellte.

Es waren bemerkenswerte Sommerabende und -nächte, doch musste man manchmal wochenlang darauf warten, denn Gunnar Huttunen versank zwischendurch immer wieder in seine stille Düsterkeit. Dann wagte sich kein Dorfbewohner ohne triftigen Grund zur Mühle, und wer hinging, erledigte seine Sache schnell und ohne Aufheben, denn die gedrückte Stimmung des Müllers vertrieb die Besucher.

Allmählich wurden Huttunens zeitweilige Depressionen immer schwerer. Er war dann mürrisch, seine Nerven waren angespannt, und er schnauzte ohne Grund die Leute an. Manchmal war er so finster und böse, dass er sich weigerte, die bestellten Schindeln herauszurücken, und barsch knurrte:

»Nein, noch nicht fertig.«

Der Abholer musste unverrichteter Dinge die Mühle verlassen, obwohl neben der Fuhrbrücke eine Menge neuer, frisch gehobelter Schindeln säuberlich aufgestapelt war. Aber in seiner fröhlichen Stimmung war Huttunen unübertroffen: Er glich dann einem glanzvollen Zirkusartisten, sein Verstand arbeitete messerscharf wie die funkelnde Schneide der Schindelmaschine; seine Bewegungen waren schnell und geschmeidig, seine Vorführungen so lustig und verblüffend, dass er die Zuschauer völlig in seinen Bann zog. Doch konnte es passieren, dass er mitten in der ausgelassensten Stimmung plötzlich innehielt, einen gellenden Schrei ausstieß und dann, der morschen Zulaufrinne folgend, hinter die Mühle rannte und weiter über den Fluss und in den Wald, fort von den Menschen. Es rauschte und knackte im Dickicht, während er sich seinen Weg bahnte. Wenn er nach einer oder anderthalb Stunden müde und keuchend zur Mühle zurückkehrte, machten sich die jungen Leute leise davon. Zu Hause erzählten sie erschrocken, Kunnaris schlimme Zeiten hätten wieder begonnen.

Man begann, Gunnar Huttunen für verrückt zu halten.

Huttunens Nachbarn wussten im Kirchdorf zu erzählen, Kunnari pflege nachts wie ein Raubtier zu heulen. Dies geschah hauptsächlich im Winter, in klaren Nächten mit strengem Frost. Huttunen heulte manchmal von abends bis Mitternacht, und in der nächtlichen Stille zwang sein trostloses Gejaule die Dorfhunde der Umgebung dazu, ihm zu antworten. In solchen Nächten wachten die Leute in den Dörfern am großen Fluss und sagten: Er ist verrückt, der arme Kunnari, bringt auch noch die Hunde dazu, nachts zu heulen.

»Dem muss mal einer sagen, er soll aufhören damit. Es gehört sich nicht, als erwachsener Mensch wie ein Wolf zu heulen.«

Doch niemand traute sich, Huttunen darauf anzusprechen.

Die Nachbarn hofften, er werde zur Vernunft kommen und von selbst aufhören.

»Mit der Zeit gewöhnt man sich an das Geheule«, sagten die Bauern, die Schindeln benötigten. »Er ist zwar verrückt, aber die Schindeln, die er macht, sind gut und preiswert!«

»Er hat versprochen, die Mühle instand zu setzen, besser, man verärgert ihn nicht, sonst geht er wieder in den Süden«, sagten die anderen, die vorhatten, an den Ufern des Kemiflusses Getreide anzubauen.

2

Während der Eisschmelze im Frühjahr stieg das Wasser im Fluss einmal so hoch, dass Gunnar Huttunen um ein Haar seine Mühle eingebüßt hätte. Die schwere Flut drückte mit solcher Kraft gegen das Wehr oberhalb des Wasserkastens, dass ein zwei Meter breiter Riss entstand. Dicke Eisschollen drangen durch den Riss in den Kasten. Sie zerstörten die morsche Zuflussrinne auf einer Länge von fünfzehn Metern, zertrümmerten das Wasserrad der Schindelmaschine und hätten die ganze Mühle umgerissen, wäre Huttunen nicht eingeschritten: Er rannte zur Schütze an der Schindelmaschine, riss auf, und so schoss der größte Teil der Flut an der Mühle vorbei in den Unterlauf des Flusses. Währenddessen strömte durch das gebrochene Wehr ununterbrochen Wasser nach, mit dem dicke Eisschollen herantrieben. Sie stauten sich bis an die Wand der Mühle, sodass das alte Balkengebäude unter ihrem Druck erdröhnte. Huttunen fürchtete, die schweren Mahlsteine könnten durch den Zwischenboden auf die Turbine fallen, sodass sie auch noch zertrümmert würde.

In dieser Situation blieb ihm nichts anderes übrig, als auf sein Fahrrad zu springen und die paar Kilometer zum Dorfladen zu radeln.

Atemlos und schweißgebadet rief er dem Kaufmann Tervola, der gerade Graupen abfüllte, zu:

»Verkauf mir sofort ein paar Ladungen Sprengstoff!«

Im Laden waren ein paar Frauen beim Einkauf, und sie erschraken furchtbar über den schwitzenden Müller, der Sprengstoff kaufen wollte. Kaufmann Tervola hinter seiner Waage verlangte von Huttunen eine Genehmigung für Erwerb und Besitz von Sprengmaterial, doch als Huttunen brüllte, die Mühle von Suukoski werde von Eisschollen zerdrückt, falls man diese nicht sofort sprenge, verkaufte er ihm notgedrungen das Gewünschte samt einem Knäuel Lunte und einer Handvoll Zündkapseln. Die Sprengladung wurde in einen Pappkarton verpackt, den Huttunen auf dem Gepäckträger seines Fahrrades verstaute. Anschließend radelte er im Eiltempo nach Suukoski zurück, wo das Wasser weiterhin stieg und die Eisschollen gegen die schwankenden Balken der alten Mühle krachten.

Der Kaufmann schloss sofort seinen Laden und machte sich zusammen mit den Frauen eiligst auf den Weg nach Suukoski, um Huttunens weiteres Schicksal zu verfolgen. Vorher rief er jedoch noch schnell im Kirchdorf an und empfahl, dem Einsturz von Huttunens Mühle beizuwohnen.

Bald ertönte aus Suukoski die erste Detonation. Als die Leute vom Laden und vom Kirchdorf eintrafen und sich auf der Böschung versammelten, krachte es ein zweites Mal. Eissplitter und Holzstücke wurden in die Luft geschleudert. Die Leute verboten den Kindern, näher heranzugehen. Einige am Schauplatz eingetroffene Bauern wollten Huttunen helfen und riefen, er solle ihnen sagen, was zu tun sei.

Doch Huttunen war so aufgeregt und beschäftigt, dass er

keine Zeit hatte, die Helfer einzuweisen. Bewaffnet mit einer Säge und einer Axt, rannte er auf der Einfassung des Wasserkastens zum Wehr, kletterte über die Balken und Eisblöcke ans Ufer und watete bis zu den Oberschenkeln im Wasser, bis er trockenes Land erreichte. Hier musterte er die großen Fichten, als wollte er Bäume fällen.

»Kunnari steht so unter Dampf, dass er nicht mal zum Heulen kommt«, sagte der dickbäuchige Bauer Viittavaara.

»Der hat keine Zeit, Elch oder Bär zu spielen, dabei hätte er jetzt jede Menge Publikum«, sagte ein anderer, und alle lachten, doch Wachtmeister Portimo, ein alter, besonnener Mann, befahl den Leuten, still zu sein.

»Man spottet nicht, wenn einer in Not ist.«

Huttunen wählte eine hohe Fichte aus, die unmittelbar am Flussufer stand. Mit ein paar kräftigen Hieben schlug er unten in den Stamm eine tiefe Kerbe, die zum Wasser zeigte. Dann machte er sich daran, den Baum durchzusägen. Die Zuschauer am anderen Ufer rätselten, weshalb der Müller in dieser Notsituation plötzlich Bäume fällte, statt an die Rettung seiner Mühle zu denken. Ein aus dem Kirchdorf herbeigeeilter Knecht namens Launola meinte: »Der hat seine Mühle vergessen und Lust auf Waldarbeit gekriegt!«

Dies hörte Huttunen am anderen Ufer. Ihn packte über seinem Fichtenstamm die Wut, seine Stirnadern schwollen, und er wollte schon aufstehen und dem Knecht eine passende Antwort hinüberbrüllen, sägte aber heftig weiter.

Die Riesenfichte begann zu schwanken. Huttunen zog das Sägeblatt aus dem Einschnitt, richtete sich auf und drückte mit der Schneide der Axt gegen den Stamm. Der gewaltige Baum neigte sich und stürzte rauschend in den schäumenden Fluss, wobei er das vor dem Wehr aufgestaute Eis unter sich zermalmte. Ein Raunen lief durch die Zuschauermenge. Jetzt erst erkannten die Leute den Sinn der Aktion: Unter dem Druck des Wassers glitt der Fichtenstamm ans Wehr und bildete so ein Hindernis für das Eis, das aus dem Oberlauf des Flusses herantrieb. Das Flutwasser stürzte ungehindert unter dem Stamm hindurch und am zerbrochenen Wasserrad der Schindelmaschine vorbei, aber Eis kam nicht mehr zur Mühle, und die beängstigende Situation war mit einem Schlag behoben.

Gunnar Huttunen wischte sich den Schweiß vom Gesicht und kam über die Fuhrbrücke und durch die Mühle zur anderen Seite, wo das Publikum wartete. Den Knecht Launola knurrte er an:

»Jetzt weißt du Bescheid über die Waldarbeit.«

Die Leute wanden sich verlegen. Die Männer umringten Kunnari und bedauerten, dass sie leider gar nicht so schnell hatten helfen können … Und wie schlau doch sein Einfall mit dem Fichtenstamm gewesen sei.

Obwohl das spannende Schauspiel zu Ende war, mochten die Leute noch nicht gehen, im Gegenteil, jetzt trafen erst jene ein, die langsamer zu Fuß waren. Zuletzt kam die dralle Bäuerin Siponen, die atemlos fragte, was bisher alles passiert sei.

Huttunen bereitete eine weitere Ladung Sprengstoff vor und verkündete dann mit lauter Stimme:

»Das Schauspiel war zu kurz? Dann bieten wir eben noch mehr, damit eine so große Menschenmenge nicht umsonst gehen muss!«

Der Müller begann, einen Kranich zu spielen. Er balancierte auf einem Bein auf dem Rand der Zulaufrinne, trompetete wie ein Kranich, reckte den Hals und tat, als suche er in der Rinne nach Fröschen.

Peinlich berührt zog sich das Publikum von der Böschung zurück. Man beschwichtigte Huttunen, jemand schimpfte, der Kerl sei verrückt. Bevor sich die Menschenmenge auflöste, zündete Huttunen die Zündschnur an der Sprengladung an sie brannte mit unangenehmem Zischen ab. Die Leute nahmen Reißaus. Obwohl die Reaktion schnell erfolgte, hatten manche erst wenige Laufschritte getan, als Huttunen die Sprengladung in den Fluss warf, wo sie gleich darauf mit dumpfem Knall explodierte. Es regnete Wasser und Eissplitter auf die Böschung, sodass die Leute über und über nass wurden. Kreischend flohen sie landeinwärts und hielten erst auf der Straße inne, wo sie wütende Beschimpfungen ausstießen.

3

Kaum war das Hochwasser gesunken, reparierte Gunnar Huttunen die Schäden, die an seiner Mühle entstanden waren. Er bestellte beim Sägewerk drei Fuhren Holzwaren: Sparren, Bohlen und Bretter. Beim Kaufmann Tervola kaufte er zwei Kisten mit Nägeln, in der einen Kammnägel, in der anderen Vierzöller. Dann stellte er drei unbeschäftigte Knechte aus dem Dorf dazu an, Pfähle in das gebrochene Wehr zu rammen. Nach ein paar Tagen ließ sich die Kraft des Mühlenflusses mittels der ins reparierte Wehr eingelassenen Klappe wieder regulieren. Huttunen zahlte die Knechte aus und setzte als Nächstes den Wasserkasten instand. Den Teil zwischen dem Wehr und dem Wasserrad der Schindelmaschine erneuerte er ganz und gar. Dabei verbrauchte er anderthalb Fuhren fünfzölliger Bohlen.

Es waren schöne, sommerliche Tage. Das Wetter war windig und mild, die Stimmung des Müllers die allerbeste. Huttunen war ein geschickter Mann, er genoss die Zimmermannsarbeit. Die Reparaturen nahmen ihn so sehr in Anspruch, dass er sich kaum Zeit zum Schlafen ließ. Morgens erschien er bereits gegen vier, fünf Uhr am Wasserkasten, schnitt bis Tagesanbruch Sparren und Bohlen zurecht, ging kurz in die Mühlenstube, um sich einen Kaffee zu kochen, und kehrte bald wieder an seine Arbeit zurück. In der heißesten Mittagszeit zog er sich für ein, zwei Stunden in die Stube zurück. Er legte sich hin und schlief auch oft ein, um am Nachmittag munter und voller Arbeitseifer wieder aufzuwachen. Sobald er gegessen hatte, eilte er zum Wasserkasten. Noch bis Einbruch der Nacht dröhnten an der Suukoski-Mühle die Schläge von Axt und Hammer.

Im Dorf hieß es, Kunnari sei auf zweierlei Art verrückt, einmal, was seinen Verstand, und zum anderen, was sein Verhältnis zur Arbeit betreffe.

Nach anderthalb Wochen war der Wasserkasten fertig und dicht. Er ließ das Wasser des Mühlenflusses vom oberen Wehr dorthin fließen, wohin es sollte und wo es die Mühle und die Schindelmaschine antrieb. Huttunen machte sich nun daran, das Wasserrad der Schindelmaschine zu reparieren. Die Schaufeln mussten vollständig erneuert werden, sie waren ohnehin morsch gewesen. Aber immerhin war die Achse noch brauchbar, wie Huttunen feststellte. Wenn er die Lager auswechselte, wäre alles in Ordnung. Huttunen zog sich bis auf die Unterhose aus und stieg in den Fluss, um das reparierte Wasserrad einzusetzen. Da traf ein reizender Gast bei der Mühle ein.

Auf der Fuhrbrücke erschien eine Frau, sie war um die Dreißig, wirkte frisch und blühend. Sie trug ein geblümtes Sommerkleid und um den Kopf ein helles Tuch. Sie war hübsch und wohlgerundet, aber ihre Stimme war zart wie die eines Mädchens, und so hörte der Müller durch das Brausen des Wasserfalls nicht, als sie zu ihm hinunterrief: »Herr Huttunen! Herr Huttunen!«

Sie betrachtete den fast nackten Mann, der sich da im Fluss abmühte. Der schlanke und sehnige Müller kämpfte gegen das kalte Wasser und versuchte verbissen, das Rad an seinen Standort zu bringen, doch die Achse wollte einfach nicht auf den Zapfen, der Druck des Wassers war zu stark. Unter Aufbietung aller Kraft gelang es ihm schließlich doch, das große Rad einzusetzen. Er ließ es los, und sofort füllten sich die Schaufeln mit Wasser, es drehte sich, zuerst langsam, dann immer schneller. Huttunen trat einen Schritt zurück, betrachtete das Rad und konstatierte: »Hast es ja doch kapiert, verdammt.«

Nachdem er das Wasser gebändigt hatte, hörte er eine helle Frauenstimme rufen:

»Herr Huttunen!«

Der Müller wandte sich in die Richtung, aus der die Stimme kam. Eine schöne Frau stand auf der Brücke. Sie hatte ihr Kopftuch abgenommen und winkte lockend damit. Sie hatte naturkrauses blondes Haar und sah wirklich reizend aus, wie sie da in Sonne und Wind auf der Brücke stand. Huttunen betrachtete sie von unten aus dem Fluss und registrierte, dass sie sehnige Waden und feste Schenkel hatte. Sogar ihren Schlüpfer konnte er unter dem wehenden Kleid sehen, einschließlich der Nahtstrümpfe und Strumpfbänder. Sie merkte nicht, wie viel sie von sich preisgab, oder sie schämte sich nicht, ihre Schenkelpartie zu zeigen. Huttunen kämpfte sich aus dem Wasser, griff sich seine Sachen von der Brücke und zog sich schnell an. Die Frau kam näher, drehte sich zu ihm um und reichte ihm die Hand.

»Ich bin die Klubberaterin Sanelma Käyrämö.«

»Sehr angenehm«, brachte Huttunen heraus.

»Ich bin hier die neue Klubberaterin. Ich suche jedes Haus auf, auch wenn keine Kinder in der Familie sind. Bis jetzt bin ich schon in sechzig Häusern gewesen, aber das sind noch längst nicht alle.«

Klubberaterin? Was hatte eine Beraterin der Landwirtschaftsklubs in der Mühle zu tun?

Sanelma Käyrämö erklärte:

»Die Bäuerin Viittavaara vom Nachbarhof sagte mir, dass Sie hier allein wohnen, und so habe ich beschlossen, auch zu Ihnen zu kommen. Denn auch ein Alleinstehender kann Gemüse anbauen.«

Eifrig begann die Klubberaterin, ihre Idee darzulegen. Sie erklärte, der Anbau von Gemüse sei auf dem Land das Beste, was man sich denken könne: Man habe dadurch eine vortreffliche Zusatznahrung, bekomme Vitamine und Spurenelemente. Schon eine Kräuter- und Gemüseparzelle von einem halben Ar bringe – natürlich wenn man sie gut pflege – so viel Ernte, dass eine kleine Familie mit allerlei Gesundem und Erfrischendem für den Winter versorgt sei. Man müsse sich nur entschlossen ans Werk machen und die Sache richtig anpacken. Es lohne sich wirklich!

»Ja, Herr Huttunen, sollten wir da nicht auch für Sie einen netten kleinen Gemüsegarten anlegen? Gemüse ist heutzutage so sehr in Mode, dass es überhaupt keine Schande ist, wenn auch ein Mann es anbaut und isst.« Huttunen wehrte ab. Er sagte, er sei ein alleinstehender Mann, ihm genüge es, wenn er hin und wieder beim Nachbarn einen Sack Rüben kaufe, falls er mal besonderen Bedarf habe.

»Kommt gar nicht in Frage! Wir nehmen die Sache jetzt sofort in Angriff. Ich gebe Ihnen ein paar Samen für den Anfang. Lassen Sie uns gleich eine passende Stelle für das Gartenland aussuchen. Keiner, der sich zum Gemüseanbau entschlossen hat, hat die Sache bisher bereut.«

Huttunen versuchte einen letzten Appell:

»Aber ich bin doch ... ein bisschen verrückt. Hat man Ihnen das nicht im Kirchdorf erzählt, Fräulein?«

Die Klubberaterin winkte mit ihrem Tuch geringschätzig ab, so als hätte sie bereits ihr Leben lang mit Geistesgestörten zu tun. Sie fasste den Müller energisch bei der Hand und führte ihn zum Mühlenhang. Dort zeichnete sie die Grenzen des künftigen Gemüsegartens in die Luft. Die Augen des Müllers folgten ihrer Hand. Das Gelände schien allzu reichlich bemessen; er schüttelte den Kopf. Die Klubberaterin verkleinerte die Fläche ein wenig, und damit schien die Sache unabänderlich. Die Beraterin brach vier Birkenzweige ab, mit denen sie die Ecken der Parzelle absteckte.

»Für einen Mann Ihrer Größe ist das Stück durchaus nicht zu viel«, sagte sie und holte eine Aktentasche vom Gepäckträger ihres Fahrrades. Sie setzte sich ins Gras und entnahm der Tasche eine Anzahl Papiere, die sie vor sich ausbreitete. Der Wind wehte die Blätter auseinander, und Huttunen sammelte sie wieder ein. Er fand es wunderbar und beglückend: Wenn er der Beraterin die Papiere reichte, lächelte sie reizend und bedankte sich. Der Müller wurde so froh, dass er am liebsten vor lauter Glück ein Geheul angestimmt hätte; viel fehlte nicht, aber er beherrschte sich. Es war angebracht, sich vor einer solchen Frau normal aufzuführen, wenigstens am Anfang.

Die Beraterin schrieb den Müller Gunnar Huttunen als Mitglied im Landwirtschaftsklub ein. Sie zeichnete einen Grundriss des Gartens und notierte darin die Namen der anzubauenden Pflanzen – rote Rüben, Mohrrüben, Steckrüben, Erbsen, Zwiebeln und Gewürzpflanzen. Auch Frühweißkohl wollte sie ihm empfehlen, strich ihn aber wieder aus, da es im Kirchdorf keine Setzlinge gab.

»Vielleicht sollten wir uns für die erste Ernte mit den gewöhnlichen Sorten begnügen. Mit zunehmender Erfahrung können wir dann die Auswahl erweitern«, entschied sie. Sie übergab Huttunen einige Samentüten, die sie erst bei ihrem nächsten Besuch abkassieren wollte.

»Wir müssen ja erst sehen, ob sie aufgehen ... Aber ich bin

sicher, dass Sie, Herr Huttunen, bald das Wunder neuen Werdens und Wachsens erleben werden.«

Huttunen äußerte Zweifel, ob er beim Gartenbau Erfolg haben werde. Er erklärte, er habe sich nie zuvor mit diesen Dingen befasst.

Die Beraterin hielt das Problem für völlig unerheblich und hielt ihm stattdessen einen Vortrag über den richtigen Anbau von Pflanzen. Sie gab ihm genaue Anweisungen, wie der Boden bearbeitet und gedüngt werden müsse, welcher Reihenabstand für die einzelnen Sorten der geeignetste sei und wie dicht und wie tief der Samen zu legen sei, damit alles wohl gelinge. Bald gewann Huttunen den Eindruck, dass Gartenbau die angenehmste Beschäftigung und speziell für ihn besonders geeignet sei, da er in der Mühle durchaus nicht den ganzen Sommer über zu tun haben würde. Er versprach, sich sofort ans Werk zu machen, und holte auch gleich Hacke und Spaten aus dem Schuppen. Die Beraterin schaute zu, wie der große Mann den Spaten in den Boden stieß und einen großen Klumpen Erde herausriss, den er umgedreht in die entstandene Vertiefung zurückwarf. Sie bückte sich, um die Erde zu befühlen, rieb sie zwischen den Fingern, schnupperte daran und meinte lobend, einen besseren Gemüseacker gebe es nirgendwo. Da sie sich die Hand schmutzig gemacht hatte, rannte Huttunen in die Mühle, holte einen Zinkeimer, stieg damit in den Fluss und schöpfte Wasser, um es der Beraterin zu bringen.

»Ach, das wäre doch nicht nötig gewesen«, meinte sie errötend, während sie sich die Hände abspülte. »Ihre Hose ist bis zu den Knien nass geworden, das kann ich gar nicht wiedergutmachen ...«

Was kümmert mich meine Hose, dachte Huttunen glücklich, Hauptsache, die Beraterin ist zufrieden. Er begann, die Erde mit solchem Eifer aufzureißen, dass eine Spur entstand, als würde mit Ochsen gepflügt.

Die Beraterin steckte die Papiere in die Aktentasche, holte das Fahrrad und reichte Huttunen zum Abschied die Hand.

»Falls irgendwelche Probleme auftreten, setzen Sie sich mit mir in Verbindung, ich wohne bei Siponens in der Mansarde. Sie brauchen keine Scheu zu haben, gerade jetzt am Anfang ergibt sich vielleicht etwas, das ich versehentlich nicht erwähnt habe.«

Dann band sie sich ihr helles Tuch um die goldenen Haare, hängte die Aktentasche an die Lenkstange und stieg auf den Sattel. Ihr wohlgerundetes Hinterteil bedeckte den Sitz vollständig. Das leichte Kleid flatterte im Wind, als sie den Mühlenhang hinunterradelte.

Im Wald hielt sie an, drehte sich zur Mühle um und seufzte gedankenverloren:

»O mein Gott . . .«

Der aufgeregte Huttunen wusste nicht, was er tun sollte, als die Beraterin fort war. Den Garten zu beackern erschien ihm jetzt nicht mehr so dringlich wie vorhin. Unruhig ging er in seine Mühle, lehnte sich an die Schrotsteine, rieb sich die Hände, schloss die Augen und dachte an seine Besucherin zurück. Dann spannte er sich plötzlich, rannte hinaus, stieg unter dem Wasserkasten in die Stromschnelle und tauchte bis zum Hals in das kühle Wasser. Als er ans Ufer stieg, zitterte sein Körper ein wenig, aber er war wieder ruhig. Er ging in seine Stube, blickte durch das kleine Fenster auf die Landstraße und klagte mit leiser Stimme, heulte aber nicht wie manchmal im Winter.

Noch am selben Abend grub er den Garten um und holte bei Einbruch der Nacht eine Fuhre Dung. Er harkte den Dung in den Boden und säte den Samen aus, den er von der Beraterin erhalten hatte. Im Morgengrauen bewässerte er noch den Garten, ehe er endlich schlafen ging.

Glücklich legte Huttunen sich nieder. Er besaß jetzt seine

eigene Klubparzelle. Das bedeutete, dass die reizende Beraterin über kurz oder lang erneut mit ihrem Fahrrad zu ihm käme.

4

An den folgenden Tagen fuhr Huttunen mit der Reparatur der durch die Flut entstandenen Schäden fort. Er besserte die Rinne zwischen Mühle und Schindelmaschine aus. Stellenweise brauchte er nur ein, zwei Bohlen zu erneuern. Als Nächstes brachte er zusätzliche Balken unter dem Wasserkasten an, denn die alten waren an vielen Stellen morsch – wenn er sich auf den Rand der Rinne stellte und ein wenig rüttelte, begann der Kasten sofort zu schaukeln und zu lecken, und das verringerte die Wassermenge und damit die Kraft des Wasserrades.

Nach fünf Tagen führte Huttunen einen Probelauf durch. Er schloss die Schütze, die zum Wasserrad der Schindelmaschine führte, sodass alles Wasser aus der Rinne in die Mühlenturbine geleitet wurde. Sie begann sich zu drehen, zuerst langsam, dann mit zunehmender Geschwindigkeit. Nachdem sich Huttunen überzeugt hatte, dass die Turbine gleichmäßig lief und dass genügend Wasser auf ihre Schaufeln fiel, kletterte er nach oben auf die Brücke und ging ins Innere der Mühle. Dort rieb er alle größeren Achsen und Lager mit Vaseline ein. An die unzugänglichen Stellen tropfte er mit dem langen Schnabel einer Ölkanne Maschinenöl. Als er die beweglichen Teile eingefettet hatte, ergriff er einen Spachtel aus Espenholz, mit dem er Riemenharz auf das Antriebsrad der Turbinenachse strich. Wenn er den Spachtel fest gegen die rotierende Trommel drückte, ließ sich das Harz gut verteilen. Anschließend behandelte er auch das

Räderwerk an den Achsen der Obersteine mit Riemenharz. Dann warf er den Treibriemen um die Trommel. Er legte ihn auf einmal um, sodass er nicht herunterrutschen konnte. Der breite Riemen schwang im Takt der Umdrehungen der Turbinenachse und setzte den schweren Oberstein in Bewegung, der sich am unbeweglichen Bodenstein rieb. Hätte Huttunen ein paar Handvoll Korn in das Steinauge geworfen, hätte er bald den Geruch fertigen Mehls in der Nase gespürt.

Die Mühle war jetzt im Gang. Die Steine dröhnten dumpf, der Treibriemen klatschte, die vielen Achsen klopften in ihren weiten Lagern, das ganze Gebäude bebte, und unten in der Turbinenkabine brauste das Wasserrad, getrieben von der Kraft des Mühlenflusses.

Huttunen wechselte noch den Riemen vom Antriebsrad des Mehlsteins auf den des Schrotsteins, erprobte ihn ebenfalls, und die Mühle lief auch damit gut.

Der Müller lehnte sich an den Rand des leeren Kornkastens, schloss die Augen und lauschte den vertrauten Mühlengeräuschen. Sein Gesicht war ruhig, es zeigte weder den gewohnten Eifer noch Spuren von Depression. Er ließ die Mühle lange leer laufen, ehe er die Wasserzufuhr zur Turbine stoppte. Allmählich hörte das Wasserrad auf, sich zu drehen, bis es schließlich ganz stehen blieb. In der Mühle war es wieder still, nur unten im Fluss hörte man leise das Wasser murmeln.

Am folgenden Tag ging Huttunen in den Laden, um anzukündigen, dass er wieder Mahlgut entgegennehme, falls eventuell jemand sein überständiges Futtergetreide mahlen lassen wolle.

Kaufmann Tervola sah den Müller schief an.

»Den Sprengstoff musste ich auf meine eigene Kappe nehmen, als der Polizist kam und fragte, ob du eine Genehmigung gehabt hast. Ein zweites Mal kriegst du keinen Sprengstoff schwarz von mir, komisch, wie du nun mal bist.«

Huttunen spazierte im Laden herum, als hätte er den Tadel des Kaufmanns nicht gehört. Er nahm sich eine Flasche Leichtbier aus dem Kasten und fing an zu rauchen. Passenderweise war die Schachtel jetzt leer, und Huttunen schrieb auf die Rückseite, dass die Mühle von Suukoski wieder in Ordnung sei und man Korn zum Mahlen bringen könne. In der Ladentür fand er eine alte Reißzwecke, mit der er seinen Anschlag befestigte.

»Wie konntest du bloß die letzte Ladung direkt vor den Leuten in den Fluss schmeißen?«

Der Kaufmann füllte der Lehrersfrau Backobst in eine Tüte ab. Huttunen stellte die leere Bierflasche in den Kasten zurück und warf ein paar Münzen auf den Ladentisch. Der Kaufmann sah prüfend auf die Waage und zeterte weiter:

»Im Dorf sagen sie, man sollte dich abholen und in Behandlung geben.«

Huttunen wandte sich abrupt um, sah dem Kaufmann direkt in die Augen und fragte:

»Sag mal, Tervola, woran kann es bloß liegen, dass bei mir die Mohrrüben nicht aufgehen? Die Erde ist schon schwarz vom vielen Gießen, aber bisher ist nichts zu sehen und zu hören.«

Der Kaufmann knurrte, hier gehe es nicht um Mohrrüben. »Unsere Tochter rennt schon den zweiten Sommer zu dir in die Mühle. Ist das eine Art, dass sich die Kinder bis spät in die Nacht rumtreiben, noch dazu bei einem Irren?«

Huttunen legte seine Faust auf die Waage, drückte sie herunter und sagte:

»Genau zehn Kilo. Stell mehr Gewichte drauf.«

Huttunen fügte selbst ein paar Gewichte hinzu und drückte wieder den Zeiger bis ganz nach unten.

»Jetzt wiegt die Hand schon fünfzehn Kilo.«

Der Kaufmann versuchte, Huttunens Faust von der Waage zu schieben. Die Tüte kippte um, und getrocknete Apfelringe fielen auf den Fußboden. Die Lehrersfrau zog sich in den Hintergrund des Ladens zurück. Huttunen packte die Waage und trug sie hinaus. Im Gehen riss er mit den Zähnen seinen Anschlag von der Tür. Draußen setzte er die Kaufmannswaage in den Eimer des Ziehbrunnens und ließ diesen vorsichtig hinab. Kaufmann Tervola trat vors Haus und rief, jetzt habe Huttunen ausgespielt.

»So was gehört in die Klapsmühle, und zwar sofort! Dieser Laden ist ab jetzt für dich geschlossen, Huttunen!«

Der Müller ging ins Kirchdorf. Unterwegs grübelte er, wie das hatte passieren können. Er war traurig, doch seine Stimmung besserte sich, als er an die Waage dachte, die jetzt unten im Brunnen ruhte. Außerdem war der Ziehbrunnen ja eine Art Waage, nur mit Wasser als Gewicht. Am Friedhof machte Huttunen halt. In der Pforte steckten ein paar Nägel von früheren Anschlägen, dort befestigte er seinen eigenen, den er zwischen den Zähnen getragen hatte. Der Text lautete:

Die Mühle von Suukoski dreht sich wieder.
Huttunen.

Anschließend ging er ins Café des Kirchdorfes. Er trank eine Flasche Leichtbier, und da gerade eine Menge Leute aus allen Teilen des Sprengels herumsaßen, verkündete er:

»Sagt weiter, wer noch Korn hat, kann es nach Suukoski bringen.«

Er leerte seine Flasche und ging. An der Tür äußerte er noch:

»Aber kein gebeiztes. Das mahle ich nicht mal zu Futter. Es vergiftet mir die Mühle.«

An Siponens Gehöft verlangsamte der Müller den Schritt und spähte zu den Mansardenfenstern hinauf, um herauszufinden, ob die Klubberaterin daheim sei. Dann hielt er Ausschau nach ihrem blauen Fahrrad. Nirgends zu sehen. Sie war also in den Dörfern unterwegs … beriet die Kinder bei der Gartenpflege und verteilte Gemüserezepte an die Bäuerinnen. Huttunen verspürte Eifersucht, wenn er daran dachte, wie sie in diesem Moment unwillige Rotznasen im Verziehen von Mohrrüben unterwies oder dicken Bäuerinnen Ratschläge fürs Salatschneiden gab.

Huttunen dachte an seinen eigenen schwarzen Klubgarten. Für ihn hatte die Beraterin keine Zeit gehabt. Sie hätte wenigstens mal vorbeikommen und sich ansehen können, wie fleißig er den Boden bearbeitet, wie er gedüngt und gesät hatte! Genau nach der Vorschrift!

Hatte sie sich mit ihm einen Scherz erlaubt, indem sie einen erwachsenen Mann anstellte, Kinderarbeit zu machen? Man verspottete ihn auch schon in diesem Sprengel wieder genug, nannte ihn den irren Lulatsch … Musste sie in denselben Chor einstimmen …? Der Gedanke erschien ihm äußerst widerwärtig und finster. Gunnar Huttunen wandte sich von Siponens Haus ab. Wütend legte er den Rest des Heimwegs im Laufschritt zurück.

Auf dem Rückweg vom Laden kam ihm die Lehrersfrau auf dem Fahrrad entgegen. Als sie ihn angerannt kommen sah, stieg sie ab und machte ihm Platz.

Vor der Mühle blieb Huttunen stehen und betrachtete seine Parzelle. Schwarz und leblos lag sie da. Sie wirkte verlassen, wie er fand, verlassen von der Klubberaterin. Und er selbst hatte das Gefühl, als sei er genauso verlassen worden. Traurig ging er in seine kleine Stube im Obergeschoss der Mühle, stieß die Gummistiefel von den Füßen und warf sich aufs Bett, ohne vorher zu essen. Ein paar Stunden seufzte er schwer, ehe er Schlaf fand. Er schlief unruhig, geplagt von wirren und schweren Träumen.

5

Als der Müller gegen Morgen erwachte und auf seine Taschenuhr sah, zeigte diese die vierte Stunde.

Es war eine ausgezeichnete Uhr mit echtem Stahlgehäuse. Huttunen hatte sie während des Waffenstillstands in Riihimäki von einem abgebrannten deutschen Feldwebel auf dem Durchmarsch gekauft, der geschworen hatte, sie sei sowohl zeit- als auch wasserbeständig. Im Lauf der Jahre hatte sich die Behauptung als zutreffend erwiesen. Einmal hatte Huttunen in einer Männerrunde eine Wette darüber abgeschlossen, dass die Uhr wasserdicht sei. Er hatte sie in den Mund genommen, und sie hatte normal weiterfunktioniert, auch dann, als er in die Sauna gegangen und länger als eine Stunde geblieben, ja sogar zweimal in den See getaucht war. Dabei hatte er die Uhr ständig im Mund behalten. Im See war er bis auf den Grund getaucht, hatte dort unbeweglich gelegen und gehorcht, ob die Uhr gehe. Ihr Ticken war unter Wasser gut zu hören, denn dort herrschte größerer Druck als in der Sauna; es hallte in seinem ganzen Kopf wider. Als Huttunen die Uhr nach dem Experiment aus dem Mund nahm und abwischte, konnte man feststellen, dass sie genauso ging, als hätte sie sich die ganze Zeit in der trockenen Tasche befunden. Kein einziger Schaden ließ sich feststellen. Jetzt stand sie auf vier.

Nachdem Huttunen seine Uhr aufgezogen hatte, wanderten seine Gedanken zur Klubberaterin. Er erinnerte sich, dass sie ihn aufgefordert hatte, sich bei eventuellen Problemen im Gartenbau jederzeit an sie zu wenden.

Wenn er nun tatsächlich hinginge, um mit ihr über Pflanzprobleme zu sprechen? Er fand, er habe guten Grund zu einem Besuch. Er hatte die Samen bereits vor sechs Tagen ausgesät, und bisher hatte sich nicht das Geringste geregt. Er könnte also nachfragen, ob die Samen vielleicht vom Vorjahr seien. Notfalls könnte er neuen, besseren Samen fordern. Er kam zu dem Schluss, dass er ein ausreichendes, nahezu offizielles Anliegen habe. Niemand dürfte etwas dabei finden, wenn er der Beraterin jetzt einen Besuch abstattete.

Huttunen trank eine halbe Kelle kaltes Wasser und fuhr mit dem Fahrrad zu Siponens Gehöft.

Das Dorf wirkte merkwürdig verlassen: auf den Weiden lief kein Vieh herum, niemand arbeitete auf den Feldern. Nur die Vögel sangen, geweckt vom frühen Sommermorgen, und schläfrige Hunde bellten träge, als Huttunen an den Gehöften vorbeifuhr. Kein Rauch stieg aus den Schornsteinen, die Menschen schliefen noch.

Siponens Hund machte ziemlichen Lärm, als Huttunen auf den Hof kam. Die Haustür war nicht zugehakt, der Müller trat in die Wohnstube, wo die Gardinen gezogen waren und tiefe Stille herrschte.

»'n Tag.«

Als Erster erwachte der Knecht Launola, der von seiner Pritsche hinter dem Ofen schläfrig-verwundert den Gruß erwiderte. In der Tür der Schlafkammer erschien gähnend der Hausherr, der entfernt an einen Elefanten erinnerte; er war klein, alt und kurzsichtig. Er trat dicht an Huttunen heran, schaute hoch, erkannte den Gast und bot ihm Platz an. Hinter ihrem Mann zwängte sich die Bäuerin durch die Tür, eine kurze und furchtbar dicke Frau; sie war so dick, dass ihre Beine nicht in die Stiefelschäfte passten. Ihre Kuhstallstiefel mussten immer bis zur halben Schafthöhe aufgeschlitzt werden. Sie sagte Guten Morgen, sah auf die Wanduhr und fragte:

»Ist in der Mühle wieder was passiert, dass du mitten in der Nacht unterwegs bist, Kunnari?«

Huttunen saß am Tisch, zündete sich eine Zigarette an und hielt auch Siponen, der in seine Hose stieg, die Schachtel hin.

»Alles in Ordnung, danke der Nachfrage. Ich komme nur mal eben vorbei, bin lange nicht auf Besuch gewesen.« Der Hausherr saß Huttunen gegenüber und rauchte seine Zigarette durch eine Spitze. Er sah dem Müller aus geringer Entfernung in die Augen und sagte nichts. Launola trat vors Haus und verschwand um die Ecke. Dann kam er wieder herein, und als ihn niemand ansprach, legte er sich auf seine Pritsche, drehte den Anwesenden den Rücken zu und begann bald zu schnarchen.

»Ist die Klubberaterin zu Hause?«, fragte Huttunen schließlich.

»Die wird wohl oben schlafen«, meinte der Bauer und zeigte in die Richtung der Treppe.

Huttunen drückte seine Zigarette aus und stieg zur Mansarde hoch. Der Bauer und die Bäuerin sahen einander an und blieben verblüfft sitzen. Sie hörten die schweren Schritte des Müllers auf der Treppe und dann ein mächtiges Dröhnen, als er sich oben den Kopf am Deckenbalken stieß. Kurz darauf ertönte ein Klopfen, eine Frauenstimme antwortete, und dann wurde die Tür geöffnet und wieder geschlossen. Die Bäuerin zwängte sich in den Treppenaufgang, um zu horchen, was oben gesprochen wurde, doch die Entfernung war zu groß. Ihr Mann zischte ihr ins Ohr: »Geh ein Stück rauf, dann hörst du besser, aber sieh zu, dass die Treppe nicht knarrt. Na los, mach schon, und berichte mir dann. Pass doch auf! Herrgott, dieses Weib ist so dick, dass das ganze Haus unter ihr schwankt.«

Die verschlafene und verwirrte Klubberaterin empfing Huttunen im Nachthemd. Er stand gebückt in dem kleinen Zimmer mit schrägem Dach, hielt in der einen Hand seine Mütze und streckte die andere der Beraterin zur Begrüßung hin.

»Guten Morgen, Fräulein Klubberaterin ... Entschuldigen

Sie, dass ich um diese Zeit komme, aber ich dachte mir, da treffe ich Sie wenigstens zu Hause an. Wie ich hörte, sind Sie von morgens bis abends im ganzen Sprengel zur Beratung unterwegs.«

»Ja, natürlich. Wie spät ist es denn? Noch nicht einmal fünf.«

»Hoffentlich habe ich Sie nicht geweckt«, meinte Huttunen erschrocken.

»Macht nichts ... Setzen Sie sich doch, damit Sie nicht so gebückt stehen müssen. Die Decke ist sehr niedrig. Die höheren und größeren Zimmer sind teuer.«

»Es ist ein schönes Zimmer ... Unsereiner hat drüben in der Mühle nicht mal Gardinen. Ich meine natürlich in der Stube ..., in der Mühle vermisst man sie ja nicht unbedingt.«

Huttunen setzte sich auf einen kleinen Hocker neben dem Herd. Er wollte seine Zigaretten hervorholen, verzichtete dann aber darauf. Im Zimmer einer Frau schickte es sich wohl nicht zu rauchen. Die Beraterin saß auf ihrer Bettkante und strich sich die zerzausten Locken aus der Stirn. Sie sah reizend aus nach dem Schlaf. Ihre üppige Brust zeichnete sich deutlich unter dem Nachthemd ab, der Halsausschnitt gab den Blick auf die Spalte zwischen den Brüsten frei. Huttunen fiel es schwer, nicht hinzustarren. »Ich hab jeden Tag gewartet, dass Sie zur Mühle kommen. Den Garten mit dem Grünzeug hab ich gleich fertiggemacht, genau wie abgesprochen. Sie hätten ihn sich mal ansehen können.«

Sanelma Käyrämö lachte nervös.

»Ich wollte es nächste Woche tun.«

»Mir wurde die Zeit so lang. Außerdem sind die Samen nicht aufgegangen.«

Die Beraterin sagte schnell, dass dies noch nicht der Fall sein könne, da sie erst vor ein paar Tagen ausgesät worden seien. Man dürfe nicht zu ungeduldig sein. Herr Huttunen könne beruhigt zu seiner Mühle zurückkehren, das Gemüse werde wachsen, wenn es an der Zeit sei.

»Muss ich denn jetzt gleich wieder gehen?«, fragte Huttunen enttäuscht. Er hatte keine Lust aufzubrechen.

»Ich komme gleich nächste Woche vorbei und schaue mir Ihre Parzelle an«, versprach die Beraterin. »Jetzt ist eine ungewöhnliche Besuchszeit, ich wohne hier zur Untermiete. Die Bäuerin ist eine strenge Frau, auch wenn sie so dick ist.«

Huttunen unternahm einen weiteren Versuch:

»Und wenn ich noch eine halbe Stunde ganz still hier sitze?«

»Versuchen Sie doch zu verstehen, Herr Huttunen.«

»Ich dachte bloß, ich komme vorbei. Sie haben gesagt, ich kann jederzeit vorsprechen, wenn es Probleme gibt.«

Die Beraterin war verwirrt. Gern hätte sie den Müller dort neben dem Herd sitzen lassen, diesen stattlichen und seltsamen Mann, doch das schickte sich natürlich überhaupt nicht. Komisch, dass sie keine Angst hatte vor diesem sonderbaren Mann, den viele für geisteskrank hielten. Aber auf irgendeine Weise musste sie ihn zum Gehen veranlassen, der Besuch durfte sich nicht länger hinziehen. Was würden sie unten im Haus denken, wenn der Müller weiter bliebe.

»Wir können uns während meiner Dienstzeit treffen ... meinetwegen im Laden oder im Café, ganz beiläufig, oder irgendwo im Wald ... Aber nicht hier um diese Zeit.«

»Dann muss ich jetzt wohl gehen.« Huttunen seufzte schwer, setzte die Mütze auf und gab der Beraterin zum Abschied die Hand. Sanelma Käyrämö war sicher, dass der arme Kerl sie liebte, weil er im Augenblick des Abschieds so traurig dreinschaute.

»Leben Sie wohl, Huttunen. Wir treffen uns bald unter besseren Umständen.«

Huttunens Traurigkeit schmolz ein wenig. Er packte mit festem Griff die Klinke und verbeugte sich höflich. Dann stieß er schwungvoll die Tür auf.

Die Tür klatschte gegen etwas Großes und Weiches. Auf der Treppe ertönten wildes Geheul und schweres Gepolter. Die Bäuerin hatte sich bis zur Mansarde hochgearbeitet, um das Gespräch zwischen dem Müller und der Klubberaterin zu belauschen. Als die Tür aufschwang, schlug sie ihr mit voller Wucht ans Ohr und schleuderte sie auf die steile Treppe. Zum Glück war die Bäuerin rund wie ein Fass – sie rollte weich die Stufen hinunter, und unten nahm sie der Bauer in Empfang. Aus ihrem Ohr floss Blut, und sie kreischte, dass die Glasveranda klirrte.

Der Knecht Launola stürzte herbei. Huttunen kam die Treppe herunter, die Beraterin folgte ihm. Die Bäuerin lag auf dem Fußboden und jammerte. Siponen starrte Huttunen wütend an und schnauzte:

»Es ist eine verdammte Schweinerei, mitten in der Nacht zu friedlichen Leuten ins Haus zu kommen und die Bäuerin totzuschlagen!«

»Die ist noch nicht tot, wir müssen sie ins Bett tragen«, meinte der Knecht.

Mit vereinten Kräften schleppten sie die Bäuerin in die Schlafkammer und hoben sie ins Bett. Als die Arbeit getan war, verließ Huttunen das Haus. Er sprang auf sein Fahrrad und fuhr schnell vom Hof. Der Bauer trat hinaus und rief dem Müller nach:

»Falls meine Alte gelähmt ist, zahlst du mir die Pflege, Kunnari! Ich gehe damit bis vors Gericht!«

Siponens Hund bellte über das Ereignis bis in den Morgen.

6

Eine Woche lang starrte Huttunen auf seinen öden Garten und wagte sich nicht ins Dorf. Dann hatte die traurige Einsamkeit plötzlich ein Ende. Die Klubberaterin kam fröhlich angeradelt, begrüßte ihn freundlich und redete sofort mit ihm über den Garten. Vom Salat waren bereits die ersten Triebe sichtbar. Bald würden auch die Möhren aufgehen, versicherte sie ihm. Sie kassierte das Geld für die Samen, die sie bei ihrem letzten Besuch dagelassen hatte, und gab Anweisungen, wie der Boden gelockert und die Pflanzen verzogen werden müssten.

»Das A und O bei allem ist Sorgfalt«, schärfte sie ihm ein.

Glücklich kochte Huttunen Kaffee und bot Kringel dazu an.

Als hinsichtlich des Gartens alles geklärt war, brachte Sanelma Käyrämö die Rede auf den Besuch des Müllers bei ihr.

»Eigentlich bin ich gekommen, um mit Ihnen über den Vorfall neulich morgens zu sprechen.«

»Ich werde nicht wieder zu Ihnen kommen«, versprach Huttunen beschämt.

Die Klubberaterin sagte, dass eigentlich auch das erste Mal schon zu viel gewesen sei. Sie erzählte, die Bäuerin Siponen liege immer noch im Bett und sei nicht bereit aufzustehen, ja, sie besorge nicht einmal mehr den Kuhstall. Siponen habe den Gemeindearzt gerufen, damit er nach seiner Frau sehe.

»Doktor Ervinen hat sie von allen Seiten untersucht. Mehrere Leute mussten helfen, sie umzudrehen, weil sie so dick ist. Er hat angeordnet, ihr das Ohr zu waschen, und dann hat er einen Lappen reingetan. Da ist wohl irgendwas verletzt, weil die Türklinke sie ja genau dort getroffen hat. Der Doktor hat dann in das Ohr gerufen und gesagt, dass ihr Gehör noch vorhanden ist, auch wenn sie sich taub stellt. Er hat ihr mit einer hellen Taschenlampe ins Auge geleuchtet, von ganz nah, und plötzlich in das kranke Ohr reingeschrien. Er hat gesehen, dass sich ihre Pupille verändert hat und dass sie also eindeutig noch hört. Aber der Bauer hat es nicht geglaubt. Dann haben wir ihr alle ins Ohr gerufen und ins Auge gesehen, aber sie hat sich verstellt und getan, als ob sie nichts merkt. Siponen hat gesagt, jetzt hat seine Alte auch noch das Gehör verloren, das wird ein teurer Spaß für Kunnari.«

Huttunen blickte die Beraterin flehentlich an, er hoffte, die schlechten Nachrichten wären damit zu Ende. Aber sie fuhr fort:

»Doktor Ervinen war der Meinung, die Bäuerin sollte aus dem Bett aufstehen und sich an ihre Arbeit machen. Aber sie hat behauptet, ihre Glieder bewegen sich nicht. Sie hat anscheinend beschlossen, gelähmt zu sein. Sie hat gesagt, sie kann im ganzen Leben nie mehr aus dem Bett aufstehen. Das ist ihr fester Wille, und da konnte Ervinen gar nichts machen. Als er ging, hat er bloß noch gesagt, seinetwegen soll sie da liegen bis zum Jüngsten Tag. Der Bauer hat damit gedroht, sich einen besseren Arzt zu holen, der seiner Alten die Lähmung schriftlich gibt. Er hat gesagt, dann wird Kunnari schon blechen.«

So sieht es also aus, dachte Huttunen unglücklich. In der ganzen Gegend war bekannt, dass die Siponen das faulste und dickste aller Weiber war. Jetzt hatte sie einen guten Grund gefunden, im Bett zu bleiben. Launola, der durchtriebene Knecht des Hauses, würde in der Sache natürlich alles bezeugen, was Bauer und Bäuerin befahlen.

Die Beraterin sagte, sie erzähle dies alles, da sie Huttunen unschuldig wisse und da sie ihn möge. Sie schlug vor, dass sie sich duzen sollten.

»Aber wir machen es nur, wenn wir unter uns sind und kein anderer zuhört«, sagte sie.

Der Müller freute sich darüber ganz außerordentlich, und von nun an nannte die Beraterin ihn Gunnar.

Huttunen schenkte Kaffee nach. Die Beraterin schnitt jetzt ein neues, noch heikleres Thema an. »Gunnar ... darf ich dich etwas ganz Persönliches fragen ... eine recht unangenehme Sache, über die im Dorf so viel geredet wird?«

»Frag, was du willst, ich werde nicht böse.«

Sie wusste nicht recht, wie sie beginnen sollte. Sie trank eine weitere Tasse Kaffee, bröckelte Kringel hinein, schaute aus dem Fenster, wollte bereits wieder vom Gemüsegarten anfangen, kam aber schließlich zur Sache.

»Im Dorf reden sie ganz offen darüber, dass du nicht wie die anderen bist ...«

Huttunen stimmte verlegen zu:

»Ich weiß ... Sie nennen mich einen Irren.«

»Na ja ... als ich gestern bei der Lehrersfrau zum Kaffee war, haben sie dort gesagt, du bist geistesgestört ... Es hieß, du kannst gefährlich werden, und was weiß ich alles. Die Lehrersfrau hat erzählt, du hast plötzlich die Waage aus dem Laden geschleppt und in den Brunnen runtergelassen. Das stimmt doch wohl nicht? So was macht kein Mensch.«

Huttunen musste zugeben, dass er allerdings Tervolas Waage in den Brunnen befördert habe.

»Die kriegt man wieder hoch, man muss bloß den Eimer heraufziehen.«

»Auch von dem Sprengstoff reden sie noch immer, und dann dieses Heulen ... Stimmt es, dass du im Winter heulst?«

Huttunen schämte sich. Er war gezwungen, auch das zuzugeben.

»Es ist hin und wieder vorgekommen ... aber es war nicht böse gemeint.«

»Und dann heißt es noch, du ahmst Tiere nach ... und verspottest Leute aus dem Dorf, Siponen und Viittavaara und den Lehrer und den Kaufmann ... Ist das ebenfalls wahr?«

Huttunen erklärte, er gerate einfach manchmal in solche Stimmungen und verspüre den Drang, etwas Besonderes zu tun.

»Es ist wie ein plötzliches Rucken im Kopf. Aber ich bin nicht eigentlich gefährlich.«

Die Beraterin schwieg lange. Sie saß traurig da und sah den Kaffee trinkenden Müller gerührt an.

»Ach, wenn ich dir doch helfen könnte«, sagte sie schließlich und nahm Huttunens Hand in die ihre. »Ich finde es furchtbar, wenn ein Mensch allein vor sich hin heult.«

Huttunen hüstelte und errötete. Die Beraterin bedankte sich für den Kaffee und rüstete zum Aufbruch. Huttunen wurde unruhig:

»Warum willst du denn schon gehen, gefällt es dir hier nicht?«

»Wenn die Leute erfahren, dass ich mich länger aufhalte, verliere ich meine Stellung. Ich muss jetzt wirklich los.«

»Wenn ich mit dem Heulen aufhöre, kommst du dann wieder?«, bat Huttunen und schlug dann schnell vor, wenn sie nicht wage, ihn in der Mühle aufzusuchen, dann könnten sie einen anderen Treffpunkt wählen, zum Beispiel im Wald. Er versprach, eine passende Stelle zu suchen, an der sie sich hin und wieder treffen könnten, ohne gestört zu werden.

Die Beraterin meinte zweifelnd:

»Hoffentlich ist der Ort dann wirklich sicher. Und zu weit entfernt darf er auch nicht sein, damit ich mich nicht verirre. In die Mühle kann ich nur zweimal im Monat kommen, so wie in die anderen Klubgärten. Wenn ich öfter komme, gibt es gleich Ermahnungen. Der Landwirtschaftsklubverband verliert womöglich die Geduld.« Huttunen umarmte die Beraterin. Sie wehrte sich nicht. Er flüsterte ihr ins Ohr, er sei keineswegs so verrückt, dass man nicht mit ihm auskomme. Dann fiel ihm ein passender Treffpunkt ein: Der Weg zum Kirchdorf überquere einen kleinen Bach, diesem solle sie am Nordufer knapp einen

Kilometer folgen. Dann mache der Bach eine scharfe Biegung, gabele sich und umfließe in zwei Armen eine mit Erlen dicht bewachsene Insel. Er wisse, dass nie jemand diese Erleninsel betrete. Es sei ein schöner und sicherer Ort und außerdem nahe genug.

»Ich fälle ein paar Baumstämme und lege sie als Brücke über den Bach, damit du ohne Gummistiefel rübergehen kannst.«

Die Beraterin versprach, am nächsten Sonntag auf die Insel zu kommen, unter der Bedingung, dass Huttunen sich von nun an nicht mehr in Schwierigkeiten bringe.

Bereitwillig versprach er, sich anständig zu benehmen.

»Ich bleibe ganz still hier in Suukoski und heule nicht, auch wenn ich noch so große Lust dazu habe.«

Sie forderte ihn auf, jeden Abend den Garten zu gießen, denn der Sommer sei sonnig und trocken. Dann fuhr sie ab. Glücklich blieb Huttunen in seiner Mühle zurück, betrachtete die grauen Wände und fand, dass ihnen neue Farbe guttäte. Er beschloss, seine Mühle rot zu streichen.

7

Huttunen kochte roten Ocker auf dem Hof vor der Mühle. Er rührte in dem eingemauerten Hundertliterkessel und hielt das Feuer bei gleichmäßiger Hitze. Er war zufrieden und voller Energie, zugleich auch erwartungsvoll – übermorgen war Sonntag, und er würde die Klubberaterin auf der Erleninsel treffen.

Er hatte rechtzeitig aus zwei Baumstämmen eine Brücke über den Bach gebaut. Im Gebüsch hatte er ein Zelt aus Laken errichtet, davor einen kleinen Platz gerodet, gleichsam als Hof, und dann noch die harte Erde unter dem Zelt mit Heu bedeckt. In der Kühle des Zeltes würde keine Mücke die Beraterin stören. Frauen werden nervös, wenn sie von Mücken angefallen werden. Bestimmt freut sich Sanelma über die Vorbereitungen, dachte Huttunen glücklich.

Der rote Ocker, eingerührt in ein braunes Roggenmehlgemisch, ergab ein schönes Dunkelrot. Die Farbe würde schon am Abend fertig sein, und bis zum Sonntag hätte das Mühlengebäude einen neuen Anstrich. Die Arbeit wurde nicht einmal teuer: das Mehl hatte Huttunen umsonst, nur den roten Ocker, das Vitriol, hatte er kaufen müssen.

Bauer Viittavaara vom Nachbargehöft kam mit dem Pferdefuhrwerk auf den Hof. Auf dem Wagen lagen fünf Kornsäcke, und obenauf saß der stämmige Bauer. Der Müller freute sich, dass sein Nachbar überständiges Korn zum Mahlen brachte, legte Holz unter dem Kessel nach und half Viittavaara, das Pferd am Balken festzumachen.

»Aha, du willst hier malern«, meinte Viittavaara, während sie gemeinsam die Säcke in die Mühle trugen. »Ich hab am Friedhofstor gelesen, dass die Mühle wieder in Ordnung ist, und bringe jetzt diesen Rest Gerste ... Man muss die Mühle des eigenen Dorfes nutzen, damit das teure Flusswasser nicht faul und nutzlos an der Mühle vorbeifließt.«

Huttunen setzte die Anlage in Gang, öffnete den ersten Sack und ließ den Inhalt in den Trichter rinnen. Bald war die Mühle erfüllt vom Duft frischen Gerstenmehls. Die Männer gingen auf den Hof, Huttunen bot Viittavaara eine Zigarette an. Er dachte bei sich, sein Nachbar sei letzten Endes ein patenter Kerl und von ganz anderem Format als Siponen und seine stinkfaule Alte.

»Du hast einen guten Wallach«, sagte Huttunen herzlich, um zu zeigen, dass der Mann ihm sympathisch war.

»Ist schlecht kastriert, aber sonst nicht übel.«

Dann räusperte sich Bauer Viittavaara. Huttunen schloss daraus, dass der Nachbar noch ein anderes Anliegen hatte als das Mahlen des überständigen Korns. Hatte Siponen ihn geschickt? Oder der Kaufmann Tervola, oder der Lehrer?

»Mal unter Männern … unter guten Nachbarn: Ich möchte dich ein bisschen warnen, Kunnari. Du bist in jeder Hinsicht ein feiner Kerl, ganz einwandfrei … allerdings hast du einen Fehler. Wir haben im Sozialausschuss über die Sache gesprochen, ich bin nämlich der Vorsitzende.«

Huttunen drückte seine Zigarette aus und zertrat die Kippe auf der Erde. Worauf wollte Viittavaara hinaus? Der Müller war auf der Hut.

»Wie soll ich es jetzt sagen … Zahlreiche Einwohner der Gemeinde beklagen sich über dich. Sie wollen, dass du aufhörst mit dem Geheul und den anderen Faxen. Es sind eine Menge Beschwerden vor den Ausschuss gekommen.« Huttunen sah den Nachbarn böse an.

»Sag doch offen, was über mich getratscht wird.«

»Ich habe es ja schon gesagt. Das Geheul muss jetzt ein für allemal aufhören. Es schickt sich nicht, dass ein erwachsener Mann mit den Hunden um die Wette jault. Letzten Winter und auch jetzt im Frühjahr hast du das Dorf viele Nächte lang wach gehalten. Meine Frau hat deinetwegen das ganze Frühjahr nicht richtig geschlafen, und die Kinder lernen schlecht in der Schule. Unser Mädel musste zur Nachprüfung. Das kommt bloß davon, dass sie die Nächte durchwacht und den ganzen Sommer über in der Mühle sitzt und deinen Theatervorstellungen zusieht.«

Huttunen verteidigte sich:

»Ich hab dieses Frühjahr nicht so viel geheult wie sonst, nur ein paarmal hab ich mich gehen lassen.«

»Du beschimpfst die Leute, verspottest sie, hältst sie zum Narren. Auch Tanhumäki, der Lehrer, spricht schon davon. Du spielst alle möglichen Viecher, und damit nicht genug, nein, du musst auch noch Sprengstoff in den Fluss schmeißen.«

»Das war bloß Spaß.«

Viittavaara war in Fahrt gekommen. Seine Stirnadern schwollen, während er Huttunen zurechtwies:

»Du wagst dich noch zu verteidigen, verdammt noch mal! Habe ich nicht Tausende von Nächten auf der Bettkante gesessen und zugehört, wie du hier in der Mühle jaulst? Pass auf, so, kommt es dir bekannt vor?«

Viittavaara fing in seiner Erregung an zu heulen, hob die Arme und wandte das Gesicht zum Himmel. Aus seiner Kehle drang so lautes, durchdringendes Geschrei, dass sein Pferd erschrak.

»Auf diese Weise hast du den ganzen Sprengel in Angst und Schrecken versetzt. Irrer Kerl! Und dann all das andere Theater! Mal bist du ein Bär, mal ein Elch, mal eine verdammte Schlange und dann wieder ein Kranich. Sieh dir mal spaßeshalber an, wie das wirkt, sieh genau hin! Macht ein anständiger Mensch so was?«

Viittavaara trottete über den Hof, als sei er ein Bär, er brummte und fuchtelte mit den Armen, kroch zwischendurch auf allen vieren und brüllte dermaßen, dass der Wallach an der Trense riss.

»Das war ein Bär, kam er dir bekannt vor? Und dann das hier, so was hast du auch viele Male gemacht!«

Viittavaara trabte um den Ockerkessel, schnaubte und prustete wie ein Ren, schüttelte den Kopf, scharrte am Boden, beugte sich über das Gras und tat, als fräße er Flechten. Dann hörte er damit auf und spielte einen Lemming: er spitzte den Mund, setzte sich auf die Hinterbeine, fauchte Huttunen an und flitzte unter dem Wagen hindurch wie ein wütendes Nagetier.

Huttunen sah sich das Schauspiel an und verlor schließlich die Geduld.

»Hör sofort auf, du verrückter Kerl. Du kannst ja nicht mal richtig spielen! Verdammt, wenn ich ein Bär gewesen bin, war das jedenfalls nicht so ein Gehampel.«

Viittavaara schöpfte Atem und zwang sich zur Ruhe.

»Ich meine damit bloß, wenn das so weitergeht, lässt dich der Ausschuss fesseln und nach Oulu in die Nervenklinik bringen. Wir haben auch schon mit Ervinen darüber gesprochen. Der Doktor hat mir gesagt, du bist geisteskrank. Ein manisch-depressiver Irrer. Siponens Frau hast du ja neulich nachts so zugerichtet, dass sie taub wurde. Fällt es dir wieder ein? Dem Kaufmann hast du die Waage gestohlen und im Brunnen versenkt. Tervola hat tagelang seine Graupen zum Schätzpreis verkaufen müssen und dabei Verluste gemacht.«

Huttunen geriet in Wut. Was gab diesem Kerl das Recht, zu ihm in die Mühle zu kommen, ihn zu tadeln und ihm zu drohen? Viittavaara verdiente einen Fausthieb in seine dicke Fresse, doch im letzten Moment besann sich der Müller auf Sanelma Käyrämös Warnungen.

»Schaff sofort deine Gerste weg, jedes einzelne Korn! Einem Kerl wie dir mahle ich keinen Krümel. Und bring den verfluchten Gaul von diesem Hof, oder ich jage ihn in den Wasserfall.«

Viittavaara sagte mit eisiger Ruhe:

»Du mahlst, was dir befohlen wird. Es gibt noch ein Gesetz auf dieser Welt, und das werde ich dich lehren. Vielleicht konntest du im Süden das Großmaul spielen, aber hier funktioniert so was nicht. Merk dir das gut, ich komme kein zweites Mal, um dich zu warnen.«

Huttunen stürmte in die Mühle und stoppte die Anlage. Er schüttete das fertige Mehl aus, trampelte darin herum und richtete die Mündung des Trichters am Oberstein vorbei auf den Fußboden. Dann wuchtete er sich einen ungeöffneten Kornsack auf den Rücken, rannte damit auf die Fuhrbrücke, riss das Messer aus dem Gürtel und schlitzte den Sack an der Seite auf. Er schüttete das Korn in den Wasserfall und schleuderte die Sackfetzen hinterher. Die restlichen Säcke warf er ungeöffnet in den Fluss.

Viittavaara band den scheuenden Wallach los und führte ihn auf die Landstraße. Von dort rief er dem Müller zu:

»Jetzt ist das Maß voll, Kunnari! Du hast mir fünf Sack prima Gerste ruiniert, das hat ein Nachspiel!«

Im Fluss schwammen durchweichte Kornsäcke. Huttunen spuckte hinterher. Die Mühle stand schweigend da, auf dem Hof dampfte der Farbkessel. Huttunen packte die feuerrote Farbkelle und rannte damit auf Viittavaara los. Der Bauer klatschte dem Wallach die Zügel auf den Rücken, und der setzte sich in Trab, dass die Gummiräder des Wagens quietschten. Durch das Hufgetrappel tönte Viittavaaras Drohung:

»Auch für Irre gilt das Gesetz! So ein verdammter Bandit gehört gefesselt und geknebelt!«

Der Strom riss Viittavaaras Korn mit sich. Huttunen ging müde in seine Mühle. Er fegte das verstreute Gerstenmehl mit einem Auerhahnflügel zusammen und warf es aus dem Fenster in den Fluss.

8

Wachtmeister Portimo, ein älterer Mann und erfahrener Polizist, fuhr gemächlich auf seinem alten Fahrrad zur Mühle von

Suukoski. Als er näher kam, registrierte er, dass Huttunen damit beschäftigt war, seine Mühle anzustreichen. Eine Wand war bereits fertig. An der anderen, oberhalb der Mühlenbrücke, stand der Müller auf einer Leiter und strich roten Ocker auf die grauen Balken.

Kunnari ist daheim, wenigstens bin ich nicht umsonst gekommen, dachte der Wachtmeister träge. Er lehnte sein Fahrrad an die Südwand der Mühle, denn die war noch nicht angestrichen.

»Du hast dich ans Renovieren gemacht«, rief er Huttunen zu, der mit dem Farbtopf von der Leiter stieg.

Die Männer machten eine Zigarettenpause, Huttunen gab Feuer. Verflixt, dachte er, Viittavaara hat die Sache mit den Kornsäcken ausposaunt. Nach ein paar Zügen fragte er den Polizisten:

»Du bist im Namen des Gesetzes unterwegs?«

»Ein landloser Polizist wie ich bringt kein Korn in die Mühle. Es geht um die Sache mit Viittavaara.«

Als sie zu Ende geraucht und das Anstreichen der Mühle besprochen hatten, ging Wachtmeister Portimo an die Ausübung seines Dienstes. Er holte eine Rechnung aus der Brieftasche und überreichte sie Huttunen. Der Müller las, dass er Viittavaara den Wert von fünf Sack Korn schulde. Er holte einen Stift und Geld aus der Mühle, bezahlte und schrieb seinen Namen auf das Blatt Papier. Der Preis war nicht sehr hoch, trotzdem sagte er zu Portimo:

»Das Zeug war zum größten Teil schon ausgekeimt. Es gehörte in den Fluss. Hätte nicht einmal mehr Schweinefutter abgegeben.«

Wachtmeister Portimo zählte das Geld und verstaute Scheine und Quittung in seiner Brieftasche. Er spuckte vielsagend in den Fluss:

»Werd nicht zu überheblich, Kunnari. Als der Kommissar die Sache von Viittavaaras Korn hörte, wollte er dich festnehmen lassen. Ich konnte ihn so weit beruhigen, dass wir dann zu dieser einvernehmlichen Lösung kamen. Denk daran, Kunnari, dass Viittavaara im Prinzip in einer ganz berechtigten Sache zu dir kam. Hat er nicht über all die Verrücktheiten mit dir gesprochen?«

»Der ist selber verrückt.«

»Er hat dem Kommissar erzählt, dass er beim Doktor gewesen ist. Ervinen hat ihm versprochen, dich schriftlich für verrückt zu erklären. Im Prinzip braucht man dich jetzt bloß zu schnappen und nach Oulu in die Nervenklinik zu bringen. Ich an deiner Stelle würde versuchen, mich ein bisschen zu beherrschen. Da ist auch noch die Sache mit Siponen. Und beim Kaufmann sollst du die Waage rausgeschleppt und in den Brunnen runtergelassen haben. Die Lehrersfrau ist bei mir gewesen und hat es mir erzählt, und Tervola hat selber auch angerufen. Er hat gesagt, die Waage hat in ihre Einzelteile zerlegt werden müssen, und sie ist nicht mehr so genau wie früher. Die Kunden vertrauen der Waage nicht mehr. Im Laden gibt es täglich Streit um die Kilopreise.«

»Hast du für die Waage auch noch eine Rechnung? Gib sie her, ich werde das verdammte Ding bezahlen.«

Wachtmeister Portimo ging über die Mühlenbrücke zum Wasserkasten und sprang auf der Höhe der Schindelmaschine ans Ufer hinunter; dabei geriet ihm ein bisschen Wasser in den Stiefel. Portimo ging neben der Zulaufrinne vor bis zum Wehr, Huttunen stapfte hinterher. Am Wehr versuchte der Wachtmeister, an den starken Pfählen zu rütteln, aber sie saßen fest im Boden.

»Du hast diese Mühle gut in Schuss gebracht. Sie ist überhaupt noch nie so prima in Ordnung gewesen, außer als sie neu war natürlich«, lobte der Polizist. »Ich weiß noch, wie hier am Wasserfall die Mühle gebaut wurde. Das war im Jahr nullzwo, und ich war damals sechs. Viel Korn ist hier gemahlen worden. Im Krieg ist sie leider schlimm verfallen. Gut, dass du sie repariert hast, jetzt braucht man die Schindeln und das Mehl nicht mehr von Kemi oder Liedakkala herzuholen.«

Huttunen berichtete erfreut, dass er den Plan habe, auch noch das hintere Ende des Wasserkastens zu erneuern, und damit nicht genug:

»Ich hab mir gedacht, man könnte auch noch eine Säge anschließen. Die Stromschnelle hat Kraft genug. Man müsste hier ein neues Wasserrad anbringen oder eventuell das Wasserrad der Schindelmaschine vergrößern und von da den Treibriemen hinter die Maschine ziehen. Man muss dann bloß mit dem Gatter dicht genug rankommen. Ein zu langer Treibriemen ist gefährlich; wenn er sich löst, kann er einen Mann erschlagen. Das ist in Sägewerken schon oft passiert.«

Der Polizist musterte den Platz für die zukünftige Säge ein wenig skeptisch. Huttunen erklärte:

»Wenn man da drüben sechzig Fuhren Steine und Splitt hinschüttet, hat man den Untergrund für die Säge. Dort weiter oben kommen das Holzlager und die Stapel hin. Da ist genug Platz, auch wenn mal große Mengen anfallen.«

»Aha, jetzt verstehe ich. Aber du kannst nicht gleichzeitig sägen und Schindeln hobeln.«

»Wenn sie über dasselbe Rad laufen, natürlich nicht. Ich bin ja bloß allein hier.«

»Ja, gewiss.«

Wachtmeister Portimo stellte sich alles in der Praxis vor. Er sah Huttunen wohlwollend in die Augen und äußerte ernst:

»Wenn die Mühle jetzt so gut in Schuss ist und du noch weitere Pläne hast, dann versuch doch mal, das Verrücktspielen ganz und gar zu lassen. Das ist ein kameradschaftlicher Rat. Falls sie mich zwingen, dich nach Oulu zu bringen, dann verkommt die Mühle wieder, und wer weiß, wer nachher hier deine Stelle einnimmt.«

Huttunen nickte ernst. Die Männer kletterten vom Wehr. Portimo holte sein Fahrrad, zum Abschied winkte er Huttunen zu. Der Müller dachte bei sich, das sei der netteste Mann des Dorfes, auch wenn er Polizist sei.

Von Portimo wanderten seine Gedanken zu Sanelma Käyrämö. Diese beiden Menschen waren gleichermaßen freundlich und verständnisvoll. Morgen würde er die Beraterin auf der Erleninsel treffen, falls es nicht regnete. Im Radio hatten sie schönes Wetter bis zum Abend versprochen, in Fennoskandia herrschte glücklicherweise Hochdruck.

Huttunen nahm seine Malerarbeiten wieder auf. Wenn er die ganze Nacht durcharbeitete, stünde morgens in Suukoski eine rote Mühle. Ein gleichnamiges Kabarett wurde, wie man hörte, von Frauen aus Helsinki überall im Land aufgeführt. Sie waren auch bis nach Kemi und Rovaniemi gekommen. Die Frauen hatten so kurze Röcke getragen, dass man darunter die Schlüpfer und Strumpfbänder sehen konnte.

In der hellen und kühlen Sommernacht arbeitete es sich angenehm. Wenn auch seine Hand ermüdete, wurde Huttunen dennoch nicht schläfrig, denn seine Gedanken kreisten um zwei gute Dinge: den schönen neuen Anstrich der Mühle und das bevorstehende Treffen mit der Beraterin auf der Insel. Huttunen arbeitete eifrig die ganze Nacht hindurch. Als die Sonne am Sonntagmorgen aufging und die nordöstliche Mühlenwand beleuchtete, war alles fertig. Der Müller trug die Leiter und die paar übrig gebliebenen Eimer Farbe in den Schuppen. Er badete im Fluss und umrundete dann zweimal die Mühle, um ihre Schönheit zu bewundern. Sie leuchtete buchstäblich!

Frohgestimmt ging Huttunen in seine Stube, um ein Stück Wurst zu essen und einen Becher Buttermilch zu trinken. Dann wanderte er zur Erleninsel. Es war früher Morgen, und der müde Müller schlief auf der Blätterstreu des kühlen Zeltes ein, auf dem Gesicht ein glückliches, erwartungsvolles Lächeln.

9

Huttunen erwachte davon, dass der Lakenvorhang des Zeltes wehte. Draußen rief eine scheue Frauenstimme:

»Gunnar ... Ich bin schon da.«

Der schläfrige Huttunen steckte seinen Kopf aus dem Zelt. Er zog die widerstrebende Klubberaterin in den weißen, duftenden Raum. Sie war fieberhaft erregt und redete alles Mögliche auf einmal: Sie hätte besser nicht kommen sollen, sie beide dürften sich nicht auf diese Weise treffen, die Bäuerin Siponen liege immer noch im Bett und beabsichtige, niemals mehr aufzustehen ... wie spät es eigentlich sei und was doch für schönes Wetter herrsche.

Huttunen und Sanelma Käyrämö saßen auf dem Heulager, sahen einander in die Augen und hielten sich an den Händen. Huttunen hätte sie gern umarmt, aber als er es versuchte, scheute sie zurück.

»Deswegen bin ich nicht hergekommen.«

Huttunen begnügte sich damit, ihr Knie zu streicheln. Sie dachte, dass sie sich nun mit einem geistesgestörten Mann allein auf einer einsamen Insel mitten im Wald befand. Wie hatte sie bloß dieses Risiko eingehen können? Gunnar Huttunen könnte ungehindert mit ihr machen, was er wollte. Er könnte sie erwürgen, vergewaltigen … Wo würde er ihre Leiche verstecken? Er würde ihr vermutlich Steine an die Füße binden und sie im Bach versenken. Nur die Haare würden in der Strömung treiben, zum Glück hatte sie keine Dauerwelle. Oder vielleicht würde er sie zerstückeln und die Teile anschließend vergraben? Sie stellte sich die Schnitte an ihrem Hals, der Taille und den Schenkeln vor. Sie erschauerte, allerdings nicht so stark, dass sie ihre Hände aus denen des Müllers gelöst hätte.

Huttunen sah ihr gerührt in die Augen.

»Ich habe letzte Woche die Mühle angemalt. Sie ist jetzt rot. Der Wachtmeister war gestern da und hat gesagt, sie sieht schön aus.«

Die Beraterin erbebte. In welcher Angelegenheit war der Polizist gekommen? Huttunen erzählte von Viittavaaras Korn und dass er es bereits bezahlt habe.

»Der Kommissar hat für ausgekeimtes Korn den Preis von Brotgetreide berechnet. Zum Glück waren es nur fünf Säcke.«

Die Beraterin redete nun eifrig auf Huttunen ein, er solle unbedingt in Doktor Ervinens Sprechstunde gehen. Ob er denn nicht verstehe, dass er krank sei?

»Lieber Gunnar, dein seelisches Gleichgewicht steht auf dem Spiel. Ich flehe dich an, mit Ervinen zu sprechen.«

»Ervinen ist bloß Gemeindearzt. Was versteht der schon von Geisteskrankheiten, der ist selber verrückt«, versuchte Huttunen zu protestieren.

»Du solltest hingehen und nach Medikamenten fragen, wenn du dich nicht manierlich benehmen kannst. Heutzutage gibt es Beruhigungspillen, die schreibt dir der Doktor bestimmt auf. Falls du kein Geld hast, kann ich dir welches leihen.«

»Es ist peinlich, zum Arzt zu gehen und über sich selber zu reden«, sagte Huttunen tonlos und entzog ihr seine Hand. Sie sah ihn zärtlich an, streichelte sein Haar und ließ ihre Hand auf seiner hohen und heißen Stirn ruhen. Sie dachte, wenn sie jetzt mit dem Müller intim zusammen wäre, würde garantiert ein Kind entstehen. Gleich beim ersten Mal würde sie ein Kind bekommen. Sie hatte jetzt nicht ihre sichere Zeit. Gab es die überhaupt für eine Frau? Dieser große Mann brauchte sie bestimmt bloß einmal anzufassen, und schon wäre es passiert, sie bekäme ein Kind. Einen Jungen. Sie mochte nicht einmal daran denken. Zuerst würde ihr Bauch wachsen, sodass sie schon im Herbst Schwierigkeiten hätte, mit dem Fahrrad zu fahren. Der Landwirtschaftsklubverband würde in diesem Fall keinen Urlaub gewähren. Zum Glück war ihr Vater im Winterkrieg gefallen, er würde die Schande nicht ertragen.

Sie malte sich aus, was für ein Kind sie dem Müller gebären würde: Es wäre ein großes Baby, mit dickem Haar und langer Nase. Es wäre schon bei der Geburt mindestens einen Meter groß. Sie würde nicht wagen, ihm die Brust zu geben, diesem aberwitzigen Balg, gezeugt von einem verrückten Mann. Es würde nicht lallen wie die anständigen Babys, sondern bald anfangen zu heulen wie sein Vater. Oder wenigstens greinen. Gewöhnliche Kindersachen würden ihm nicht passen, man müsste ihm bereits in der Wiege Klappunterhosen nähen. Schon mit fünf Jahren würde dem Jungen ein Bart wachsen, und in der Schule würde er bei der Morgenandacht heulen. Im Tierkundeunterricht würde er alle möglichen Viecher nachahmen, sodass Lehrer Tanhumäki ihn mitten in der Stunde hinauswerfen müsste. Sie könnte nie mehr zur Lehrersfrau zum Kaffee gehen. Den Rest des Tages würde Huttunens Sohn im Dorf sein Unwesen treiben und die Wahlplakate von den Wänden reißen. Was er dann abends noch zusammen mit seinem Vater anstellen würde … huch, schrecklich.

»Nein. Ich werde jetzt gehen. Ich hätte überhaupt nicht herkommen sollen. Womöglich hat mich jemand gesehen.«

Huttunen legte ihr seine Hand auf die Schulter. Sie blieb. Dieser Mann hatte etwas so Ruhiges und Verlässliches an sich, dass sie einfach nicht loskam von ihm. Sie hatte keine Lust zu gehen. Sie wollte in diesem kühlen und weißen Lakenraum am liebsten den ganzen Tag und auch noch die Nacht zubringen. Sie musste daran denken, dass Irre sie gewöhnlich abstießen, doch dieser nicht. Der Müller hatte auf sie eine anziehende Wirkung, die sie nicht mit dem Verstand erklären konnte.

»Ich fände es schrecklich, wenn sie dich abholen und nach Oulu bringen würden.«

»Na, so verrückt bin ich nun wieder nicht.«

Die Klubberaterin schwieg. Ihrer Meinung nach war Gunnar Huttunen allerdings so verrückt, dass es für Oulu reichte. Sie hatte mehr als genug vom irren Kunnari reden hören. Wenn sie doch irgendwo ganz allein mit ihm leben könnte, ohne dass ein Außenseiter sie je sähe! Sie selbst fand Gunnar Huttunens Verrücktheit gerade richtig, sogar lustig, und konnte ihn nicht dafür tadeln. Was kann der Mensch für seinen eigenen Kopf? Die Dorfleute begriffen das nicht.

Sanelma Käyrämö stellte sich jetzt vor, wie sie heirateten. Gunnar würde sie in die Kirche führen, sie würden in der alten Kirche des Sprengels getraut, die neue war dafür zu groß und zu unfreundlich. Michaeli wäre das geeignete Datum. Bis Johanni würden die Kleider nicht mehr fertig. Gunnar müsste sich einen dunklen Anzug machen lassen, einen, den er später gelegentlich bei Beerdigungen tragen konnte. Die Hochzeit also zu Michaeli. Das Kind würde passend im nächsten Frühjahr geboren werden. Frühjahrsbabys sind herrlich, für sie gibt es im Sommer Gemüsesaft als gesunde Ergänzung zur Milch. Jetzt sah die Beraterin ihr Baby als kleines, allerliebst errötendes Mädchen.

Zu dritt würden sie in der roten Mühlenstube wohnen. Abends würde das Baby vom friedlichen Gemurmel des Baches einschlafen. Es würde niemals plärren. Auch Gunnar würde es wickeln und betreuen. Die Wiege, von ihm gebaut, würden sie mit Emaillefarbe hellblau anstreichen. Sie würde von ihrer Einrichtung in Siponens Dachkammer die Gardinen und mindestens noch die gemaserte Birkenholzkommode mitbringen. In die Stube kämen eine Blumenlampe und darunter Korbsessel für vier Personen. Oder wenigstens für zwei. Das Radio müsste ins Fenster gestellt werden, damit es von draußen zu sehen wäre. In die Schlafkammer müssten unbedingt ein Doppelbett sowie für jede Seite ein Nachttisch. Einer davon mit Spiegel. Jede Woche würde sie als junge Hausfrau die Fußböden wischen und die Teppiche klopfen. Beim Kaufmann Tervola würden sie eine Klapper für das Baby kaufen. Manchmal würden sie zusammen einkaufen gehen, auf dem Hinweg würde Gunnar den Kinderwagen schieben. Wenn er dann noch bleiben wollte, um ein Bier zu trinken und über Mühlenangelegenheiten zu reden, hätte sie überhaupt nichts dagegen. Sie könnte auf dem Heimweg ein Stück mit der Lehrersfrau gehen.

Nein, das war alles unmöglich. Wenn sie nicht bald dieses Zelt verließ, würde sie ein Kind bekommen, ein irres Baby von einem irren Mann.

Irgendwie brachte sie es nicht fertig zu gehen. Sie blieb den ganzen Sonntag mit dem Müller in dem duftenden Zelt, bis zum Abend. Sie waren glücklich, redeten über alles Mögliche und hielten einander an den Händen. Huttunen streichelte der Beraterin die Waden. Erst als es abends kühl wurde, begleitete er sie zur Landstraße, wo sie auf ihr Rad stieg und zu Siponens fuhr. Der Müller wandte sich in die entgegengesetzte Richtung und wanderte, tief in Gedanken, zur Mühle von Suukoski.

Ein guter Tag. Und ich liebe die Klubberaterin, dachte er. Im roten Licht der untergehenden Sonne erstrahlte die Mühle so schön, dass Huttunen Lust hatte, vor lauter Liebe und Glück aus vollem Hals zu heulen. Dann fiel ihm ein, dass Sanelma Käyrämö ihn aufgefordert hatte, bei Doktor Ervinen vorzusprechen. Er pumpte den Hinterreifen seines Fahrrades auf und fuhr los. Es war fast elf Uhr, aber der Müller war nicht schläfrig.

10

Ervinen wohnte gegenüber dem Friedhof, in einem alten Holzhaus am Ende einer langen Birkenallee. Das Haus beherbergte unter einem Dach die Arztpraxis und die Privatwohnung des alleinstehenden Mannes. Als Huttunen an die Tür klopfte, öffnete ihm der Doktor selbst. Er war ein schlanker, sehniger Mann um die fünfzig. Da es bereits später Abend war, trug er Hausjacke und Pantoffeln.

»Tag, Doktor. Ich komme zur Sprechstunde«, begrüßte Huttunen den Arzt.

Ervinen führte seinen Patienten hinein. Huttunen sah sich im Zimmer um. An den Wänden hingen zahlreiche Gemälde mit Jagdmotiven. Auf dem Kaminsims standen präparierte Tierköpfe, der Fußboden und ein Teil der Wände waren mit Fellen bedeckt. Es roch nach Pfeifentabak. Der Raum wirkte männlich karg, er diente als Wohnzimmer, Bibliothek und Speisesaal. Er war lange nicht sauber gemacht worden, aber Huttunen fand ihn gemütlich. Der Müller streichelte das Elchfell vor dem Sessel und fragte den Arzt, ob er alle Tiere selbst erlegt habe, deren Überreste so reichlich das Zimmer schmückten.

»Den größten Teil habe ich persönlich geschossen, aber einige Stücke stammen noch von meinem verstorbenen Vater.

Zum Beispiel der Luchs dort und hier der Marder auf dem Kaminsims. Die sieht man heute kaum noch, sie sind selten geworden. Hier im Norden habe ich Vögel geschossen und natürlich Füchse. Außerdem habe ich zusammen mit dem Gemeindesekretär ein paar Elche erlegt.«

Ervinen geriet in Eifer; er begann zu erzählen, wie er während des Krieges in Ostkarelien zusammen mit dem Bataillonskommandeur fast dreißig Elche erlegt hatte. Er war Bataillonsarzt gewesen und hatte sich deshalb einigermaßen frei bewegen können. Er hatte auch geangelt und reichlichen Fang gemacht.

»Aus dem Änättifluss habe ich einmal zusammen mit Major Kaarakka sechzehn Lachse geholt!«

Huttunen erwähnte, dass er seinerseits im vorigen Herbst im Mühlenbach eine beachtliche Menge Grauforellen und Äschen gefangen hatte. Ob der Herr Doktor wisse, dass diese recht zahlreich in Bächen vorkämen, besonders in deren Oberlauf?

Ervinen lief lebhaft im Zimmer hin und her. Selten hatte er Gelegenheit, über Jagd und Fischfang mit einem Mann zu reden, der etwas davon verstand. Es war offensichtlich, dass der Müller mit diesen Fertigkeiten vertraut war. Ervinen sagte, wie verdammt ärgerlich es sei, dass an der Mündung des Kemiflusses der Staudamm von Isohaara gebaut worden sei und die Wanderung der Lachse verhindere. Wie schön wäre es doch, könnte man im Kemifluss Lachs fangen und ihn auf offenem Feuer rösten. Aber die Nation verlange Strom. Wenn zwischen kleinem Übel und großem Nutzen zu entscheiden sei, siege natürlich Letzterer.

Ervinen holte zwei langstielige Gläser aus dem Eckschrank und füllte sie mit einer klaren Flüssigkeit. Als Huttunen sein Glas an die Lippen setzte, ahnte er, dass Spiritus darin war. Die hochprozentige Flüssigkeit rann scharf brennend durch die lange Kehle des langen Mannes und setzte sich langsam tief unten im Magen ab. Huttunen verspürte sofort echtes Wohlbehagen und ein Gefühl achtungsvoller Kameradschaft für den Doktor. Der plauderte über Hasenjagd und die dafür geeigneten Hunde. Dann zeigte er Huttunen seine Jagdwaffen, die eine ganze Wand einnahmen: ein schweres Jagdgewehr, ein aus einem japanischen Soldatengewehr gefertigter zierlicher Stutzen, ein Kleinkalibergewehr und noch zwei Flinten.

»Ich besitze bloß eine einläufige russische Flinte«, sagte Huttunen bescheiden. »Aber ich wollte mir eigentlich für den nächsten Herbst einen Drilling anschaffen. Ich bin schon im Winter beim Kommissar wegen der Genehmigung gewesen, aber er hat mir keine gegeben. Er hat gesagt, die Flinte müsste mir eigentlich auch abgenommen werden. Hab keine Ahnung, warum. Aber ich bin sowieso mehr Angler.«

Ervinen hängte seine Waffen wieder an die Wand. Dann leerte er sein Glas und fragte förmlich:

»Was führt Sie denn nun zu mir?«

»Na ja, die Leute sagen doch alle, ich sei verrückt ... was weiß ich.«

Ervinen setzte sich in seinen Schaukelstuhl, der mit einem Bärenfell ausgelegt war, und musterte Huttunen prüfend. Dann nickte er und sagte freundlich:

»Das mag schon stimmen. Ich bin nur ein gewöhnlicher Allgemeinmediziner, aber ich gehe wohl nicht ganz fehl, wenn ich diagnostiziere, dass Sie ein Neurastheniker sind.«

Huttunen fühlte sich unbehaglich. Es war so peinlich, über diese Dinge zu reden. Er wusste ja und gab es zu, dass er nicht ganz normal war, er hatte es immer gewusst. Aber was zum Teufel ging das andere an? Neurastheniker ... schon möglich. Na und?

»Gibt es gegen diese Art von Krankheit Tabletten? Schreiben Sie mir doch ein Röhrchen davon auf, Doktor, damit sich die Leute im Dorf beruhigen.«

Ervinen dachte, was für einen rührenden Fall er da vor sich hatte – einen Mann aus dem Volk, der an einer angeborenen Nervenkrankheit litt, leicht, aber dennoch augenfällig. Was konnte er als Arzt da machen? Überhaupt nichts. Der Mann sollte heiraten und die ganze Sache vergessen. Aber wo nimmt ein Verrückter eine Frau her? Die Frauen fürchten sich ohnehin vor einem so großen Mann.

»Als Arzt möchte ich Sie mal fragen ... Ist da was dran, dass Sie die Angewohnheit haben, nachts zu heulen, besonders im Winter?«

»Das ist im vergangenen Winter tatsächlich ein paarmal vorgekommen«, gab Huttunen beschämt zu.

»Was veranlasst Sie denn dazu? Ist es eine Zwangshandlung, können Sie nicht anders?«

Huttunen hätte am liebsten die Flucht ergriffen, doch als Ervinen erneut fragte, blieb ihm nichts anderes übrig, als zu antworten:

»Es kommt ... ganz automatisch. Zuerst kriege ich ein Verlangen zu brüllen. Im Kopf ist ein Druck, der einfach rausmuss. Ein richtiger Zwang ist es nicht, es passiert einfach, wenn ich allein bin. Es erleichtert mich jedes Mal. Schon ein paar Laute helfen.«

Ervinen kam auf Huttunens Gewohnheit zu sprechen, Tiere und Menschen nachzuahmen. Woher kam die? Was beabsichtigte der Müller mit diesem Verhalten? »Manchmal bin ich einfach so ausgelassen, ich möchte dann Spaß machen, aber es ist wohl oft ziemlich albern. Die meiste Zeit bin ich aber bedrückt, das mit dem Spaßmachen kommt nicht sehr oft vor.«

»Und wenn Sie bedrückt sind, möchten Sie heulen«, sagte Ervinen nachdrücklich.

»Ja, dann hilft es mir.«

»Haben Sie die Angewohnheit, mit sich selbst zu reden?«

»In fröhlicher Stimmung kommt es schon mal vor«, gestand Huttunen.

Ervinen trat an seinen Eckschrank und entnahm ein kleines Röhrchen, das er Huttunen reichte. Er erklärte ihm, es enthalte Tabletten, die er einnehmen solle, wenn er sich besonders niedergeschlagen fühle, doch müsse er aufpassen und nicht zu viel einnehmen. Eine Tablette am Tag genüge.

»Sie stammen noch aus der Kriegszeit. Heutzutage kriegt man die gar nicht mehr. Nehmen Sie davon nur im Notfall, sie sind sehr wirksam. Also nur dann, wenn Sie besonders starke Lust zum Heulen verspüren.«

Huttunen steckte das Röhrchen ein und schickte sich zum Aufbruch an. Ervinen sagte jedoch, er beabsichtige noch nicht, schlafen zu gehen, sein Gast möge ruhig noch ein zweites Glas trinken. Er goss Huttunen und auch sich selbst Spiritus nach.

Die Männer tranken schweigend. Dann fing Ervinen wieder von der Jagd an. Er erzählte, vor dem Krieg sei er einmal im Spätwinter in Turtola zur Jagd gewesen. Er habe zwei karelische Bärenhunde dabeigehabt, um Bären zu jagen, die habe es damals dort noch gegeben. Er habe von einem einheimischen Bauern eine eingekreiste Bärenhöhle gekauft. Sie seien mit dem Pferdewagen über den Holztransportweg hingefahren, dann hätten sie das Pferd einen Kilometer davor zurückgelassen und den Rest des Weges auf Skiern zurückgelegt, die Hunde hätten sie an der Leine geführt.

»Man sollte gar nicht glauben, wie spannend es für einen Mann ist, zum ersten Mal auf Bärenjagd zu gehen. Es ist aufregender als Krieg.«

»Das kann ich gut verstehen«, sagte Huttunen und schlürfte Schnaps. Ervinen goss nach, ehe er fortfuhr:

»Meine Hunde waren wirklich ausgezeichnet. Kaum hatten sie Witterung von der Bärenhöhle aufgenommen, sausten sie auch schon los. Der Schnee stob nur so, als sie reinstürzten. So sah das aus!«

Ervinen ließ sich auf alle viere nieder und machte vor, wie seine Hunde den schlafenden Bären in seiner Höhle aufscheuchten.

»Dann kam der verdammte Bär raus, ihm blieb ja nichts anderes übrig. Die Hunde waren sofort an seinem Hinterteil, so machten sie das!«

Vor Wut knurrend schlug Ervinen seine Zähne in das Schwanzende des Bärenfells, das über den Schaukelstuhl gebreitet war. Es rutschte herunter. Der Arzt zerrte und riss daran, bis er den Mund voller Borsten hatte.

»Schießen konnte ich nicht, es hätte die Hunde treffen können!«

Der erregte Arzt spuckte die Fellborsten aus, füllte zwischendurch beide Gläser und machte dann mit seiner Vorführung weiter. Er spielte abwechselnd seine Hunde und den rasenden Bären. Er steigerte sich so sehr in die Darstellung hinein, dass ihm der Schweiß ausbrach. Als er endlich den Bären erlegt hatte, schnitt er ihm symbolisch die Zunge tief unten im Rachen heraus und warf sie den Hunden zum Fraß vor. Seine Handbewegung war so wild, dass der Aschenbecher vom Tisch fiel, doch der Jäger bemerkte es nicht. Er stieß dem Bären den Dolch in die Kehle und ließ das Blut des Königs der Wälder in den Schnee rinnen. Dann beugte er sich über den gedachten Bärenkadaver und begann, das heiße Blut des getöteten Tiers zu trinken, und da kein wirkliches Blut zur Verfügung war, goss er sich ein Glas Spiritus in die Kehle. Schließlich erhob er sich und setzte sich mit gerötetem Gesicht in den Schaukelstuhl.

Die Vorführung hatte auf Huttunen so großen Eindruck gemacht, dass er nicht mehr an sich halten konnte, sondern aufsprang und seinerseits einen Kranich zu spielen begann.

»Letzten Sommer habe ich in Posio einen Kranich im Moor

gesehen. So sah es aus, wie er da herumstolzierte! Und so machte er, wenn er sich Frösche aus dem Ried schnappte! Und so hat er sie dann verschlungen!«

Huttunen machte vor, wie der Kranich Frösche aufspießte, wie er seinen langen Hals reckte und seine Beine hob und wie er mit seiner hohen Stimme schrie.

Verwirrt verfolgte der Arzt die Vorstellung. Er begriff nicht, was in den Patienten gefahren war. Erlaubte sich der Müller einen Scherz mit ihm, oder war der Mann tatsächlich so verrückt, dass er urplötzlich einen Kranich spielte, den er nicht mal erlegt hatte? Huttunens grelle Kranichschreie ärgerten Ervinen. Er kam zu dem Schluss, der törichte Müller mache sich auf seine eigene, geisteskranke Weise über ihn lustig. Er stand auf und sagte in strengem Ton zu Huttunen:

»Hören Sie auf, Mann. Ich dulde in meiner Wohnung keinen solchen Spott.«

Huttunen hörte auf zu schreien. Er beruhigte sich und sagte leise, er habe keineswegs die Absicht gehabt, den Doktor zu ärgern. Er habe nur zeigen wollen, wie sich die Tiere in ihrer natürlichen Umgebung verhielten.

»Sie haben ja auch einen Bären gespielt, Herr Doktor. Das war eine gute Vorführung.«

Ervinen wurde wütend. Er hatte lediglich eine Bärenjagd lebendig dargestellt, und das bedeutete noch lange nicht, dass man ihn sofort dermaßen schändlich und geschmacklos nachäffen musste. In seinem Haus hatte niemand das Recht, Unfug zu treiben.

»Scheren Sie sich hinaus.«

Huttunen staunte. So leicht wurde der Doktor wütend? Seltsam, wie nervös die Menschen letzten Endes waren. Er versuchte sich zu entschuldigen, aber Ervinen wollte nichts mehr hören, sondern zeigte stur auf die Tür, er nahm kein Geld für die Tabletten und entfernte das halb ausgetrunkene Glas Spiritus aus der Reichweite des Müllers.

Huttunen stürzte mit glühenden Ohren hinaus. Er war erschrocken und beschämt, rannte über den Hof zur Birkenallee und vergaß sogar sein Fahrrad. Der Arzt trat vors Haus, um den Abgang seines Patienten zu beobachten. Er sah den baumlangen Mann zum Friedhof laufen.

»Verspottet einen noch, dieser verdammte Irre. Versteht sowieso nicht das Geringste von Jagd. Ungehobelter Klotz.«

11

Am Friedhof machte Huttunen halt. Ihm war übel, seelisch und körperlich. Im Bauch Ervinens Spiritus und im Kopf die Erinnerung an dessen Zorn – wieso war der Doktor nur so wütend geworden? Erst bot er ihm zu trinken an, und dann wurde er böse. Ein unberechenbarer Mann, dachte Huttunen bei sich.

Ihm war danach, seine Qual hinauszuheulen, aber wie sollte er es wagen?

Plötzlich fielen ihm die Tabletten ein, die er von Ervinen erhalten hatte. Er holte das Röhrchen aus der Tasche, schraubte den Verschluss auf und kippte sich eine Anzahl kleiner gelber Pillen in die Hand. Wie war das – wie viele sollte er einnehmen? Ob diese winzigen Dinger genug Wirkung hatten?

Er warf sich eine halbe Handvoll davon in den Mund, zerkaute die Tabletten trotz ihres abscheulichen Geschmacks und schluckte sie sofort hinunter.

»Pfui Teufel.«

Ervinens Pillen waren so bitter, dass Huttunen zur Pumpe

laufen musste, um Wasser zu trinken. Er lehnte sich an den Grabstein eines vor Zeiten verstorbenen Mannes namens Raasakka und wartete darauf, dass die Tabletten ihre Wirkung taten.

Sogleich begann sich dem Müller der Kopf zu drehen. Das starke Nervenmittel vermischte sich mit dem vom Spiritus belebten Blut. Das Übelkeitsgefühl verschwand. Huttunens Herz klopfte schwer und in schnellem Rhythmus. Durch seinen Kopf wälzten sich dicke Gedankenbündel, seine Stirn glühte, die Zunge wurde trocken. Es drängte ihn, sich in die Arbeit zu stürzen – die Grabplatten ringsum wirkten irgendwie unfertig, sie sahen aus wie schlecht geschliffene Klumpen, die außerdem noch planlos in der Gegend verteilt worden waren. Da müsste eine harmonische Ordnung geschaffen werden. Auch die alten Friedhofsbäume waren gewachsen, wie es gerade kam. Besser wäre es, sie alle zu fällen und neue Bäume an die richtigen Stellen zu pflanzen. Die kleine alte Holzkirche mit ihren roten Wänden begann Huttunen zu amüsieren, und die neue große brachte ihn gar zum Lachen.

Der Müller lachte aus vollem Hals, lachte über alles ringsum: die Grabsteine, die Bäume, die Kirchen und sogar den Friedhofszaun.

Ein übermächtiger Zwang zu handeln trieb ihn vom Friedhof. Ihm fiel ein, dass er sein Fahrrad hinter Ervinens Haus vergessen hatte. Er rannte hin und schlug dabei ein so schnelles Tempo an, dass ihm das Wasser in die Augen trat und die Mütze vom Kopf flog. Auf dem schotterbedeckten Hof blieben tiefe Spuren zurück, als der Läufer bremste und hinters Haus abbog, um sein Fahrrad zu holen. Da stand es ja!

Ervinen saß vor seinem Kamin und trank Spiritus. Er beschäftigte sich in Gedanken mit dem Fall Huttunen. Es reute ihn jetzt ein wenig, dass er vor einem einfachen Mann aus dem Volk die Fassung verloren hatte. Womöglich hatte der Müller mit seinem Scherz nur Gutes beabsichtigt? Vielleicht war der Humor des armen Kerls tatsächlich so geschmacklos und töricht, dass er sich in dieser unerträglichen Form äußerte? Ein Arzt sollte nie vor einem Patienten die Nerven verlieren. Wie einfach hatten es doch die Tierärzte! In solchen Fällen könnten sie schlicht diagnostizieren, der Patient sei tollwütig oder dämpfig und müsse getötet werden. Damit wäre die Sache erledigt, der Bauer würde seine Kuh oder sein Pferd töten, und dieser Vertreter des Tierreiches würde seinem behandelnden Arzt nie wieder Probleme machen.

Verstimmt schloss Ervinen die Augen, um sie sofort erschrocken wieder zu öffnen, denn hinter dem Haus hörte er es dumpf krachen. Gleich darauf ertönte die Stimme des Müllers. Ervinen griff sich ein Gewehr von der Wand, band den Gürtel seiner Hausjacke zu und rannte so schnell aus dem Haus, dass er beinah die Pantoffeln verlor. Huttunen kam um die Ecke gestürmt und trug sein Fahrrad unter dem Arm. Er war völlig außer sich: die Augen quollen ihm aus den Höhlen, und vor seinem Mund stand Schaum. Seine Bewegungen waren ungestüm, geradezu maßlos.

»Hast du etwa die Tabletten gegessen, törichter Kerl?«, rief Ervinen, doch der Müller sah und hörte ihn kaum. »Sofort ins Bett, zum Donnerwetter!«

Der Müller stieß ihn mitsamt seinem Gewehr beiseite und schwang sich auf sein Fahrrad. Ervinen klammerte sich mit beiden Händen an den Gepäckträger, sodass sein Gewehr zu Boden fiel. Huttunen war jedoch schon in Fahrt – da konnte ein leichter Arzt nicht viel bewirken. Zwanzig Meter ließ sich Ervinen mitschleifen, dann musste er loslassen, denn ihm fielen die Pantoffeln von den Füßen, und wer will schon barfuß auf einem schotterbedeckten Hof einen bärenstarken Radfahrer bremsen. Ervinen hörte Huttunen durch die Birkenallee wüten. Es war kein vernünftiges Wort zu verstehen.

Mit aller Kraft brüllend und lärmend fuhr Huttunen durchs Kirchdorf. Er besuchte fast jedes Haus, weckte die Leute, begrüßte sie, redete, lachte, heulte, knallte mit den Türen und trat gegen die Wände. Das ganze Zentrum des Sprengels hallte vom Toben des Müllers wider. Die Hunde jaulten, die Frauen jammerten, und der Pastor betete.

Man rief Kommissar Jaatila an: Jemand müsse von Amts wegen kommen und den Müller beruhigen. Während Jaatila am Telefon sprach, radelte Huttunen auf den Hof, rannte die Stufen zum Haus hinauf und trat mit dem Fuß gegen die Tür. Jaatila ging dem Ankömmling entgegen. Huttunen bat um Wasser, sein Mund sei ausgetrocknet. Der Kommissar dachte nicht daran, ihm diesen Wunsch zu erfüllen, sondern holte seinen dienstlichen Schlagstock aus der Schlafkammer und hieb ihn dem Müller so gründlich um die Ohren, dass der Ärmste Sterne sah. Er hielt sich den Kopf, wankte auf den Hof und setzte seinen Weg fort.

Der Kommissar rief Wachtmeister Portimo an, der bereits Bescheid wusste:

»Das Telefon klingelt seit einer halben Stunde pausenlos. Es heißt, Huttunen habe einen Anfall.«

»Fessle ihn, und steck ihn in die Zelle. Der gesetzlose Zustand in diesem Sprengel hat schon viel zu lange gedauert.«

Wachtmeister Portimo zog seine Stiefel an, lud die Pistole und steckte die Handschellen und ein Stück Seil ein. Dann machte er sich auf, Huttunen zu suchen. Er hatte Angst, denn mit dem Müller war jetzt nicht gut Kirschen essen. Die Dienstpflichten eines einsamen alten Polizisten waren manchmal sehr unangenehm und schwer.

Bitte, lieber Gott, mach, dass er sich beruhigt. Es wäre besser für uns alle, dachte Portimo in seinem Herzen.

Es war nicht schwer für den Polizisten, den Delinquenten zu

orten: der Widerhall in der Sommernacht beschrieb seinen Weg. Von Siponens Gehöft her ertönte gewaltiger Lärm – für den Wachtmeister das Zeichen, dass Huttunen inzwischen bis dorthin vorgedrungen war. Mit sehr zarten Händen schien man den Müller nicht zu empfangen.

Auf Siponens Hof hatte eine ganze Schar aktiver Dorfbewohner den Müller am Schlafittchen: Kaufmann Tervola, Lehrer Tanhumäki, der Pastor und die Pastorin, ein paar unbedeutende Leute aus der Nachbarschaft sowie Siponen und sein Knecht. Der Hund des Hauses tobte zwischen ihnen herum und versuchte immer wieder, Huttunen am Hintern zu packen, denn er war als Bärenhund ausgebildet. Entsetzt beobachtete die Klubberaterin Sanelma Käyrämö den Kampf auf dem nächtlichen Hof, sie betete und klagte. Die gelähmte Bäuerin hatte man auf ihrem lebenslangen Krankenlager in der Einsamkeit der Schlafkammer vergessen, doch das ertrug sie nicht. Neugierig und zornig sprang sie aus dem Bett und trabte ohne Rücksicht auf ihren todkranken Zustand zum Fenster, um zuzuschauen, wie die Leute draußen den irren Müller von Suukoski bändigten.

Gemeinsam konnten sie Huttunens ausgelassene Stimmung mit Fußtritten und Faustschlägen dämpfen, und als Wachtmeister Portimo eintraf, nahmen sie ihm flugs den Gummiknüppel ab und vermöbelten den Müller so, dass es ihm übel erging. Mit letzter Kraft packte er das Fußgelenk von Launola und drückte es so heftig, dass der laute Schmerzensschrei des Knechts den allgemeinen Lärm übertönte.

Unter der Übermacht der anderen und ermüdet vom eigenen Toben musste sich der Müller ergeben. Portimo ließ die Handschellen um seine Gelenke klicken, und der Lehrer und der Kaufmann schleiften ihren Fang zu einem Karren mit Gummireifen, auf dem sie den Unglücklichen festbanden. Für die Zeit, die fürs Anspannen nötig war, setzte sich der Pastor auf Huttunens Kopf. Huttunen biss ihm in den Arsch, was jedoch keine nennenswerten Schäden hervorrief, jedenfalls nicht für die Pastorin. Siponen stellte sich auf den Wagen und knallte mit der Peitsche. So fuhr man Huttunen ins Gefängnis.

Am Friedhof wurde der Transport gestoppt: Doktor Ervinen kam dem Wagen entgegengelaufen. Mit dem Gewehr in der Hand schrie er:

»Halt! Ich will diesen Fall untersuchen!«

Ervinen blickte dem gefesselten Müller kurz in die Augen. Er traf seine Diagnose auf der Stelle:

»Eindeutig verrückt.«

Huttunen starrte den Arzt mit irrem Blick an, erkannte ihn nicht, schrie nicht mehr. Ervinen suchte in den Taschen des Müllers nach dem Tablettenröhrchen, ließ es schnell in seine eigene Tasche gleiten und wischte dann den Schaum vom Mund des Patienten. Zum Schluss erklärte er:

»In der Zelle lassen Sie ihn gefesselt. Ich mache morgen früh die Papiere für Oulu fertig.«

Das Pferd bekam einen Schlag aufs Hinterteil, und das Fuhrwerk entfernte sich in Richtung Polizeistation. Ervinen sah, wie Wachtmeister Portimo sein eigenes Taschentuch herauszog, um dem Verhafteten die Stirn zu trocknen.

Zu Hause schüttete Doktor Ervinen den Sand aus seinen Pantoffeln und hängte das Gewehr an die Wand. Das Tablettenröhrchen, das er Huttunen weggenommen hatte, verwahrte er wieder im Schrank. Als er sah, wie wenig vom Inhalt noch übrig war, schüttelte er traurig den Kopf. Er nahm einen Schluck medizinischen Spiritus gleich aus der Flasche und ging mit den Pantoffeln an den Füßen zu Bett.

Frau Siponen kochte Kaffee für den Kaufmann, den Lehrer und den Pastor, Letzterer streichelte Siponens hartgesottenen Bärenhund. Plötzlich fiel der Bäuerin ihre unheilbare Krankheit ein, sie schlug sich feierlich an die Brust und sank zu Boden, um sich dann so gelähmt wie möglich wieder in ihre Schlafkammer zu schleppen. Dort klagte sie über ihr schweres Leiden, das sie für den Rest ihres Lebens ans Bett fesselte.

Sanelma Käyrämö fand während der ganzen Nacht keinen Schlaf. Sie weinte in ihr Laken um ihren Gunnar, den ein unbegreifliches Schicksal ihr genommen hatte. In ihrer einsamen Kammer quälten sie Verzweiflung und Liebeskummer.

Huttunen schlief in der Arrestzelle in seinen Fesseln ein. Als er am nächsten Tag erwachte, saß er gefesselt auf dem Rücksitz eines Personenwagens, neben ihm Wachtmeister Portimo. Sanft, fast entschuldigend sagte dieser zu ihm: »Wir haben schon Simo hinter uns, Kunnari.«

12

Die Nervenklinik war ein großer, düsterer Bau aus roten Ziegeln. Er erinnerte eher an eine Kaserne oder ein Gefängnis als an eine Klinik. Wachtmeister Portimo betrachtete das Gebäude und meinte:

»Ein schlimmer Ort ... aber sei mir deswegen nicht böse, Kunnari. Ich bin unschuldig an der Sache, hab dich bloß von Amts wegen hergebracht. Wenn ich was zu sagen hätte, würde ich dich laufen lassen.«

Huttunen wurde in die Patientenkartei der Anstalt aufgenommen. Man nahm ihm sein Geld sowie alle persönlichen Gegenstände ab und übergab ihm die Anstaltskleidung: einen verschlissenen Pyjama, Pantoffeln und eine Mütze. Die Hosenbeine waren zu kurz, ebenso die Jackenärmel. Einen Gürtel gab es nicht.

Durch hallende Gänge führte man ihn in einen großen Raum, der bereits sechs Patienten beherbergte. Man zeigte ihm ein Bett und sagte, das sei von nun an sein Platz. Die Tür fiel mit dumpfem Knall zu, ein schwerer Schlüssel drehte sich im Schloss, die Verbindung zur Außenwelt war abgeschnitten. Huttunen begriff, dass er allen Ernstes in der Irrenanstalt gelandet war.

Der Raum war kalt und öde. Die Einrichtung bestand aus sieben Eisenbetten und einem Tisch, der mit Bolzen an der Betonwand befestigt war. An einer Wand befand sich ein hohes vergittertes Fenster. Man konnte sehen, dass die Außenwand des Gebäudes fast einen Meter dick war. Die Wände des Krankenzimmers zeigten hier und da Risse, die mit Kalkanstrich überdeckt worden waren. An der Decke hing eine helle Glühlampe ohne Schirm.

Die Mitpatienten lagen oder saßen auf ihren Betten. Obwohl ein Neuer angekommen war, wandten sie kaum den Kopf. Huttunens unmittelbarer Nachbar war ein zitternder Greis, der mit geschlossenen Augen auf der Bettkante saß und unverständliches Zeug vor sich hin murmelte. Auf dem nächsten Bett saß ein etwas jüngerer kahlköpfiger Mann, der starr in die Ecke blickte. Der Nächste war noch jünger, ein weinerlich wirkender Hänfling, dessen Mimik ständig wechselte: Mal wirkte er fröhlich, dann wieder traurig und kummervoll. Er runzelte die Stirn, doch gleich darauf verzog sich sein bebender Mund zu einem ungewollten, stumpfsinnigen Lächeln.

An der Tür stand ein einzelnes Bett, auf dem ein kräftiger und rundum gesund wirkender Mann lag. Er hielt ein Buch in der Hand und las.

Hinten im Zimmer saßen noch zwei finstere Männer, die offenbar aneinander Gesellschaft gefunden hatten: Sie starrten sich unverwandt mit flammenden Augen an, sprachen jedoch kein Wort.

Insgesamt war es eine trostlose, apathische Gesellschaft. Huttunen versuchte, mit diesen geistig schwer gestörten Männern Bekanntschaft zu schließen. Er lachte, grüßte und fragte seinen Bettnachbarn:

»Na, wie geht's denn so?«

Der andere antwortete nicht. Der lesende Mann an der Tür war der Einzige, der Huttunen begrüßte. Huttunen versuchte, die Gepflogenheiten des Hauses zu erfragen, erkundigte sich, wo die Anwesenden zu Hause seien, doch alles war umsonst. Die in sich gekehrten Männer zeigten keinerlei Interesse an einem Kontakt. Huttunen seufzte schicksalergeben und ließ sich aufs Bett sinken.

Gegen Abend trat ein robuster Pfleger ins Zimmer. Er hatte die Ärmel hochgekrempelt, als komme er in der Hoffnung auf ein Handgemenge. Forsch fragte er Huttunen:

»Bist du es, der heute Morgen eingeliefert wurde?«

Huttunen bejahte. Er äußerte seine Verwunderung, dass die anderen Patienten so gut wie nicht mit ihm redeten.

»Das sind alles solche Finsteren und Stillen. Bei uns kommen die Neuen meist zu Anfang in dieses Zimmer. Es ist besser so, bei den Unruhigen gibt es immer Stunk.«

Der Pfleger erklärte ihm, was man in der Klinik von ihm erwartete:

»Du benimmst dich anständig und fängst nicht an zu toben. Essen kriegst du zweimal am Tag. Einmal in der Woche ist Sauna. Pinkeln kannst du, wann du willst, da in der Nische steht ein Kübel. Wenn du scheißen willst, musst du das extra melden. Am Montag kommt der Arzt.«

Der Pfleger entfernte sich und schloss die Tür hinter sich ab. Huttunen erinnerte sich, dass es Donnerstag war. Den Arzt würde er erst am Montag treffen, es blieb also eine Menge Zeit. Er ließ sich aufs Bett fallen und versuchte zu schlafen. Ervinens

Tabletten wirkten noch immer und ermöglichten ihm den Schlaf, dafür fand er dann in der Nacht keine Ruhe.

Am späteren Abend kam der Pfleger noch einmal und kommandierte die Patienten in die Betten. Sie gehorchten brav. Bald darauf erlosch die helle Glühlampe an der Decke, der Pfleger schaltete sie draußen auf dem Flur aus. Huttunen horchte auf den Schlaf seiner Leidensgefährten. Zwei oder drei Patienten schnarchten. Die Luft im Zimmer war stickig, in der Ecke furzte hin und wieder jemand. Huttunen wollte den Furzer wecken, doch dann fiel ihm ein, dass dort hinten die finstersten Patienten schliefen. »Sollen sie furzen, die armen Kerle.«

Huttunen fand, an einem Ort wie diesem müsse jeder unweigerlich verrückt werden, falls er nicht bald herauskäme. Es war grauenhaft, umgeben von Geistesgestörten in einem dunklen Zimmer zu liegen. Welchen Nutzen sollte das bringen? Würde dieses Gefangenendasein irgendjemanden heilen? Alles war eingegrenzt und geregelt, nicht einmal über seine kleinsten Bedürfnisse durfte man selbst entscheiden. Sogar aufs Klo wurde man begleitet. Der Pfleger passte auf, dass der Patient nichts schmutzig machte. Es war demütigend.

Die ersten Nächte verbrachte Huttunen wachend. Er schwitzte im Bett, warf sich herum, seufzte. Er hatte Lust zu heulen, aber es gelang ihm, sich zu beherrschen.

Am Tag verging die Zeit besser. Huttunen bekam von den anderen Patienten bereits kurze Antworten. Der junge Hänfling mit der wechselnden Mimik kam hin und wieder zu ihm, um ihm alles Mögliche zu erklären. Die Rede des armen Kerls war so wirr, dass Huttunen nicht das Geringste begriff. Er nickte zu den Worten des Burschen und murmelte bestätigend:

»Ja, ja, so ist es.«

Im Speisesaal herrschten Lärm und Gebrüll, trotzdem brachten die Mahlzeiten Abwechslung in den eintönigen Tag. Viele

Patienten aßen mit den Fingern, schmierten sich Brei ins Gesicht, kippten Geschirr um und lachten idiotisch, auch wenn sie ausgeschimpft wurden.

Das Patientenzimmer wurde täglich von einer mürrischen Frau aufgewischt, die die eingefleischte Gewohnheit hatte, die Bewohner nach Strich und Faden zu beschimpfen. Sie nannte die Kranken faul und nichtsnutzig, bezeichnete sie als Schmutzfinken. Zu Huttunen sagte sie wütend: »So ein großer Kerl, und hat nichts Besseres zu tun, als verrückt zu werden!«

Zwischendurch kam der Pfleger, um den Patienten Medizin zu verabreichen. Er verteilte Pillen und passte auf, dass sie in seiner Anwesenheit eingenommen wurden. Wenn jemand seine Ration nicht sofort hinunterschluckte, schob der Pfleger die Ärmel hoch, riss dem Patienten die Kinnlade auf und stopfte ihm die Tabletten in den Rachen. Jeder musste etwas einnehmen, ob er wollte oder nicht. Als Huttunen fragte, warum er keine Medizin bekomme, knurrte der Pfleger wütend:

»Montag schreibt dir der Arzt was auf. Benimm dich bis dahin anständig, sonst kommst du zu den Unruhigen.«

Huttunen erkundigte sich, wie es dort sei.

»Na unruhig eben: so!«

Der Pfleger schwenkte seine behaarte Faust unter Huttunens Nase. Der wandte sich ab. Er verabscheute diesen unangenehmen und gewalttätigen Kerl, der abends die Patienten stieß und schubste, wenn sie nicht gleich auf Befehl ins Bett sprangen. Er nahm sich vor, wenn er am Montag mit dem Arzt gesprochen hätte und nach Hause dürfte, würde er sich zum Abschied den ungehobelten Pfleger greifen und mit ihm den Flur blank bohnern. Doch bis dahin empfahl es sich, Ruhe zu bewahren.

Am Montag wurde Huttunen dem Arzt vorgeführt. Dieser war ein bärtiger, schmuddelig wirkender Mann, der die Angewohnheit hatte, ständig seine Brille auf- und abzusetzen. Immer wieder zog er ein schmutziges Taschentuch heraus und wischte damit sorgfältig die Gläser, er behauchte sie und rieb sie eine Ewigkeit lang trocken. Huttunen stellte fest, dass der Anstaltsarzt ein nervöser, unordentlicher Mann war und einen beschränkten Eindruck machte.

Huttunen fing an, von Heimfahrt zu reden. Der Arzt blätterte in den Papieren, die vor ihm lagen, und sagte barsch: »Sie sind ja gerade erst eingeliefert worden. Hier wird niemand sofort wieder entlassen.«

»Aber ich bin doch eigentlich gar nicht verrückt«, versuchte Huttunen mit möglichst gesunder Stimme zu erklären.

»Natürlich nicht. Wer wäre das schon in diesem Haus? Ich bin hier der einzige Geistesgestörte, das ist bekannt.«

Huttunen erzählte, er sei Müller und man brauche ihn dringend in Suukoski. Jetzt im Sommer müsse die Mühle instand gesetzt werden, damit sie im Herbst einsatzbereit sei.

Der Arzt fragte, warum die Mühle ausgerechnet zum Herbst in Ordnung sein müsse.

»Ja, sehen Sie, in Finnland ist im Herbst Erntezeit. Die Bauern bringen dann ihr Korn in die Mühle zum Mahlen.« Den Arzt amüsierte die Antwort des Müllers. Er nahm die Brille ab, putzte sie und nickte verständnisvoll. Als er die Brille wieder auf der Nase hatte, äußerte er ziemlich schroff:

»Wir wollen uns mal darauf einigen, dass Sie vorläufig ausgemahlen haben.«

Er erkundigte sich, ob Huttunen im Krieg gewesen sei. Als er eine bejahende Antwort erhielt, blitzte in seinen Augen ein wissender Funke auf. Er fragte, in welcher Gegend der Patient gekämpft habe. Huttunen berichtete, er sei während des Winterkrieges in der Karelischen Landenge und in der letzten Kriegsphase in Ostkarelien gewesen.

»An vorderster Frontlinie?«

»Ja ... stimmt.«

»War es sehr hart?«

»Ab und zu.«

Der Arzt notierte etwas auf seinem Schreibblock. Halb zu sich selbst murmelte er:

»Kriegspsychose ... wie ich mir schon dachte.«

Huttunen versuchte zu widersprechen – er erklärte, er habe während des Krieges keinerlei Störung an den Nerven gehabt und habe sie eigentlich auch jetzt nicht. Aber der Arzt winkte ihm, sich zu entfernen. Als Huttunen wieder auf Entlassung drängte, blickte der Arzt von seinen Papieren auf und verkündete:

»Diese Fälle von Kriegspsychose sind ernst ... besonders wenn sie erst so viele Jahre nach den eigentlichen Kämpfen auftreten. Hier ist eine längere Behandlung erforderlich, aber seien Sie unbesorgt, wir werden noch einen Mann aus Ihnen machen.«

Die Pfleger führten Huttunen auf seine Station zurück und schlossen mit einem Knall die Tür hinter ihm.

Müde setzte sich Huttunen aufs Bett. Er stellte fest, dass sein Leben nun endgültig in eine Sackgasse geraten war: er war in dieser unmenschlichen Anstalt gefangen, der Willkür eines bornierten Arztes ausgeliefert, zum trostlosen Zusammenleben mit seinen trübsinnigen Mitpatienten verurteilt. Womöglich würde man ihn jahrelang hier festhalten. Vielleicht würde er zwischen diesen Steinmauern sterben? Sein einziges Vergnügen wären von nun an die keifende Putzfrau und der gewalttätige Pfleger. Abwechslung in den täglichen Trott brächten lediglich die Besuche auf der bewachten Toilette oder die saumäßigen Mahlzeiten. Schwer seufzend legte er sich nieder und schloss die Augen. Aber der Schlaf wollte sich nicht einstellen. Huttunen verspürte einen Druck im Kopf, ihn verlangte zu heulen, doch wie sollte er das hier vor all den Leuten wagen?

Nach einiger Zeit fuhr er auf, denn der Mann von dem Einzelbett an der Tür kam zu ihm geschlichen.

»Psst! Tu so, als ob du nichts hörst.«

Huttunen öffnete die Augen und sah den Mann fragend an.

»Ich bin nicht verrückt, aber das wissen die Jungs hier nicht. Lass uns drüben am Fenster zusammen reden. Geh du zuerst hin, ich komme dann nach.«

Huttunen stellte sich an die Fensterwand des Krankenzimmers. Bald kam der geheimnisvolle Mitpatient leise zu ihm. Er schaute hinaus, und man hätte denken können, er spreche zu sich selbst:

»Wie ich vorhin sagte, ich bin eigentlich überhaupt nicht verrückt. Und ich glaube, du bist es genauso wenig.«

13

Der Mann war um die vierzig, er hatte ein breites Gesicht und sah frisch und blühend aus. Er sprach freundlich und ruhig:

»Ich bin Happola. Aber wir wollen auf den Handschlag verzichten, damit die Verrückten da hinten nichts mitkriegen.«

Huttunen erzählte ihm, er sei noch vor wenigen Tagen ein ganz gewöhnlicher Müller gewesen. Er habe versucht, den Anstaltsarzt zu überzeugen, ihn wieder in seine Mühle zu lassen, doch der habe nichts davon hören wollen.

»Ich war auf dem Immobiliensektor tätig. Der Krieg hat allerdings meine Geschäfte gestört, weil ich in diese Anstalt musste. Es ist ziemlich schwierig, die laufenden Angelegenheiten von hier aus zu erledigen. Wenn ich auf freiem Fuß wäre, liefe alles besser. Aber sowie ich zehn Jahre hier rumhabe, mache ich

Schluss mit dem Theater. Mir gehört in Heinäpää ein Haus, vielleicht richte ich mir dort einen Laden oder eine Werkstatt ein.«

Er berichtete, sein Haus sei vermietet und das Geld fließe auf die Bank. Ihm selbst entstünden hier in der Klinik keinerlei Unterhaltskosten.

Happola erzählte, er habe sich das große Mietshaus im Ouluer Stadtteil Heinäpää schon 1938 gebaut und bereits damals ein halbes Dutzend Familien als Mieter aufgenommen. Dann sei der Krieg ausgebrochen, und er sei an die Front geschickt worden. Er habe den ganzen Winterkrieg in Suomussalmi mitgemacht.

»Es war eine gefährliche Zeit. Viele Männer aus unserer Kompanie sind gefallen. Damals habe ich beschlossen, sollte der Krieg je zu Ende sein, gehe ich kein zweites Mal mehr an die Front.«

Während des Waffenstillstands hatte Happola neue Mieter anstelle der Gefallenen aufgenommen. Die Geschäfte waren gut gelaufen, er hatte sogar geplant, sich eine Frau zu nehmen. Aber im Spätwinter 1941 waren in Oulu deutsche Soldaten aufgetaucht, und je weiter der Frühling voranschritt, desto militärischer hatte die Welt ausgesehen. Happola hatte sich Gedanken gemacht, wie er es im Fall eines erneuten Kriegsausbruchs vermeiden könne, wieder eingezogen zu werden.

»Ich habe angefangen zu hinken und ständig geklagt, meine Augen hätten stark nachgelassen. Der Arzt hat mich aber nicht für kriegsuntauglich erklärt. Jemand hat ihm gesteckt, dass ich gesund bin – ich hab natürlich nicht immer und überall daran gedacht, zu hinken und die Augen zusammenzukneifen.«

Happola wurde nicht der Reserve zugeteilt. Es wurde bedrohlich für ihn, die feine Nase des Geschäftsmannes witterte den Kriegswind.

»Dann bin ich auf die Idee gekommen, den Verrückten zu

spielen. Zuerst haben die Leute gelacht und es als Spaß aufgefasst. Aber ich bin dabei geblieben, mein einziger Gedanke war bloß immer, dass ich auf keinen Fall an die Front will. Es war ziemlich anstrengend. Einen Verrückten spielen kann nicht jeder, man muss klug vorgehen und konsequent sein, damit es einem geglaubt wird.«

Huttunen fragte interessiert:

»Welche Art von Verrückten hast du gespielt? Hast du angefangen, wie ein Wolf zu heulen?«

»So was machen Verrückte doch nicht ... Ich habe verworren geredet. Die Leute sollten denken, ich hätte einen Verfolgungswahn. Ich habe die Nachbarn beschuldigt, dass sie gedroht hätten, mein Haus anzuzünden. Oder ich habe erklärt, man habe versucht, mich in der Garage mit Abgasen zu ersticken. Wenn die Ärzte mir Tabletten geben wollten, habe ich behauptet, sie versuchten mich zu vergiften. Darüber habe ich auch in der Zeitung geschrieben. Das gab vielleicht ein Theater! Als Nächstes habe ich Leute angezeigt. Ich habe der Polizei erzählt, ein bestimmter Bankdirektor habe versucht, mich in den Konkurs zu treiben. Mehr war nicht nötig – sie haben mich mit fliegenden Fahnen hierhergeschafft. Es war höchste Zeit, denn eine Woche später griff Hitler Russland an, und ein paar Tage danach traten wir Finnen in den Krieg ein. Aber in meinem Rucksack klapperte kein Kochgeschirr!«

Happola verbrachte die ganze Kriegszeit in der Nervenklinik. Dort hatte man ihn als hoffnungslosen Fall eingestuft. Er nahm unterdessen sechs Kilo zu.

»In der Hinsicht ließ es sich hier aushalten, bloß wurde einem zwischen den Verrückten die Zeit mächtig lang.« Als Finnland den Waffenstillstand mit der Sowjetunion unterzeichnete, ließ Happola erste Anzeichen von Genesung erkennen. Dann brach jedoch der Lapplandkrieg aus, und die Geisteskrankheit bekam noch einmal volle Gewalt über ihn. Erst nach dem Zusammenbruch Deutschlands war Happolas mentale Gesundheit zurückgekehrt. Er hatte darum gebeten, ins Zivilleben entlassen zu werden, so wie die anderen Männer.

»Verflucht, die haben mich nicht rausgelassen! Die Ärzte haben mir auf die Schulter geklopft und gesagt: Happola, Happola, jetzt mal ganz ruhig.«

Er hatte sein Haus auf seine Schwester überschreiben lassen, weil er befürchtete, der Staat würde einem Entmündigten das Eigentum beschlagnahmen.

Happola war verbittert. Er war immer ein Ouluer mit gesundem Menschenverstand gewesen, doch das wollte ihm niemand mehr glauben.

»Warum fliehst du nicht?«, fragte Huttunen.

»Wohin sollte ich gehen? Im Immobilienbereich kann man sich nicht verstecken. Ich bin ja gezwungen, in Oulu zu wohnen, weil ich hier mein Haus habe. Aber was meinst du, was passiert, wenn seit dem Waffenstillstand zehn Jahre vergangen sind! Dann marschiere ich, so wahr ich hier stehe, zum Oberarzt und decke die ganze Sache auf.«

»Warum gehst du nicht jetzt gleich hin und erzählst, dass du den Geisteskranken bloß gespielt hast?«

»Darüber habe ich in den letzten Jahren viel nachgedacht. Es ist leider nicht so ohne Weiteres möglich. Ich käme zwar hier raus, aber was würde mir das nützen, wenn man mich gleich anschließend in den Knast sperrte. Simulation ist nämlich ein Kriegsverbrechen, und das verjährt erst nach zehn Jahren.«

Huttunen gab zu, dass es vernünftig sei, so lange zu warten, bis das Verbrechen des Irreseins verjährte. Es wäre fatal, aus der Nervenklinik geradewegs ins Gefängnis zu wandern.

»Aber wie hast du denn deine Geschäfte von hier aus betreiben können? Die Fenster sind vergittert und die Türen verschlossen.«

»Ich habe meine eigenen Schlüssel, vor ein paar Jahren von einem Pfleger gekauft. Es ist allerdings mühsam, denn was ich in der Stadt zu erledigen habe, muss ich nachts machen. Selten kann man hier mal tagsüber unbemerkt verschwinden. Einige Male im Jahr bin ich gezwungen, am Tag Mietrückstände einzutreiben, aber sonst erledige ich die laufenden Angelegenheiten in der Nacht. Es ist harte Arbeit, für ein ganzes Haus verantwortlich zu sein, besonders wenn man auch noch im Ruf eines Verrückten steht.«

»Mach dir nichts draus. Mich halten sie auch für verrückt«, tröstete ihn Huttunen.

»Eine kleine Macke wirst du immerhin haben. Aber ich muss nun schon fast zehn Jahre lang den Verrückten spielen. Die anderen haben fünf Jahre im Krieg verloren, und ich habe hier schon fast die doppelte Zeit zugebracht. Es ist wirklich nicht einfach.«

Happola beklagte eine Weile sein Los, sah jedoch bald wieder die lichteren Seiten seiner Lage:

»Das Gute an der Sache ist natürlich, dass sich Geld auf der Bank angesammelt hat. Hier hat man ja kostenlosen Unterhalt. Wenn ich rauskomme, bin ich ein ziemlich begüterter Mann.«

Er bot Huttunen verstohlen zu rauchen an. Er erzählte, er bringe die Zigaretten aus der Stadt mit und manchmal, wenn es ihm hier besonders langweilig werde, trinke er heimlich unter der Bettdecke eine Flasche Schnaps.

»Weiber mitzubringen lohnt nicht, da schnappen sie dich sofort. Und die Weiber hier drinnen sind so bekloppt, dass du lieber die Finger von ihnen lässt.«

Die Männer rauchten schweigend. Huttunen dachte über Happolas Schicksal nach. Wie es schien, führte aus dieser Anstalt kein Weg hinaus, ob man nun freiwillig gekommen oder zwangsweise eingeliefert worden war.

Happola beschwor Huttunen, niemandem sein Geheimnis

zu erzählen. Huttunen fragte ihn, ob ihn seine Mieter nicht anzeigten, wenn er kam, um die Rückstände einzutreiben.

»Das wäre nicht gut für sie. Wer sich muckst, den jage ich sofort auf die Straße. Zum Glück herrscht in Oulu eine so schlimme Wohnungsnot, dass es sich keiner leisten kann, das Maul aufzureißen. Die Miete muss rechtzeitig bezahlt werden, ob der Vermieter verrückt ist oder nicht.«

14

Johanni in der Ouluer Nervenklinik erinnerte nicht im Geringsten an das mittsommerliche Fest des Lichtes und der Freude. Bei den Unruhigen ging es zwar die ganze Nacht hoch her, es wurde geschrien und getobt, doch war es keine Sonnwendfeier, sondern das gewohnte allnächtliche Ritual. Happola erklärte, die Klinik pflege nie auf einen Feiertag zu reagieren. Nur Weihnachten zeige die Anstaltsleitung so viel Milde, dass sie sogar in die geschlossenen Abteilungen eine kleine Gruppe der Pfingstgemeinde einlasse, die dort ihre trostlosen Lieder vortrage. Die Stimmung sei immer ziemlich gedrückt, denn der Chor habe so viel Angst vor den dort eingesperrten Patienten, dass er seine Lieder möglichst schnell und sicherheitshalber in drohendem Ton singe.

»Aber wir sind ja auch nicht zum Feiern hier«, konstatierte Happola sarkastisch.

In der Woche nach Johanni wurde Huttunen zum Arzt bestellt. Zwei Pfleger begleiteten ihn.

Der Arzt hatte sich inzwischen mit Huttunens Unterlagen befasst. Er fuhrwerkte wie üblich heftig mit seiner Brille herum und wies den Patienten an, ihm gegenüber Platz zu nehmen. Zu den Pflegern bemerkte er:

»Sie setzen sich für alle Fälle dort an die Tür.«

Dann verkündete er Huttunen, er habe nun den Krankenbericht sowie die Überweisung von Gemeindearzt Ervinen studiert.

»Es sieht nicht gut aus. Wie ich bereits letztes Mal konstatierte, leiden Sie offensichtlich an einer schweren Kriegspsychose. Ich war im Krieg als Major im Sanitätsdienst tätig, mir sind diese Fälle bekannt.«

Huttunen widersprach. Er sagte, er leide an nichts und er verlange, aus der Klinik entlassen zu werden. Der Arzt machte sich nicht die Mühe, darauf einzugehen, sondern blätterte im *Militärmedizinischen Journal.* Huttunen sah, dass es aus dem Jahr 1941 stammte. Der Arzt schlug einen Artikel mit dem Titel »Über Kriegspsychosen und -neurosen im und nach dem Krieg« auf.

»Lassen Sie das Schielen. Das geht Sie nichts an«, knurrte er und putzte seine Brille.

»All das ist wissenschaftlich untersucht worden. Hier heißt es, dass 1916 bis 1918 in der englischen Armee, die in den flandrischen Mooren kämpfte, ein Drittel der Soldaten aufgrund von Psychosen und Neurosen dauerhaft unfähig zum Frontdienst war. Kennzeichnend für die Kriegspsychosen und -neurosen ist, dass sie sich besonders leicht bei Personen mit einer gewissen konstitutionellen Schwäche entwickeln und die Eigenschaft haben, aus immer geringfügigeren äußeren Anlässen erneut aufzutreten. Dann heißt es hier noch, dass es in Finnland in den Einberufungsjahrgängen 1920 bis 1939 etwa dreizehn- bis sechzehntausend geistesschwache Männer gab, von denen anscheinend die große Mehrheit am Krieg teilgenommen hat.«

Der Arzt blickte auf und starrte Huttunen über den Tisch hinweg in die Augen.

»Beim letzten Mal haben Sie zugegeben, dass Sie an unseren beiden Kriegen teilgenommen haben.«

Huttunen nickte, sagte jedoch, er begreife nicht, wieso das der Beweis für seine Geisteskrankheit sei:

»Da waren ja auch noch andere außer mir.«

Der Arzt zitierte seinem Patienten weitere Einzelheiten aus dem Artikel. Die Pfleger begannen zum Zeitvertreib zu rauchen. Auch Huttunen hatte Lust auf eine Zigarette, wusste jedoch, dass den Patienten nicht einmal ein einziger Zug gestattet war.

»Den Schwachsinnigen leitet im Krieg ein primitiver Selbsterhaltungstrieb ... Eine so erhabene Selbstlosigkeit und Opferbereitschaft, wie sie in unserer Armee herrscht, reißt ihn nicht mit, sondern er versucht auf jede Weise, Schwierigkeiten und unangenehmen Erlebnissen aus dem Weg zu gehen. Der Runebergsche Sven-Dufva-Typ gehört zweifellos zu den seltenen Ausnahmen.«[*]

Der Arzt musterte Huttunen angewidert. Dann blätterte er weiter, las für sich ein paar unterstrichene Stellen und fuhr schließlich laut fort:

»Die Reaktion zeigt sich beim Schwachsinnigen als Verwirrungszustand, für den kindisch-plapperndes Verhalten und Trübung des Bewusstseins kennzeichnend sind. Oft ist der Schwachsinnige dabei unsauber, beschmiert die Wände seines Zimmers mit seinen Exkrementen, isst diese und so weiter.«

Er wandte sich an die Pfleger, die sich hinten unterhielten, und fragte sie, ob der hier anwesende Patient die genannten Symptome gezeigt habe. Der ältere von beiden drückte seine Zigarette in einem Blumentopf auf dem Fensterbrett aus und verkündete:

---

[*] Held aus einer von *Fähnrich Stahls Erzählungen* des finnlandschwedischen Nationaldichters Johan Ludwig Runeberg (1804 bis 1877). A. d. Ü.

»Scheiße hat er jedenfalls noch keine gegessen, soviel ich weiß.«

Huttunen protestierte entschieden. Es sei unverschämt, ihm solche abscheulichen Dinge zu unterstellen. Er sprang erregt von seinem Stuhl auf, doch als sich die beiden Pfleger ebenfalls erhoben, schluckte er seine Bitterkeit hinunter und setzte sich wieder hin. Der jüngere Pfleger sagte beiläufig:

»Wenn du hier anfängst zu toben, stecken wir dich am besten in die geschlossene Abteilung, stimmt's, Doktor?« Der Arzt nickte. Er sah Huttunen streng an.

»Versuchen Sie sich zu beruhigen. Ich verstehe ja, dass Ihre Nerven nicht in Ordnung sind.«

Huttunen dachte bei sich, wenn er auf freiem Fuß wäre, würde er diese drei Idioten plattmachen. Der Arzt fuhr fort, aus dem Artikel zu zitieren, jetzt mehr für sich selbst als für die Pfleger oder den Patienten.

»Die Schockreaktionen, die im Zusammenhang mit starken körperlich-seelischen Erschütterungen auftreten, etwa nach der Explosion von Fliegerbomben und schweren Granaten, beim Verschüttetwerden oder in Nahkämpfen, wobei starke Anstrengung mit unmittelbarer Todesgefahr verbunden ist, sind in ihren Symptomen häufig sowohl körperlicher als auch seelischer Art. Als körperliche Symptome treten auf: Schwund der Sehkraft oder des Gehörs, psychogene Lähmungen und Schlaffheit der Muskulatur ... Die seelischen Symptome sind Verwirrtheit, Gehemmtheit und Amnesie, die zu einem totalen Dämmerzustand führen können. Bei den meisten geht die Schockpsychose schnell vorbei, wobei sie für kurze Zeit starke Müdigkeit, Schlaflosigkeit und die Neigung zu Horrorvisionen zurücklässt. Bei manchen manifestiert sie sich jedoch als sinnvolle Reaktionsweise, die *später* in schwierigen Situationen zur Anwendung kommt.«

Der Arzt unterbrach seine Lektüre. Er musterte Huttunen eingehend und sagte, halb zu sich selbst:

»Dröhnt eine Mühle nicht so ähnlich wie ein Bomber?«

»Die macht lange nicht so viel Krach«, fauchte Huttunen beleidigt. »Ich bin im Krieg kein einziges Mal unter Trümmer geraten, falls Sie darauf hinauswollen.«

Der Arzt sagte nachdrücklich:

»Mit der Schockpsychose geht oft eine durch den Luftdruck verursachte Gehirnerschütterung einher, deren Heilung außerordentlich langwierig ist. Es können durchaus auch permanente Symptome zurückbleiben. Wer eine solche Reaktion gezeigt hat, eignet sich im Allgemeinen weder für den Frontdienst noch für irgendwelche anderen verantwortungsvollen Aufgaben. Ist die Arbeit eines Müllers nicht sehr verantwortungsvoll? Ich stelle mir vor, dass man sich da gleichzeitig um das Korn und um das Funktionieren der ganzen Anlage kümmern muss.«

Huttunen murmelte, die Arbeit des Müllers sei nicht anspruchsvoller als jede andere. Der Arzt beachtete ihn jedoch nicht, sondern las eine weitere unterstrichene Passage aus dem Artikel vor:

»Es kommt relativ häufig vor, dass ein Patient, der eine Schockreaktion gezeigt hat und davon vollständig genesen ist, nach der Entlassung aus dem Kriegsdienst mit einer Neurose reagiert, wenn er in finanzielle Schwierigkeiten oder andere Konflikte gerät. Dann ist davon auszugehen, dass der neuerliche neurotische Schub auf seine konstitutionelle Schwäche und auf die vom Kriegsdienst unabhängigen neuen Bedingungen zurückzuführen ist.«

Der Arzt schob die Zeitschrift beiseite.

»Meine Diagnose steht fest: Sie sind ein geisteskranker Mann, eine manisch-depressive Persönlichkeit, zu Ihrem Krankheitsbild gehören außerdem Nervenschwäche und Neurasthenie. All das ist die Folge einer Kriegspsychose.« Er unterbrach sich, putzte seine Brille und fuhr fort:

»Ich kann Sie verstehen. Sie haben es bestimmt schwer gehabt. Aus Ihren Unterlagen geht hervor, dass Sie die Angewohnheit hatten zu heulen, insbesondere im Winter und nachts. Außerdem ahmen Sie Tiere nach ... Diese Dinge sind noch zu klären, speziell Ihr Hang zum Heulen. Ich habe in meiner beruflichen Laufbahn noch keinen Patienten getroffen, der eine so starke Neigung zum Heulen verspürt hätte. Die meisten begnügen sich damit, zu weinen und zu winseln.«

Er erkundigte sich bei den Pflegern, ob der Patient nach seiner Einlieferung geheult habe.

»Bis jetzt haben wir nichts gehört. Aber falls er anfängt, sagen wir Ihnen gleich Bescheid.«

»Lassen Sie ihn ruhig heulen. Unsere Wände können das vertragen.«

Und zu Huttunen gewandt:

»Wie Sie hörten, bekommen Sie die Sondererlaubnis, hier bei uns zu heulen. Allerdings hoffe ich, dass Sie die Nächte meiden. Es könnte unter den übrigen Patienten Unruhe hervorrufen.«

Verdrossen sagte Huttunen:

»Ich werde es hier nicht machen.«

»Sie können Ihre Stimme frei einsetzen. Ich vertrete jene Schule, die der Auffassung ist, dass der stimmliche Ausdruck eines Patienten viel Aufschluss über seine Krankheit gibt.«

»Ich heule nicht. Mir ist nicht danach zumute.«

Der Arzt redete ihm zu:

»Könnten Sie es nicht jetzt einmal kurz machen, nur zur Probe? Es wäre interessant zu hören, wie Sie heulen, wenn Sie in der Stimmung sind.«

Ruhig verwies ihn Huttunen darauf, dass er nicht geistesgestört sei, höchstens ein wenig sonderbar. Wenn er allerdings genau hinschaue, sehe er um sich herum weitaus merkwürdigere Menschen. Als der Arzt wieder einmal seine Brille putzte, fügte er ärgerlich hinzu:

»Ich finde, Ihre Brille ist sauber genug. Müssen Sie andauernd daran rumreiben?«

Der Arzt setzte die Brille schnell auf die Nase.

»Das ist nur eine harmlose Gewohnheit, eine Handlungs-Stereotypie, können Sie das nicht begreifen!«

Er gab den Pflegern einen Wink, den Patienten hinauszuschaffen. Sie packten Huttunen an beiden Armen und schleiften ihn auf den Flur. Dort stießen sie ihn ins Kreuz, damit er schneller gehe. Im Zimmer angekommen, zwangen sie ihn, sich ins Bett zu legen. Dann knallten sie die Tür zu und drehten wütend den Schlüssel um.

15

In jenen Tagen begriff Huttunen, dass er nicht aus der Nervenklinik herauskäme, jetzt nicht und vielleicht niemals. Er versuchte noch einmal mit dem Arzt zu sprechen, doch der empfing ihn nicht mehr, sondern verschrieb ihm Tabletten, die ihm der brutale Pfleger gewaltsam in den Hals stopfte.

Huttunen dachte an seine rote Mühle ins Suukoski, an die Klubberaterin Sanelma Käyrämö und den schönen Sommer, von dem er nur mehr einen Ausschnitt im Gitterfenster sah. Ihm wurde unendlich elend zumute. Er versuchte ein Gespräch mit seinen Mitpatienten, doch die Schwachsinnigen begriffen nichts von dem, was er ihnen sagte; nur mit Happola konnte er hin und wieder heimlich flüstern.

Einige Tage vergingen. Huttunens Niedergeschlagenheit wuchs. Er lag Tag für Tag still auf seinem Bett und grübelte darüber nach, welche schlimme Wendung sein Schicksal genommen hatte. Er musterte die Gitter vor dem Fenster: Sie schlossen ihn von der Welt ab, kalt und sicher; kein Mann könnte sie aus eigener Kraft auseinanderbiegen. Und die Tür war immer versperrt. Huttunen versuchte, Fluchtmöglichkeiten im Speisesaal auszumachen, doch es waren stets mehrere robuste Pfleger anwesend, die den Saal bewachten. Es war aussichtslos. Im schlimmsten Fall, dachte er, würde er diese Anstalt nicht mehr auf eigenen Füßen verlassen. Erst wenn er tot war, würde man ihn hinaustragen, in den Leichenraum, wo sich ein barscher Pathologe mit dem Beil über seinen Körper hermachen und ihn in Stücke zerlegen würde, geeignet für medizinische Forschungszwecke.

Manchmal war ihm nachts so beklommen und schrecklich zumute, dass er aus dem Bett aufstehen und im Dunkel des Zimmers viele Stunden auf und ab gehen musste, immer dieselbe Strecke, wie es die Tiere im Käfig tun. Huttunen fühlte sich wie ein Häftling, der nichts verbrochen hat, wie ein Verurteilter ohne Urteilsspruch. Er hatte nichts zu sühnen und somit auch keine Hoffnung auf Freiheit. Er hatte überhaupt nichts – keine Rechte, keine Pflichten, keine Alternativen. Ihm blieben nur seine eigenen Gedanken und sein immer ungezügelterer Freiheitsdrang, den er nicht befriedigen konnte. Er glaubte verrückt zu werden in diesem Zimmer mit all den apathischen Schwachsinnigen.

Eines Tages begann der schmächtige junge Mann mit der ständig wechselnden Mimik, ihm von seinem Leben zu erzählen. Der arme Kerl redete sehr wirr, Huttunen konnte ihm nur mit Mühe folgen.

Es war eine schreckliche Geschichte. Der bedauernswerte Bursche war als uneheliches Kind einer schwachsinnigen Mutter zur Welt gekommen. Er hatte Hunger und Misshandlungen erlitten, solange er denken konnte. Als die Mutter aus irgendeinem Grund ins Gefängnis gekommen war, hatte man den Jungen für wenig Geld an einen versoffenen Bauern verkauft. Dort hatte er unmäßig arbeiten, dem saufenden Herrn und den verkommenen Knechten dienen müssen, und weil er bereits damals sehr schmächtig gewesen war, hatte man ihn zusätzlich zu allen Demütigungen noch auf das Gröbste verspottet. Man hatte ihm die Schule verwehrt und sogar das Krankenhaus, obwohl er Ruhr, Typhus und mindestens zweimal Lungenentzündung bekommen hatte. Als er dann mit fünfzehn aus der Vorratskammer ein Stück Speck entwendete, brachte ihn der Bauer vor Gericht. Daraufhin landete er im Gefängnis. Er kam zu einem widerlichen mehrfachen Mörder in die Zelle, der ihn fast ein Jahr lang täglich verprügelte. Als er endlich entlassen wurde, versteckte er sich einen ganzen Sommer lang in einer Scheune und ernährte sich hauptsächlich von Beeren, Ameiseneiern und Fröschen. Im Herbst, bei der Heueinfuhr, wurde das Versteck entdeckt. Ein zweites Mal sperrte man ihn nicht ins Gefängnis, sondern brachte ihn hierher in die Anstalt. Seitdem lief es einigermaßen gut für ihn.

Er weinte. Huttunen versuchte ihn zu trösten, doch der Bursche konnte seinen Tränenfluss nicht stoppen. Huttunen wurde noch trauriger als vorher. Er fragte sich, warum das Leben so entsetzlich schwer sein musste.

Bald vergaß der Hänfling seine ganze Geschichte, setzte sich auf sein Bett und zeigte abwechselnd eine fröhliche, eine unsichere und eine erschrockene Miene. Huttunen zog sich die Decke über die Ohren und hatte das Gefühl, nun tatsächlich verrückt zu werden.

In den beiden folgenden Nächten schlief Huttunen überhaupt nicht. Tagsüber stand er nicht aus dem Bett auf und aß auch nicht. Als Happola ihm gegen Abend verstohlen eine Zigarette anbot, drehte er sich zur Wand. Was nutzte ihm die verfluchte Zigarette, wenn er nicht schlafen konnte und sich vor dem Essen ekelte.

Nachts lief Huttunen wieder im Zimmer herum. Alle anderen Patienten schliefen und schnarchten. Die finsteren Kerle hinten in der Ecke furzten ab und zu. Der Hänfling weinte und jammerte leise im Schlaf. Huttunen spürte einen Druck im Kopf, seine Schläfen schmerzten, die Kehle war ausgetrocknet und sein Geist vollkommen blockiert. Er begann mit leiser Stimme zu wimmern. Die Laute kamen klagend und gedämpft aus seiner Kehle, schwollen ein wenig an, und plötzlich stieß er mit aller Kraft ein mächtiges Geheul aus, sodass sämtliche Bewohner des Krankenzimmers aus ihren Betten sprangen und sich ängstlich an die Wand drückten.

Huttunen brüllte mit voller Kraft, er schrie seine ganze Qual, seinen Freiheitsdrang, seine Einsamkeit und Trübsal hinaus. Es war, als bekämen die steinernen Wände Risse von dem durchdringenden Geheul, als dröhnten die Eisenbetten unter der Macht der Stimme. Die Lampe an der Decke schwankte, und plötzlich flammte sie auf. Drei Pfleger stürzten ins Zimmer und führten Huttunen zu seinem Bett. Das Eisengestell quietschte, als sie sich auf seinen Rücken setzten und ihn mit Faustschlägen zur Ruhe brachten.

Als die Pfleger gegangen waren und die Lampe gelöscht hatten, trat Happola zu ihm ans Bett und flüsterte:

»Donnerwetter, hab ich mich erschrocken.«

Müde sagte Huttunen:

»Ich halte es nicht länger aus. Leih mir deinen Schlüssel, ich verschwinde.«

Happola hatte Verständnis. Er wandte jedoch ein, dass eine Flucht sich nicht lohne, die Klinik würde ihn bald wieder zurückholen. Doch Huttunen blieb bei seinem Entschluss.

»Wenn ich hier nicht bald rauskomme, verliere ich den Verstand.«

Happola gab ihm recht. Er wusste sehr gut, wie qualvoll es war, eingeschlossen in der Klinik zu liegen, wenn man sich in die Freiheit sehnte.

In dieser Nacht trafen sie eine Vereinbarung. Happolas Geschäftssinn erlaubte ihm nicht, die Flucht ohne Gegenleistung zu organisieren. Er erklärte, die geeignete Bezahlung seien sechs Säcke Gerstenmehl. Huttunen fand den Preis angemessen.

»Sowie bei dir alles wieder läuft, schickst du mir das Mehl auf den Ouluer Bahnhof«, erklärte Happola. »Es eilt überhaupt nicht, aber bezahlen musst du. Ich habe damals schließlich auch für die Schlüssel bezahlt. Und ich habe auch die anderen nicht umsonst rausgebracht.«

Happola erzählte, er habe vor drei Jahren einer schwachsinnigen Frau aus der Klinik herausgeholfen, die danach immerhin die beliebteste Hure der Küstengegend am Bottnischen Meerbusen geworden sei.

»Sie war eine sehr hübsche Frau, allerdings ein bisschen unruhig. Jetzt wohnt sie in Oulu, aber sie arbeitet in Raahe und Kokkola und manchmal sogar in Pori. Sie hat mich für die Schlüssel anständig bezahlt. Also denk du auch daran, mir das Mehl zu schicken.«

Kurze Zeit später hatte Happola etwas in der Stadt zu erledigen. Diese Nacht war für Huttunen der geeignete Zeitpunkt, aus der Klinik zu fliehen.

Als im Haus alles in den Federn lag, öffnete Happola mit seinem Schlüssel die Zimmertür. Lautlos schlichen die Männer durch die stillen Korridore des großen Hauses, bis sie in die Küche und die dahinterliegende Wäscherei gelangten. Im Wäschelager suchten sie nach Huttunens Zivilkleidung. Die persönliche Habe der Patienten wurde in Pappkartons aufbewahrt. Huttunens Karton war der oberste in der vorderen Reihe, denn Huttunen gehörte zu den Neuen in der Klinik. Er zog sich seine eigenen Sachen an, schloss den Gürtel und kontrollierte die Geldbörse. Einiges Geld war verschwunden, doch erstaunlicherweise nicht alles. In den leeren Karton stopfte er den Anstaltskittel, die Mütze und die Pantoffeln und stellte ihn wieder an seinen Platz.

»Ziehst du dich nicht um?«, fragte er verwundert seinen Kameraden, der im Anstaltspyjama über den Flur schlurfte.

»Im Sommer reichen diese Sachen. Wenn ich tagsüber in der Stadt unterwegs bin, ist es was anderes. Ich habe im Kleiderschrank in der Wäscherei einen modischen Anzug hängen, aber bei meinen Nachtausflügen ziehe ich den nicht extra an. Da verdirbt man sich bloß unnötig die Bügelfalten.«

Durch eine Seitentür traten die Männer auf den knirschenden Kies des Hofes. Sie stiegen auf einen kiefernbewachsenen Hügel, auf dem ein alter Wasserturm aus roten Ziegeln stand. Huttunen drehte sich um und blickte zurück. Unten ruhte das riesige, düstere Gebäude der Nervenklinik. Nirgendwo brannte Licht, niemand folgte den Flüchtenden. Diesem Haus des Schreckens zu entkommen war unbegreiflich einfach gewesen.

Aus dem Giebelfenster der Frauenabteilung drang eintöniges Klagen. Irgendeine unruhige Patientin fand keinen Schlaf.

Es schauderte Huttunen, als er die trostlosen Klagelaute hörte. Ihm war selber danach zu heulen, gleichsam der Unglücklichen zu antworten, die so bemitleidenswert über ihre unbekannten Qualen jammerte. Gerade als er ein wildes Geheul anstimmen wollte, erzählte Happola leise:

»Das ist die Liisa Kastikainen, sie macht das schon länger als zwei Jahre ununterbrochen. Im Herbst sind es genau drei Jahre. Ich weiß noch, wie sie gebracht wurde, sie war in Decken verschnürt. Anfangs hat man ihr einen Knebel in den Mund gesteckt, aber der Stationsarzt hat es verboten, weil ihr die Zähne rausfielen.«

Vom Wasserturm führte eine Straße in die Stadt. Leise schritten die Männer durch die dämmerige Sommernacht, vor sich Oulu, die weiße Stadt des Nordens.

16

In Heinäpää stand Happolas zweistöckiges Holzhaus. Die Farbe war während der Kriegsjahre abgeblättert, aber sonst war es in recht gutem Zustand. Der Hofhund kannte Happola und begrüßte auch Huttunen mit einem Schwanzwedeln. Happola suchte an seinem Schlüsselbund nach dem richtigen Schlüssel. An der Tür prahlte er:

»Na, was sagst du? Nicht viele Unzurechnungsfähige können so gut rechnen! Dieses Haus ist schuldenfrei, und obendrein liegt noch Geld auf der Bank. Ich könnte mir auf einen Schlag ein neues Auto kaufen, wenn ich nur die Lizenz kriegen würde. Ich hab es schon mal übers Ausland versucht, aber der Staat hat sich auf meine Geisteskrankheit berufen.«

Vom Flur gingen mehrere Türen ab. An jeder stand ein anderer Name.

»Alles Mieter . . . und oben wohnen noch mehr.«

Happola öffnete eine der Türen. Im Zimmer standen zwei Betten, ein Tisch und einige Stühle. In dem einen Bett lag eine Frau in mittleren Jahren. Sie sagte verschlafen:

»Ah, der Hauswirt . . . Muss es schon wieder sein?«

»Du brauchst dich nicht auszuziehen. Ich habe bloß einen

Kumpel für kurze Zeit hergebracht. Mach ihm morgen Frühstück, aber sonst lass ihn in Ruhe.«

Sie legte sich wieder hin und schlief bald ein. Happola fing an, Huttunens Zukunft zu planen.

»An deiner Stelle würde ich die Mühle verkaufen und nach Amerika gehen. Wenn es nicht mit USA klappt, dann setz dich nach Spanien ab. Ein Bekannter von mir, ein Major, ist gleich nach dem Krieg hingezogen. Dem Vernehmen nach geht es ihm gut, er lebt von der Nelkenzucht ... Gehört zu deiner Mühle viel Land?«

»Bloß ein paar Hektar, aber die Mühle ist in gutem Zustand, und da steht auch noch eine fast neue Schindelmaschine. Ich hab das Gebäude sogar noch angestrichen, bevor sie mich festgenommen haben. Es ist eine Mühle mit zwei Steinen, einem für Mehl und einem für Schrot. Man braucht sie bloß in Gang zu setzen. Der Wasserkasten ist oben ganz und gar erneuert und unten geflickt. Die Anlage läuft jahrelang ohne Reparatur«, pries Huttunen seine Mühle.

Happola führte einige Telefonate in verschiedene Teile des Bezirks. Er bot Huttunens Mühle zum Kauf an, doch es fanden sich keine Käufer.

»In den Nachtstunden Geschäfte zu machen ist ziemlich schwierig. Die Leute aus der Branche schlafen anscheinend alle. Ich muss übermorgen tagsüber kommen und weitertelefonieren. In Kajaani kenne ich einen Direktor, der vielleicht interessiert ist. Aber jetzt muss ich los. Wenn sie morgen früh merken, dass du geflüchtet bist, muss ich unter der Decke liegen.«

Happola bot Huttunen eine Abschiedszigarette an und verließ dann lautlos das Zimmer.

Huttunen sah sich um: schmutzige Tapeten, auf dem Fußboden ein Flickenteppich, in der Ecke ein Ofen. Er hatte gequalmt, man erkannte es an der schwarzen Stelle über der Klappe. Auf dem Nachttisch neben dem Bett der Frau befanden sich Lockenwickler und ein Wasserglas mit einem Gebiss darin.

Huttunen zog sich aus und legte sich in das andere Bett. Dann stand er noch einmal auf, um das Licht zu löschen. Er musste pinkeln, doch er wollte die Frau nicht aufwecken und fragen, wo die Toilette war. Ziemlich unbequem schlief er bis zum Morgen.

Er erwachte von Wasserrauschen. Im selben Moment vervielfachte sich sein Drang. Im Zimmer brannte Licht, aber die Frau war nicht da. Huttunen zog sich an und wartete unruhig, dass sie von der Toilette zurückkäme. Als sie eintrat, schlüpfte er so schnell hinaus, dass er nicht mal Zeit für einen Morgengruß fand.

Die Frau kochte Kaffee und bot dazu Butterbrote und Milchgebäck an. Huttunen erzählte, dass er sich auf der Flucht aus der Irrenanstalt befinde.

»Mich hat der Happola auch aus der Klinik rausgebracht. Seitdem habe ich keine Ruhe vor ihm. Zweimal in der Woche muss ich mich mit ihm abgeben.«

Sie hatte sich gekämmt, die Lippen angemalt und trug Ohrringe. Bekleidet war sie mit einem eng anliegenden roten Rock und einer weißen Rüschenbluse. Sie war ein üppiger, weicher Typ. Sie erzählte, sie müsse sich ihren Lebensunterhalt als Hure verdienen, Happola habe einen sehr hohen Preis für die Schlüssel und die Wohnung verlangt. Andernfalls müsse sie wieder in die Klinik.

»Aber lieber Hure auf freiem Fuß als Verrückte in der Klinik. Die Klinik bleibt mir immer noch, wenn mich sonst keiner mehr haben will. Verrückt genug dafür bin ich allemal.«

Huttunen bedankte sich für den Kaffee und rüstete zum Aufbruch. Die Frau war erstaunt:

»Du willst gehen, ohne zu ficken, obwohl du weißt, wer ich bin?«

Vor Schreck verbeugte sich Huttunen an der Tür und rannte hinaus. Auf dem Hof musste er an die Klubberaterin Sanelma Käyrämö denken, an das duftende Sumpfwiesenheu und das kühle Zelt auf der einsamen Erleninsel, an eine scheue Frauenstimme, eine Hand, die ihn leise berührt, weiches Haar, das seine Nase kitzelt ... Huttunen ging zum Bahnhof. Unterwegs kaufte er eine Postkarte und eine Briefmarke.

Huttunen stieg in den Zug nach Norden. Oulu, eine erbärmliche Stadt im Leben des Müllers, blieb zurück. Auf den Brücken von Tuira holte er die Karte heraus und adressierte sie an die Nervenklinik. Auf die Rückseite schrieb er in Druckbuchstaben:

»An den Arzt. Ich bin abgehauen aus Ihrer Irrenanstalt. Vielleicht haben Sie es schon mitgekriegt. Jetzt gehe ich nach Schweden und Norwegen rüber, wo kein Hahn nach mir kräht. Außerdem bin ich nicht verrückt. Sie können Ihre Brille putzen, bis Sie schwarz werden. Huttunen.«

In Kemi steckte er die Karte in den Bahnhofsbriefkasten. Er schmunzelte vor sich hin bei der Vorstellung, wie man nun in Schweden und Norwegen nach ihm suchen würde. Vor Abfahrt des Zuges kaufte er sich in der Bahnhofsgaststätte noch eine halbe Steige hart gekochter Eier.

An der Bahnstation seines Sprengels stieg Huttunen aus. Er nahm nicht die Landstraße zum Kirchdorf, sondern ging quer durch die Wälder direkt nach Suukoski.

Den Müller übermannte die Freude der Heimkehr: im Sommersonnenschein stand die schöne rote Mühle auf ihrem Platz. Huttunen prüfte das Wehr, den Wasserkasten, die Schindelmaschine und die Turbine. Alles in Ordnung. Alles ringsum hieß den Müller zu Hause willkommen; der Bach murmelte unter der Mühle wie ein fröhlicher Kamerad.

Die Tür der Mühle war zugenagelt. Der Müller riss sie mit

solcher Kraft auf, dass es Nägel und Holzsplitter auf den Hof regnete.

In der Mühlenstube lag alles kreuz und quer durcheinander. Sie war durchsucht worden, sogar das Bett war zerwühlt, der Geschirrschrank aufgerissen, Töpfe fehlten.

Aus der Kammer waren sämtliche Lebensmittel verschwunden, nicht einmal der Kartoffelsack lag noch da, wo Huttunen ihn zurückgelassen hatte.

Die Flinte hing auch nicht mehr an der Wand. Hatte der Kommissar sie beschlagnahmt, oder war sie gestohlen worden?

In der Speisekammer fand sich nicht einmal mehr Knäckebrot. Hungrig aß Huttunen die letzten Eier aus Kemi und trank aus der Kelle Wasser dazu.

Dann verschaffte er sich einen Überblick über seine Habe und stellte entrüstet fest, dass allerlei Nützliches verschwunden war: die Reisekiste, der Sonntagsanzug, die Flinte, einige Werkzeuge, der große Kessel, ein geblümtes Laken samt ebensolchem Kissenbezug sowie alles Essbare ... Zornig warf Huttunen sich aufs Bett und grübelte, wer hinter der Missetat stecken mochte. Plötzlich sprang er auf, lief in die Ecke und lockerte das äußerste Dielenbrett. Er steckte seine Hand in die Füllung, suchte und suchte, die Hand zog eine weite und tiefe Spur im Sägemehl. Seine Miene verriet Spannung, dann allmählich Verzweiflung, aber plötzlich hellte sie sich auf. Mit einem Freudenschrei sprang er auf, in der Hand sein staubiges Sparkassenbuch.

Der Müller stieß ein hohes und helles Geheul aus, wie in früheren guten Zeiten. Er erschrak über seine eigene Stimme und schlich ans Fenster, um zu prüfen, ob ihn jemand gehört habe. Der Hof war leer, der Müller beruhigte sich. Er reinigte das Sparbuch von den Sägespänen. Der Saldo zeigte ihm, dass er noch Geld auf dem Konto hatte. Ansonsten sah es freilich betrüblich für ihn aus.

Er stellte sich ans Fenster und betrachtete den Garten, der während seiner Ouluer Zeit angefangen hatte zu grünen. Es war zu sehen, dass ihn jemand gepflegt hatte: kein einziger Unkrauthalm stand zwischen den Reihen, die Wege waren sauber geharkt und die Pflanzen verzogen. Huttunen begriff, dass sich Sanelma Käyrämö während seiner Abwesenheit um die Parzelle gekümmert hatte.

Trunken vor Glück rannte er hinaus und untersuchte den Garten eingehend. Auf den Wegen zwischen den Beeten sah er die Abdrücke eines kleinen Frauenfußes. »Gesegneter Garten«, dachte Huttunen.

17

Zwei Tage lang saß Müller Huttunen in seiner Stube und starrte durchs Fenster auf seine Klubparzelle. Er hoffte inständig, die Beraterin Sanelma Käyrämö käme den Mühlenhang heruntergeradelt, um nach dem Gemüse zu sehen.

Das Warten war vergebens, sie kam nicht. Trübsinnig dachte Huttunen, wie verantwortungslos es von ihr sei, den Acker so lange sich selbst zu überlassen.

Es war schon einige Zeit her, seit er zuletzt richtig gegessen hatte. Er dachte an den dicken Brei in der Ouluer Nervenklinik, den er lustlos in sich hineingelöffelt hatte. Jetzt ließ ihm der Gedanke an diese armselige Mahlzeit das Wasser im Mund zusammenlaufen. Und erst die Eier aus der Bahnhofsgaststätte von Kemi! Davon hätte er jetzt einen ganzen Korb auf einmal in sich hineinschlingen können. Stattdessen musste er sich damit begnügen, Wasser zu trinken. Als Beilage dazu fegte er sich aus den Fußbodenritzen ein paar Handvoll vorjähriges Mehl zusammen. Doch es half nicht gegen den Hunger, zumal es so unsauber war, dass Huttunen sich schüttelte.

Am Abend des zweiten Tages trieb ihn der Hunger aus seiner Stube. Er schlich sich nach unten in die Mühle und öffnete die Fußbodenklappe, dann schlüpfte er durch die Turbinenkabine ins Freie. Quer durch die Wälder nahm er Kurs auf Tervolas Laden. Er war so ausgehungert, dass er nicht mehr richtig sehen konnte. Im Weidengebüsch am Fluss schlugen ihm die Zweige ins Gesicht, seine Augen tränten, ein Kloß stieg ihm in die Kehle. Das war kein Essen, sondern hungrige Trauer.

Huttunen schlich erst eine Weile um Tervolas Grundstück, um sich zu vergewissern, dass weder auf dem Hof noch im Laden Leute waren. Als er überzeugt war, dass sich nur der Kaufmann mit seiner Familie im Haus aufhielt, klopfte er an die Hintertür. Tervola öffnete. Als er sah, wer da Einlass begehrte, wollte er die Tür zuschlagen, doch Huttunen konnte rechtzeitig einen Fuß dazwischenschieben.

»Du kannst nicht rein. Der Laden ist geschlossen.«

Huttunen bat, drinnen unter vier Augen mit ihm sprechen zu dürfen. Widerstrebend führte Tervola ihn in den Laden, ließ aber die Tür zur Wohnung offen, damit seine Frau alles hören konnte. Huttunen setzte sich auf die Kartoffelsäcke, nahm aus dem Kasten eine Flasche Leichtbier und begann langsam zu trinken. Dann zählte er dem Kaufmann seine Wünsche auf:

»Ich nehme ein Kilo Dauerwurst, dann ein halbes Kilo Schmalz, ebenso viel Butter, zwei Päckchen Zigaretten, außerdem Kaffee, Zucker, einen halben Scheffel Kartoffeln, Tabak.«

»Ich verkaufe nichts an Irre.«

Huttunen holte Geld heraus und hielt es dem Kaufmann hin.

»Ich zahle meinetwegen das Doppelte, aber gib mir jetzt die Sachen, ich sterbe vor Hunger.«

»Wie ich schon sagte, der Laden ist geschlossen. Ich verkaufe dir nichts, du hättest in Oulu bleiben sollen. Deine Flucht ist eine kriminelle Handlung.«

Tervola überlegte eine Weile, ehe er fortfuhr:

»Wir hatten es hier so ruhig, als du weg warst. Wir haben es alle richtig genossen. Du gehst besser wieder zurück, von mir kriegst du nichts.«

Huttunen stellte die leere Bierflasche in den Kasten und warf ein paar Münzen als Bezahlung auf den Ladentisch. Dann sagte er ruhig:

»Ohne Essen gehe ich hier nicht raus. Verflucht, ich habe zuletzt am Donnerstag in Oulu gegessen, oder war es Mittwoch?«

Kopfschüttelnd zog sich der Kaufmann hinter seinen Ladentisch zurück. Doch als Huttunen auf ihn zukam, begann er eilig, Lebensmittel aufzustapeln. Er holte Zucker und Kaffee aus den Regalen, suchte Dauerwurst, Schmalz und Butter heraus und nahm Mehl und Kartoffeln aus der Kiste. Er häufte alles vor Huttunen auf, knallte die Tüten und Pakete auf die Glasplatte, dass die Vitrine klirrte. Schließlich warf er noch ein paar Schachteln Zigaretten und ein Paket Streichhölzer obendrauf:

»Da, nimm, kannst es stehlen!«

Huttunen bot ihm Geld an, aber Tervola lehnte ab.

»Stiehl es, steck alles ein! Geld nehme ich nicht von dir, aber berauben darfst du mich. Ich kann mich als alter Mann schlecht gegen einen Irren wehren.«

Huttunen hatte bereits damit begonnen, sich die Lebensmittel unter den Arm zu klemmen. Jetzt legte er die Pakete wieder auf den Ladentisch. Zornig fuhr er Tervola an:

»Ich habe noch nie was geklaut und mache es auch jetzt nicht. Ich will die Sachen für Geld kaufen.«

Aber der Kaufmann wollte das Geld nicht nehmen. Er stieß die Scheine zurück, obwohl der Müller sie ihm wieder und wieder hinhielt.

Tervola füllte noch zwei Kilo Grieß und ein Kilo Rosinen ab, warf die Tüten auf den Ladentisch und schnauzte:

»Stiehl die auch!«

Huttunen konnte die Behandlung nicht länger ertragen. Er packte die Klinke der abgesperrten Ladentür. Die Krampen des Schlosses fielen klirrend zu Boden, als der Müller sich seinen Weg ins Freie bahnte.

Kaufmann Tervola trat auf die Treppe, er wollte wissen, wohin der Müller gelaufen war. Auf dem Hof sah er niemanden, aber im Wald hörte er es knacken. Das konnte nur Huttunen sein. Der Kaufmann verschwand wieder im Laden und verstaute schnell sämtliche Waren an ihrem Platz. Dann ging er in seine Wohnung, um die Polizei anzurufen.

Er erzählte Wachtmeister Portimo, Huttunen sei aus der Irrenanstalt geflohen. Der Flüchtige sei bei ihm im Laden gewesen und habe gewaltsam Waren kaufen wollen, aber er, Tervola, habe ihm nichts gegeben.

»Geld hat er gehabt, der Kunnari, aber ich bin hart geblieben und habe nichts von ihm genommen. Eben ist er in den Wald gerannt. Du musst versuchen, ihn zu finden und gleich festzunehmen. Sonst geht das mit dem Geheul wieder los.«

Nach dem Gespräch setzte Wachtmeister Portimo seufzend die Dienstmütze auf und fuhr mit dem Fahrrad zur Mühle von Suukoski.

Huttunen saß hungrig in der Mühlenstube, den Kopf in die Hände gestützt. Der Abend war schon weit fortgeschritten. Bald würde es Nacht sein, eine einsame und hungrige Nacht. Der Müller trank aus der Schöpfkelle Wasser und setzte sich müde ans Fenster. Wenn jetzt Klubberaterin Sanelma Käyrämö den

Hang heruntergeradelt käme, könnte sich alles wieder zum Besseren wenden.

Tatsächlich kam jemand in Sicht, allerdings ein älterer Mann, der sich als Wachtmeister Portimo entpuppte.

18

Der Polizist lehnte sein Fahrrad an die Wand und betrat polternd die Mühle. Er stellte fest, dass die zugenagelte Außentür aufgebrochen war, also war der Müller wahrscheinlich zu Hause. Auf der Treppe rief Portimo vorsichtig:

»Keine Angst, Huttunen, ich bin's bloß, der Wachtmeister!«

Huttunen bat ihn, sich zu setzen. Portimo bot dem Müller zu rauchen an. Es war für Huttunen die erste Zigarette nach langer Zeit. Er nahm tiefe Lungenzüge und sagte dann:

»In Oulu wurden einem sogar die Zigaretten weggenommen.«

Portimo fragte, ob man ihn in Oulu schon entlassen habe. Leise gestand Huttunen:

»Ich bin geflohen.«

»Das meinte schon der Tervola, als er vorhin anrief. Willst du nicht gleich mit mir kommen?«

»Ich komme nicht, und wenn du mich erschießt.«

Portimo beruhigte ihn und sagte, von Erschießen könne keine Rede sein. Der Kaufmann habe lediglich angerufen. Huttunen wollte wissen, ob seine Flucht bereits dem Kommissar gemeldet worden sei. Portimo erwiderte, bisher sei aus Oulu keine Anfrage gekommen und der Kommissar wisse noch nichts davon, dass Huttunen in seinen Sprengel zurückgekehrt sei.

»Warum willst du mich dann festnehmen, wenn du gar keinen offiziellen Befehl hast?«

Portimo gab zu, dass dies tatsächlich nicht der Fall sei. Aber der Kaufmann habe nun mal angerufen.

»Ich hab nämlich bei ihm eine Rechnung von drei Monaten offen. Da bleibt mir gar keine andere Wahl, als ihm zu gehorchen. Mit dem Gehalt eines Polizisten kann man es sich nicht leisten, einen Kaufmann zu verärgern. Unser Junge studiert in Jyväskylä am pädagogischen Institut, er soll Lehrer werden. Es ist verdammt teuer, einen Mann auszubilden, das sag ich dir. Du erinnerst dich wohl nicht an den Antero? Er hat jeden Sommer bei dir in der Mühle gesessen. So ein langer, schlaksiger Bengel.«

»Ach der, ja ... Aber mal ganz was anderes ... Ich hab furchtbaren Hunger. Im Laden hab ich keine Lebensmittel gekriegt, obwohl ich mit Geld bezahlen wollte. Ein Dieb bin ich nicht. Es ist bald drei Tage her, seit ich zuletzt anständig gegessen habe, und das war bloß so ein verdammter Brei. Was glaubst du, was für einen Hunger ich habe!«

Portimo versprach, mit seiner Frau über die Sache zu reden. Aber zu einer täglichen Einrichtung dürfe das nicht werden. Und das Essen würde auch nicht zur Mühle gebracht, sondern an einen anderen Ort, zum Beispiel in den Wald.

»Es ist 'ne heikle Sache für einen Polizisten, einem Flüchtigen zu helfen. Verbrechern würde ich kein Essen geben, aber bei dir ist es was anderes. Außerdem bist du ein Bekannter.«

Portimo bot ihm noch eine Zigarette an.

»Wäre es nicht am klügsten, Kunnari, wenn du die Mühle verkaufst und nach Amerika gehst? Soviel ich gehört habe, ist es dort nichts Besonderes, verrückt zu sein, in Amerika laufen diese Leute frei rum. Dort würde man dich nicht jagen, du brauchst bloß anständig deine Arbeit zu machen.«

»Ich verstehe kein Englisch. Nach Schweden kann ich auch nicht wegen der Sprache, und in meinem Alter lernt man die nicht so schnell.«

»Ja, stimmt ... aber hier in der Mühle kannst du nicht mehr bleiben. Im schlimmsten Fall kommt morgen mit der Post die Suchmeldung. Dann bin ich gezwungen, dich festzunehmen und nach Oulu zurückzubringen. Auch ein Polizist muss sich an das Gesetz halten.«

»Wo soll ich aber hin?«

Portimo machte Pläne: Wenn Huttunen in den Wald ginge? Jetzt war Sommer, es herrschte schönes Wetter. Der Müller könnte draußen in der Wildnis hausen, über Mittelsmänner versuchen, seine Mühle zu verkaufen, und dann unbemerkt ins Ausland gehen.

»Du nimmst dir einfach ein Sprachlehrbuch mit in den Wald und lernst dort. Wenn du die Sprache kannst und deine Mühle verkauft hast, gehst du über den Tomiofluss nach Schweden rüber und von da in die Welt.«

Huttunen dachte über die Sache nach. Es stimmte, dass er nicht länger in der Mühlenstube wohnen konnte. Eine Flucht in die Wälder erschien ihm jedoch schwierig. Wie sollte er dort zurechtkommen?

»Im Krieg haben die Deserteure auch im Wald gelebt, manche jahrelang«, meinte Portimo eifrig. »Was die können, kannst du auch. Falls man dich schnappt, droht dir kein Standgericht. Man schafft dich einfach wieder nach Oulu.«

Während sie sich unterhielten, war der Abend in die Nacht übergegangen. Portimo saß am Fenster und behielt den Hof im Auge, damit sie nicht von einem Außenstehenden überrascht würden. Draußen war es still. Huttunen fragte, wer seine Speisekammer geleert und seine Geräte mitgenommen habe. Portimo berichtete, er habe zusammen mit dem Kommissar sicherheitshalber die Axt und die Flinte konfisziert. Die Esswaren habe die Pastorin geholt und an die Frauen in der Arbeitsstube verteilt.

»Musste sie gleich noch den Kartoffelsack mitnehmen? Die Kartoffeln hätten sich in der Kammer doch gehalten.«

»Von den Kartoffeln weiß ich nichts. Vielleicht dachten sie, du bleibst ein paar Jahre in Oulu.«

»Menschenskinder, ich musste hier schon das Mehl vom Fußboden kratzen! Das Leben eines Irren kann verdammt beschissen sein. Dabei bin ich nicht mal richtig irre. Da in Oulu hättest du welche sehen können.«

Portimo schrak zusammen und zeigte nach draußen.

»Sieh mal, Kunnari … Wer hockt denn da im Garten!«

Huttunen stürzte ans Fenster, dass sein Stuhl umkippte. Auf der Klubparzelle machte sich jemand zu schaffen, eine Frau. Huttunen erkannte sofort Sanelma Käyrämö, die bei den roten Rüben hockte und Unkraut jätete. Er stürzte hinaus und sprang so schnell die Treppe hinunter, dass seine Füße nur jede fünfte Stufe berührten.

Portimo beobachtete durchs Fenster, wie der Müller über die Rübenbeete zur Klubberaterin rannte, sie in seine Arme riss und ihr einen Kuss auf die Lippen drückte. Sie erschrak zunächst sehr, doch als sie den Ankömmling erkannte, warf sie sich an seine Brust und ließ sich umarmen und herzen.

Als aus dem Gemüsegarten kurz darauf eifriges Reden zu hören war, öffnete Portimo das Fenster und zischte dem Paar zu:

»Seid leise! Es könnte euch jemand hören, und dann geht er hin und ruft die Polizei an! Kommt sofort rein.«

Die beiden kamen mit glücklich glühenden Gesichtern in die Stube. Lange Zeit herrschte Schweigen, bis sich der Polizist räusperte und sagte:

»Um unseren Kunnari steht es nicht sehr gut, oder was meinen Sie, Fräulein?«

Die Beraterin nickte. Sie genierte sich in Anwesenheit des Polizisten. Dieser fuhr fort:

»Ich habe gerade zu Kunnari gesagt, dass er sich im Wald verstecken sollte, erst mal bis zum Herbst jedenfalls. Dann muss man sehen, wie sich die Situation entwickelt.«

Die Beraterin nickte wieder und sah Huttunen an, der anscheinend nichts einzuwenden hatte. Portimo bemühte sich um einen amtlichen Ton:

»Können wir uns darauf einigen, Fräulein Beraterin, dass wir offiziell nichts von diesem Mann wissen? Für mich als Beamten ist es ein bisschen heikel, jemandem in einer solchen Situation zu helfen ... Ich will damit sagen: Verheimlichen wir die Hilfeleistung.«

So wurde es beschlossen. Außerdem vereinbarte man, dass die Beraterin dem Müller noch in derselben Nacht Essen bringen werde, welches von Portimos Frau abzuholen war. Sie verließen zu dritt die Mühle. Huttunen nahm eine Decke und einen Regenmantel mit und zog die Gummistiefel an. In seinen Gürtel steckte er das Messer.

Auf der Landstraße verabschiedete sich Portimo von Huttunen mit Handschlag.

»Versuch nun, irgendwie klarzukommen, Kunnari. Es sind die Dinge, die hier im Widerstreit stehen, nicht die Männer. Du kannst mir glauben, dass ich dich nicht jagen werde.«

Nachdem Portimo fort war, gingen der Müller und die Beraterin zur Erleninsel. Sanelma Käyrämö holte von Portimos Frau Kartoffeln und Soße im Henkelmann. Obwohl das Essen unterwegs ein wenig abgekühlt war, schmeckte es dem hungrigen Müller vorzüglich. Er aß schweigend, fast andächtig, sein großer Adamsapfel an der Kehle bewegte sich auf und ab. Der

Anblick wirkte auf die Beraterin so rührend, dass sie dem Essenden eine Hand auf die Schulter legte und mit der anderen sein Haar streichelte. Waren darin graue Strähnen aufgetaucht, seit sie ihn zuletzt gesehen hatte? Im Dämmerlicht des Zeltes ließ sich das nicht mit Bestimmtheit sagen.

Die Klubberaterin spülte das Gefäß aus. Anschließend begleitete Huttunen sie zum Ufer der Insel, folgte ihr aber nicht über den Bach. Tränen traten ihm in die Augen, als Sanelma Käyrämö im nachtdunklen Erlengestrüpp verschwand.

Traurig kehrte er in sein Zelt zurück, streckte sich auf dem trockenen Heu aus und dachte, dass er nun ganz allein sei. Die Nacht um ihn war vollkommen geräuschlos, kein einziger Vogel sang.

2. Teil

Die Jagd auf den Einsiedler

19

Das Leben des Müllers Gunnar Huttunen war jetzt an einem bedenklichen Wendepunkt angelangt: Er war ein mühlenloser, obdachloser Mann. Man hatte ihn und er sich aus der Gemeinschaft der Menschen ausgeschlossen. Wie lange er den menschlichen Ansiedlungen fernbleiben musste, war nicht zu sagen.

Einsam saß er am Bach und lauschte dem Plätschern der Stromschnelle, die in der Kühle der Sommernacht das Wasser einer fernen Quelle an ihm vorbeiführte. Hätte er ein schmerzendes Geschwür in der Brust gehabt, so dachte er bei sich, dann hätte man ihn in Ruhe leben lassen, man hätte ihn bedauert, ihm geholfen, ihn umsorgt. Aber dass sein Gemüt anders war, wurde nicht geduldet, sondern man verstieß ihn aus der menschlichen Gemeinschaft. Lieber wählte er jedoch die Einsamkeit der Wildnis als das vergitterte Zimmer der Nervenklinik, wo ihn nur deprimierte und apathische Wracks umgaben.

Eine Grauforelle oder Äsche sprang aus dem dunklen Fluss. Huttunen erschrak. Ein Wasserring trieb an ihm vorbei, zerplatzte und wurde von der Strömung aufgesogen; es ging ihm durch den Sinn, dass er nun nicht mehr Brot und Speck essen würde wie in den Tagen als Müller, sondern seine Lebensgrundlage wären von jetzt an Fisch und Wild. Er tauchte die Hand in das kühle Wasser und stellte sich vor, er wäre eine Bachforelle, ein Exemplar von mindestens einem Kilo Gewicht. In seiner Fantasie schwamm er gegen den Strom, flitzte im flachen Wasser zwischen den Kieseln hindurch, ruhte sich kurz unter einem moosbewachsenen Stein aus, schlug mit dem Schwanz, öffnete die Kiemen, stieß durch die Wasseroberfläche, glitt aber sofort wieder in die Flut, mit dem Schwanz seinen Weg beschleunigend. Das strömende Wasser rauschte in seinen Kiemendeckeln, als er den nächtlichen Bach hinaufschwamm. Doch dann bekam er Lust auf eine Zigarette, beendete fürs Erste das Dasein als Fisch und fing stattdessen an, über sein Leben nachzudenken.

Er fürchtete vor allem eines, nämlich dass er bei seinem Einsiedlerleben endgültig den Verstand verlieren könnte. Nachdem er lange in dieselbe Richtung geblickt hatte, war es ihm, als zöge sich ein blecherner Reifen um seine Stirn zusammen. Er musste kräftig den Kopf schütteln, ehe der Druck nachließ.

Er erhob sich, brach ein paar Erlenzweige ab, ohne zu wissen, warum, warf sie in den dunklen Bach und sagte zu sich selbst:

»Unter diesen Bedingungen kann der Verstand draufgehen.«

Ernst trat er in sein Zelt. Durch seinen Kopf wirbelten alle möglichen Gedanken, einer immer sonderbarer als der andere, sodass er keine Ruhe fand. Erst als die Morgenvögel schon ihr Lied anstimmten, schlief Huttunen für kurze Zeit ein. Dabei suchten ihn so schwere Träume heim, dass er beim Aufwachen in kalten Schweiß gebadet war.

Er wusch sich im morgenkühlen Bach. Die Sonne war bereits aufgegangen. Wieder meldete sich der Hunger, doch Huttunens Stimmung hatte sich gebessert: Er war voller Energie und Tatendrang. In seinem Gehirn entstanden Pläne für sein Leben als Einsiedler.

Für den Anfang würde Sanelma ihm Essen bringen, doch auf die Dauer konnte sie mit ihrem kleinen Gehalt keinen erwachsenen Mann in der Wildnis ernähren, das war ihm völlig klar. Er machte sich daran, ein Verzeichnis der Gegenstände aufzustellen, die sein Leben in den Wäldern erleichtern würden: eine Axt, ein Jagdmesser, ein Rucksack, Geschirr, Kleidung … all das würde er jetzt brauchen. Er beschloss, nach Suukoski zu gehen, um sich die notwendige Ausrüstung zu holen. Es war noch so früh am Morgen, dass ihn kaum jemand in der Mühle suchen würde. Er lief durch die Wälder, und am Ziel angekommen, zwängte er sich unter dem Gebäude in die Turbinenkabine und stieg von da durch die Luke nach oben.

Er ging in seine Stube, öffnete den Schrank und holte den Rucksack heraus. Dieser war relativ neu, welch ein Glück, dass er ihn seinerzeit angeschafft hatte. Während des Krieges, besonders in der Rückzugsphase, hatte er stets den elenden Armeerucksack verflucht. Der war immer voller Zeug gewesen und hatte, besonders beim Laufen, gescheuert und gegen das Schlüsselbein gedrückt. Nichts hatte hineingepasst, doch hatte er ein Gewicht gehabt wie der Teufel. Dieser neue Rucksack dagegen war geräumig und stabil, er hatte unter den breiten Schulterriemen dicke Filzpolster, außerdem einen Bauchgurt sowie eine Anzahl weiterer Riemen für die Befestigung von Gegenständen. Er war wie Geschirr und Decke eines kleinen Pferdes. Huttunen machte sich daran, den Rucksack zu füllen. Kochtopf, Kaffeekessel, Bratpfanne, Trinkbecher, Löffel, Gabel. Brauchte er noch mehr Geschirr? In die Seitentaschen des Rucksacks stopfte er zwei kleine Gefäße mit Zucker und Salz sowie je eine Flasche mit Kampfertropfen und Mundwasser. Außerdem steckte er Schmerzpulver ein – weitere Medikamente besaß er ohnehin nicht.

Er wickelte seine Pelzmütze fest in eine Decke. Aus einem alten Flanellhemd riss er sich Stoffstücke für Fußlappen heraus, je zwei aus Vorder- und Rückenteil. Die mussten reichen, wenn er die Wollsocken mitzählte, die er an den Füßen trug. Die Stiefel waren zum Glück heil, doch Gummiflicken mitzunehmen war trotzdem ratsam. Huttunen untersuchte die Schäfte seiner Stiefel mit gutem Gefühl: er rieb beim Gehen niemals die Beine aneinander – er war keineswegs X-beinig. Das spart Stiefel. Ein

Mann mit X-Beinen verbraucht zwei Paar im Jahr, wenn er auch nur ein bisschen herumläuft.

»Wetzstein und Feile . . .«

Huttunen steckte beide in eine Seitentasche. Aus dem Schuppen holte er die Säge, montierte die Griffe ab, rollte das Sägeblatt zusammen, wickelte es in Pappe und hängte es seitlich an den Rucksack. Als Nächstes nahm er die Wäscheleine ab und rollte sie auf. An der Mühle von Suukoski würde eine Weile kein Waschtag gehalten werden.

Eine Handvoll dreizölliger Nägel. Kamm, Spiegel, Rasierapparat, Pinsel und Seife. Ein Bleistift und ein blau kariertes Heft. Er brauchte alles. Sollte er ein paar Bücher einstecken? Er stellte fest, dass er alle Bücher in seinem Regal bereits mehrmals gelesen hatte, es war überflüssig, sie durch die Wälder zu schleppen. Das Radio? Es war zu schwer. Der Apparat ginge vielleicht noch an, aber der Akku war zu viel Gewicht.

Huttunen schaltete das Radio ein. In den Frühnachrichten ging es um den Koreakrieg. Jeden Tag reden sie davon, dachte er. Den Bauern gefiel dieser Krieg sehr – so mancher von ihnen war durch Waldverkauf reich geworden, denn der Krieg heizte die Konjunktur an. Ein schäbiger Stapel Schnittholz und eine lumpige Ladung Stämme, und schon hatte der Bauer das Geld für einen Traktor beisammen. Viittavaara und Siponen hatten im Frühjahr derartige Mengen Holz verkauft, dass sie auf Jahre hinaus genug Geld hatten. Verärgert schaltete Huttunen das Radio aus.

»Menschenskinder, und Siponens Alte besitzt noch die Frechheit, im Bett zu liegen und die Gelähmte zu spielen. Für das Weibsstück zahle ich dem Kerl keinen Pfennig.« Nadel und Faden und ein paar Knöpfe mussten noch mit. Aus einem alten Schulatlas riss Huttunen die Seite mit den nördlichen Landesteilen heraus. Schade, dass er keinen Kompass besaß. Zwei Garnituren Unterwäsche und eine Unterziehhose. Die ledernen Fäustlinge und die Filzsocken. Die Pelzmütze war schon eingepackt. Huttunen rollte noch die Lammfelljacke zusammen und band sie oben auf den Rucksack.

»Wer weiß, vielleicht sitze ich noch im Winter draußen im Wald ...« Es war eine teure Jacke, er hatte sie sich nach dem Krieg in Kokkola besorgt.

Hobel, Stemmeisen, Meißel und eine fingerdicke Bohrerspitze. Damit konnte er aus jedem Material einen Stiel schnitzen. Wofür brauchte er im Wald eigentlich den Hobel? Vielleicht wäre es doch klüger, ihn dazulassen. Dann fiel ihm ein, dass er sich Skier hobeln musste, falls er im Winter noch dort draußen saß. Die Skier jetzt im Sommer mitzunehmen war ungünstig. Er stellte sich vor, wie er mitten im Sommer mit geschulterten Skiern herumlief.

»Wenn einer mich sieht, hält er mich für verrückt.«

Der Hobel wurde eingepackt. Kerze, Streichhölzer, das Fernglas. Die eine Linse hatte sich getrübt, als das Fernglas im Syväri nass geworden war, doch durch die andere konnte man einwandfrei sehen. Jetzt würde er Zeit haben, das Objektiv zu zerlegen und die Gläser zu polieren. Nun noch die Schere und das Angelzeug: ein Stück Netz, ein knappes Dutzend Spinner und Blinker, Schnur, Angelhaken, Pilker, ein Stück Blei. Damit musste er sich nun seine Nahrung beschaffen, zum Glück hatte er alles vorrätig. Auch Fliegen besaß er dutzendweise, hatte sich im vergangenen Winter jede Menge davon geknüpft.

Der Rucksack war so voll geworden, dass er kaum mehr auf den Rücken zu heben war. Huttunen prüfte sein Gewicht und ging dabei fast in die Knie.

Er schleppte den Rucksack die Treppe hinunter und unten durch die Luke in den Wald. Es war eine schweißtreibende Angelegenheit. Er versteckte den Rucksack in einem Fichtengehölz und kehrte noch einmal in seine Behausung zurück. Ihm war eingefallen, dass ihm vielleicht auch der Zinkeimer von Nutzen sein könnte. Er beanspruchte zwar Platz, wog aber nicht viel. Mit dem Eimer in der Hand stand er da und überlegte, ob er irgendetwas Wichtiges vergessen hätte. Nein, er schien alles zu haben, was er brauchte. Er blickte zum Garten hinaus, weil er auf die Idee kam, sich ein paar Rüben mitzunehmen, die bereits eine essbare Größe erreicht hatten.

Am Rand der Parzelle stand eine Gruppe Menschen. Etwa ein Dutzend Männer aus dem Dorf bildeten einen Kreis um den Kommissar. Huttunen erriet, dass man nun gekommen war, um ihn zu holen. Blitzschnell rannte er zur Treppe. Der Eimer stieß scheppernd gegen den Türrahmen. Huttunen befürchtete, dass das Geräusch draußen zu hören sei. Er öffnete die Luke zur Turbinenkabine und zwängte sich mit dem Eimer im Arm hinein. Im selben Augenblick wurde die Tür aufgerissen, und die Männer traten in die Mühle. Huttunen erkannte die Stimme von Wachtmeister Portimo, der eben erklärte:

»Gestern war jedenfalls keiner hier. Kann sein, dass er sich im Wald versteckt hält.«

Die Männer trampelten genau über Huttunen hinweg, die Luke knarrte unter ihren Schritten. Mehlrückstände rieselten durch die Bretterritzen. Der Müller saß in unbequemer Stellung in der engen Kabine und hoffte, dass niemand auf die Idee käme, die Mühle in Gang zu setzen; dann wäre er verloren: in dieser Enge würden ihn die Schaufeln der Turbine zerquetschen. Durch die zum Oberlauf gelegene Wand tropfte ihm Wasser in den Nacken, anscheinend floss ein wenig durch die Rinne. Er ertappte sich bei dem Gedanken, dass er sie im Herbst würde abdichten müssen.

An den Stimmen erkannte er Viittavaara, Siponen, den Kaufmann Tervola, den Wachtmeister und den Kommissar. Es waren auch noch ein paar andere Männer dabei, vielleicht der

Lehrer und Siponens Knecht Launola. Viittavaaras Stimme ertönte:

»Er ist aber hier gewesen. Seht mal, wie sorgfältig er den Mehlstaub aufgefegt hat.«

Die Männer stiegen die Treppe hoch. Man rief nach Huttunen. Der Kommissar brüllte, Huttunen brauche gar nicht erst Widerstand zu leisten:

»Ganz ruhig rauskommen, wir sind in der Übermacht!«

Bald stellten die Männer fest, dass die Mühlenstube leer war. Enttäuscht kehrten sie um. Viittavaara äußerte:

»Immerhin hat er noch die Mühle in Ordnung gebracht, bevor er verrückt wurde.«

Die Männer gingen hinaus, nur Viittavaara blieb noch zurück. Nach den Geräuschen zu urteilen, legte er den Treibriemen auf. Huttunen konnte hören, wie das Lager des Obersteins knackte. Viittavaara rief den anderen zu:

»Wollen wir zur Probe die Mühle anschmeißen? Kann ja sein, dass sie zum Herbst an die Kommune fällt. Dann wissen wir Bescheid und können selber unser eigenes Korn mahlen.«

Huttunen erstarrte. Wenn Viittavaara Ernst machte, würde er hier unten zerquetscht. Die Mühle in Gang zu setzen war einfach: man brauchte nur die Schütze zur Schindelmaschine zu schließen, und sofort würde das durchs Wehr schießende Wasser in die Turbinenkabine gelenkt und ließe die Turbine rotieren. Zuerst wäre das Quietschen eines Zinkeimers zu hören und dann das Knirschen von Knochen.

Mit aller Kraft klammerte sich Huttunen an die Turbinenschaufeln und klemmte sich dabei den Eimer so vor die Brust, dass er zusammengedrückt wurde. Falls sich die Turbine tatsächlich zu drehen begann, wollte er sich dagegenstemmen, sosehr er nur konnte. In Gedanken rechnete er, wie viel PS die Turbine beim derzeitigen sommerlichen Wasserstand entwickeln würde. Er brauchte jetzt furchtbar viel Kraft, wenn er am Leben bleiben wollte.

Draußen hörte er den Kommissar rufen, jetzt sei keine Zeit, die Mühle des Irren in Gang zu setzen. Inzwischen war trotzdem jemand zur Schütze vor der Schindelmaschine gegangen, und aus dem Wasserrauschen konnte Huttunen schließen, dass sie gerade geschlossen wurde. Die ersten Spritzer schwappten in die Turbinenkabine und durchnässten ihn von oben bis unten. Huttunen stemmte sich mit aller Kraft gegen die Schaufeln. Ihm wurde schwarz vor Augen. Er dachte bei sich, er werde dem Wasserrad seinen ganzen Widerstand entgegensetzen. Es ging um sein Leben.

Bald flutete das Wasser aus der Rinne mit voller Wucht herein. Huttunen war nahe daran, in dem rauschenden Strom zu ertrinken, er keuchte und klammerte sich fest. Die Wassermassen drückten mit aller Gewalt auf das Rad, aber Huttunen hielt durch und verhinderte die kleinste Drehbewegung. Bittere Galle stieg ihm in den Mund, ihm war, als würden die Adern im Kopf platzen. Aber er gab nicht nach. Würde er jetzt vor dem Wasser weichen, käme das der Selbstaufgabe gleich.

»Die dreht sich nicht«, rief Viittavaara von drinnen. »Ist blockiert, das verdammte Ding.«

Draußen ertönten Rufe, die Huttunen nicht verstand. Dann ließ die Wasserzufuhr nach und hörte bald ganz auf. Jemand hatte die Schütze an der Schindelmaschine geöffnet. Der klatschnasse Huttunen konnte feststellen, dass er seine Mühle besiegt hatte. Er zitterte am ganzen Körper von der furchtbaren Anstrengung. Er hatte Wasser in den Ohren, und ihm war speiübel. Der Eimer war zwischen seiner Brust und der Turbine platt gedrückt worden.

Auf dem Hof rief der Kommissar: »Wir gehen jetzt. Zur Nacht kann Portimo herkommen und Wache halten.«

»Der hat seine Mühle aus Bosheit blockiert«, sagte Siponen, der von der Wasserrinne zurückkam. Dann verließen die Männer das Gelände.

Huttunen saß noch eine Weile in der Turbinenkabine. Als sich alle Stimmen entfernt hatten, schlich er hinaus und verschwand im Wald, unter dem Arm den platt gedrückten Zinkeimer. Er hievte sich den schweren Rucksack auf den Rücken und stapfte wassertriefend in die Wildnis. Er war müde, völlig erschöpft, aber er musste jetzt schnell aus der Gegend verschwinden. Bestimmt würden die Männer die Wälder hinter der Mühle durchkämmen.

20

Huttunen schleppte seinen Rucksack ein paar Kilometer weit. Dann stieg er auf einen kleinen kieferbewachsenen Hügel und richtete sich dort ein provisorisches Lager ein. Aus trockenen Zweigen entfachte er ein Feuer, an dem er seine Kleider trocknete. Nachdem er sich wieder angezogen hatte, klopfte er den zerdrückten Eimer zurecht, er bearbeitete ihn mit einem faustgroßen Stein, bis er wieder an seine frühere Form erinnerte. Huttunen ärgerte sich, dass er keine Axt dabeihatte.

Auch das Lager war ohne Axt schlecht zu errichten. Mit dem Messer ließ sich weder ein Baum zur Brennholzgewinnung fällen noch ließen sich Stangen für ein Schutzdach schneiden. Im Wald ist ein Mann ohne Axt wie ein Einarmiger.

Huttunen löschte das Feuer, legte seinen Rucksack unter eine Fichte und deckte ihn zu. Wachtmeister Portimo hatte seine Axt beschlagnahmt – es war an der Zeit, sie zurückzuholen. Huttunen machte sich auf den Weg ins Dorf.

Portimos Hof einen Besuch abzustatten war ungefährlich, da der Wachtmeister unterwegs war, um die Jagd auf Huttunen anzuführen. Die Hausfrau ging gerade einkaufen, und als alles still und leer war, besänftigte Huttunen den Hund und schlüpfte in den Schuppen.

Im Holzschuppen des armen Landpolizisten sah es traurig aus. In der Ecke lag ein kleiner Haufen Herdholz, ein Vorrat für höchstens einen oder zwei Tage. Hinten an der Wand lagen etwa drei Kubikmeter Kloben, die aus feuchten Stämmen zurechtgesägt waren. Die mussten schleunigst zerkleinert werden, sonst würden sie bis Einbruch des Winters nicht trocknen. An der Tür lag ein undefinierbarer Haufen dünner Zweige, die der Polizist bei den benachbarten Bauern aufgesammelt hatte, da er keinen eigenen Wald besaß. Ärmlich und kümmerlich.

Portimos Axt lehnte an der Wand. Es war ein hässliches und plumpes Werkzeug, rostig und mit schartiger Schneide. Der grobe, unförmige Stiel war ausgetrocknet und wacklig, der morsche Keil hatte sich gelockert. Huttunen keilte den Stiel fest und schnitzte ihn zu einer schlankeren, griffigeren Form.

Die Bügelsäge war kaum in besserem Zustand. Huttunen probierte sie auf dem Hackklotz aus, sie war stumpf und scherte nach rechts aus. Ihm tat der Polizist in seiner Armut leid. In diesem Schuppen gab es weder trockenes Brennholz noch ein einziges anständiges Arbeitsgerät.

Mit einer Ausnahme allerdings: im Hackklotz steckte eine Axt, die Huttunen gut kannte, denn es war seine eigene. Er zog sie heraus, strich über die Schneide und stellte fest, dass sie noch scharf war.

Er beschloss, ehe er ging, dem Polizisten ein wenig Brennholz zu machen – als eine Art Entschädigung für den Entzug der Axt. Eigentlich war diese kleine Hilfeleistung sogar seine Pflicht, schließlich musste Portimo jetzt tagelang durch die Wälder laufen, um ihn, Huttunen, zu suchen.

Er hackte einen großen Haufen Holz und stapelte die Scheite säuberlich an der Wand auf. Als die Hausfrau von ihren Einkäufen zurückkehrte, verließ er den Schuppen und verschwand im Wald, auf seiner Schulter wippte die blinkende Axt.

Huttunen folgte der Telefonleitung. Dort ging es sich gut, denn es gab einen ausgetretenen Pfad. Die Leitung führte offensichtlich zum Laden. Dort schlug Huttunen einen großen Bogen durch den Wald und kehrte jenseits des Ladens wieder auf den Pfad zurück. Er musste daran denken, dass Kaufmann Tervola gerade über diese Leitung die Behörden gegen ihn alarmiert hatte.

»Verfluchte Masten.«

Er sah die Telefonmasten wütend an. Durch das Sirren der Drähte glaubte er die einschmeichelnde Stimme des Kaufmanns zu hören, wie er beim Großhändler in Kemi Waren bestellte: Fleisch, Wurst, Käse, Kaffee, Zigaretten. Ein schwindelerregendes Hungergefühl packte Huttunen. Er blieb am Fuß eines Mastes stehen und setzte versuchsweise die Axt an das Holz, als wollte er den Platz für den Schlag wählen.

»Wenn ich den hier kappe, bimmelt bei Tervola kein Telefon mehr.«

Die Axt befand sich in so einladender Position, dass Huttunen nicht anders konnte, als zuzuschlagen. Über eine Länge von zwei Kilometern flatterten die Vögel von den Drähten auf. Huttunen schlug wieder und wieder zu, die Drähte pfiffen, die ganze Leitung dröhnte. Bald begann der dicke Mast zu schwanken, und nach ein paar weiteren Schlägen krachte es. Der Mast stürzte um, die Isolatoren zerbrachen, und die Drähte flogen jaulend in den Wald. Huttunen wischte sich den Schweiß von der Stirn und betrachtete das Ergebnis seiner Anstrengungen.

»Jetzt ist beim Kaufmann das Telefon vorübergehend gestört.«

Huttunen war nicht der Mann, der eine Arbeit unvollendet ließ. Er zerhackte den Mast noch zu Balken von jeweils zwei Meter Länge und stapelte sie auf. Dann rollte er die Drähte zusammen und legte das Knäuel obendrauf. Wenn später die Fernmeldemonteure kamen, um die Leitung zu reparieren, war die halbe Arbeit bereits getan; sie brauchten nur die Balken aufzuladen und einen neuen Mast zu setzen.

Jetzt, da er das Telefon des Kaufmanns zum Schweigen gebracht hatte, konnte er gleich noch dem Laden einen Besuch abstatten. Vielleicht würde ihm Tervola Lebensmittel verkaufen, zumal er durch eine glückliche Fügung die Axt dabeihatte.

Der Laden war ziemlich gut besucht. Das ruhige Stimmengemurmel brach ab und wich entsetztem Schweigen, als Huttunen mit der Axt zur Tür hereinkam. Mehrere Kunden wollten sich davonmachen, obwohl sie noch nichts gekauft hatten.

Kaufmann Tervola rannte in seine Privaträume. Man hörte ihn eilig die Wählscheibe drehen und nach dem Amt rufen. Aber die Leitung war unterbrochen. Weder der Wachtmeister noch der Kommissar waren zu erreichen. Tervola kam erschrocken wieder nach vorn.

Huttunen legte die Axt auf den Ladentisch und zählte die Waren auf, die er zu kaufen beabsichtigte:

»Zigaretten, ein paar Fleischkonserven, ein Kilo Salz, Wurst, Brot.«

Der Kaufmann gab die Waren bereitwillig heraus. Als er die Wurst abwog, legte Huttunen zum Scherz die Axt zu den Gewichten auf die Waage und meinte:

»Sieh mal, Kaufmann, wie leicht die ist.«

Für Huttunens Einkauf wog die Axt so viel, dass Tervola die Rechnung tüchtig nach unten abrundete, und als Huttunen sich schon zum Gehen wandte, fragte er, ob es sonst noch etwas sein dürfe.

An der Tür sagte der Müller zum Abschied:

»Danke, das war alles.«

Aus dem Schutz des Waldes heraus beobachtete Huttunen, wie die Leute in großer Eile den Laden verließen. Sie rannten, so schnell sie konnten, zum Haus von Wachtmeister Portimo. Huttunen hätte gern von seiner Wurst gegessen, doch jetzt empfahl es sich, schnell ins Lager zurückzukehren. Zum Essen war später Zeit.

21

Den ganzen Tag klangen von fern Hundegebell und laute Männerstimmen in Huttunens Lager herüber. Das Dorf war in Alarmzustand wegen seines aus der Nervenklinik entflohenen Müllers. Um sich einen besseren Überblick über den Verlauf der Ereignisse zu verschaffen, kletterte Huttunen auf seinem Hügel auf eine uralte Kiefer, einen riesigen Baum. Er musste zweimal hinauf, denn beim ersten Mal vergaß er sein Fernglas, und mit bloßem Auge konnte er nicht erkennen, was im Dorf passierte.

Durch das Okular seines einlinsigen Fernglases sah er, dass auf den Dorfstraßen lebhafter Verkehr herrschte. Hunde liefen frei herum, und Männer fuhren mit Fahrrädern hin und her. An den Wegkreuzungen standen Bauern mit geschulterten Flinten. Viele waren vermutlich auch in den Wäldern unterwegs, doch das konnte Huttunen von seiner Kiefer aus nicht sehen.

Er kletterte wieder hinunter. Er löschte das Lagerfeuer und packte für alle Fälle seinen Rucksack. Die Klubberaterin hatte versprochen, nachts auf die Erleninsel zu kommen, um ihn zu treffen. Wenn der Aufruhr im Dorf anhielt, war zu befürchten, dass sie sich nicht hinauswagte.

Erst zurzeit des Sonnenuntergangs wurde es im Dorf still. Die Hunde wurden angebunden, und die Bauern gingen zum Essen nach Hause. Huttunen verließ sein Lager und machte sich auf den Weg zur Erleninsel.

Die Insel hatte tagsüber Besuch gehabt – das Mückenzelt war fort. Die Schnüre und Stangen waren ringsum im Gebüsch verstreut. Huttunen sammelte die Stangen ein und rollte die Schnur auf.

»Die Leute lassen einfach alles herumliegen.«

Er fürchtete, Sanelma Käyrämö würde sich nicht auf die Insel wagen, aber sie erschien. Sie kam ängstlich über die Brücke, die Huttunen gebaut hatte, und trug einen Korb, aus dem eine Milchflasche hervorschaute. Huttunen umarmte sie und aß. Inzwischen erzählte sie ihm, was sich im Lauf des Tages im Kirchdorf ereignet hatte.

Huttunen wurde jetzt steckbrieflich gesucht. Er hätte nicht mit seiner Axt in den Laden eindringen dürfen, tadelte sie ihn.

»Und dann hast du die Axt noch gegen die Wurst aufgewogen. Tervola verklagt dich bestimmt wegen Hausfriedensbruch. Der Kommissar hat aus Oulu ein amtliches Schreiben gekriegt, in dem es heißt, dass du von dort geflüchtet bist und dass man Order gibt, dich zu ergreifen. Der Kommissar hat gesagt, jetzt ist alles höchst offiziell.«

Huttunen beendete seine Mahlzeit. Aber die Klubberaterin war noch nicht fertig:

»Du hast auch noch einen Telefonmast gefällt. Es mussten extra Entstörungsleute aus Kemi geholt werden, und die Leitung ist immer noch nicht in Ordnung. Das Fräulein von der Vermittlung hat mir erzählt, für das Zerstören einer Leitung kann es sogar Gefängnisstrafe geben, wenn das Fernmeldeamt schlecht gelaunt ist.«

Huttunen blieb lange Zeit schweigsam und starrte auf den dämmerigen Bach. Dann holte er seine Brieftasche heraus, entnahm ihr sein Sparkassenbuch und übergab es der Klubberaterin.

»Das Geld wird knapp. Würdest du hingehen und alles abheben, was auf diesem Konto ist? Du kannst mich hier draußen nicht von deinem Gehalt miternähren, das wird zu teuer.«

Er riss aus seinem blau karierten Heft ein Blatt Papier heraus und schrieb eine Vollmacht. Sanelma Käyrämö setzte ebenfalls ihren Namen darunter, und dann krakelte Huttunen noch zwei Namen von Zeugen dazu: Jussi Vogel und Heikki Wolf. Beide hatten eine sehr individuelle Handschrift. Huttunen sagte, auf dem Konto sei nicht wer weiß wie viel Geld, doch wenn er sparsam lebte, würde er damit wohl bis zum Herbst, im besten Fall bis zum Winteranfang auskommen.

»Ich hab mir vorgenommen zu angeln, damit mein Unterhalt billiger wird«, erklärte er der Klubberaterin.

Sie bat ihn, nicht mehr auf die Erleninsel zu kommen, ihr Treffpunkt sei entdeckt worden. Am Tag hatte Viittavaara die Laken von Huttunens Mückenzelt ins Dorf gebracht und gefaltet dem Kommissar übergeben. Gegen Abend hatten die Frauen des Kommissars und des Lehrers am Fluss gewaschen. Zwischen den Wäschestücken war auch Huttunens Mückenzelt gewesen, die Klubberaterin hatte es später auf der Leine hängen sehen.

Als neuen Treffpunkt vereinbarte das Paar die Wegkreuzung am Reutumoor, fünf Kilometer vom Kirchdorf entfernt auf der Ostseite des Kemiflusses. Die Klubberaterin versprach, eine Woche später mit dem Fahrrad dort hinzukommen. Vorläufig, solange die Suche auf Hochtouren lief, wäre es klüger, sich nicht zu treffen. Die Leute im Dorf behielten Sanelma Käyrämö ohnehin im Auge.

»Im Moment steht es wirklich schlimm..., aber eine gute Sache gibt es immerhin, lieber Gunnar: dein Gemüsegarten gedeiht prächtig. Man könnte schon Mohrrüben ernten, und die Rüben sind bald so groß wie ein Kopf. Ich jäte und dünge den Garten, mach dir nur keine Sorgen. Wenn sich die Leute nachher beruhigt haben, kannst du dir frisches Gemüse holen, dann kriegst du Vitamine. Du glaubst nicht, wie wichtig sie für den Menschen sind. Besonders hier draußen im Wald.«

Die Klubberaterin kehrte bald ins Dorf zurück. Auch Huttunen verließ die Erleninsel und verschwand in der Nacht. Am folgenden Tag sprach die Klubberaterin bei Huhtamoinen, dem Direktor der Genossenschaftsbank, vor. Dieser bat sie, Platz zu nehmen. Er hätte ihr beinahe eine Zigarre angeboten, schloss dann aber die Schachtel und rauchte auch selbst nicht. Sanelma Käyrämö überreichte ihm Huttunens Sparbuch samt der Vollmacht.

»Der Müller Gunnar Huttunen hat mich aus Oulu angerufen und mir aufgetragen, sein gesamtes Geld von der Bank abzuheben. Er hat gesagt, er braucht in der Kantine der Klinik eigenes Geld.«

Der Bankdirektor prüfte das Sparbuch, nickte und las die Vollmacht.

»Per Telefon hat Herr Huttunen Ihnen diese Dokumente zugestellt?«

Die Beraterin erklärte eilig, die Papiere seien am Morgen mit der Post gekommen, Briefträger Piittisjärvi habe sie gebracht.

Der Direktor begann in väterlichem, fast belehrendem Ton zu sprechen:

»Sie wissen, liebes Fräulein, dass wir hier in der Bank unter dem Siegel des Bankgeheimnisses arbeiten. Ich habe meinen

Angestellten, also Oberbuchhalter Sailo und Fräulein Kymäläinen, stets eingeschärft, dass das Bankgeheimnis unerschütterlich ist. Es ist bindender als der hippokratische Eid. Ganz allgemein sind im Bankwesen meiner Meinung nach drei Grundregeln zu beachten. Die erste, also a), lautet, dass die Konten immer auf den Pfennig genau stimmen müssen. Dabei darf keinerlei Fehler geduldet werden. Zweitens, b), die Bank muss Liquidität besitzen. Eine Bank muss solvent sein. Zügellose Kreditvergabe gereicht selbst einem großen Geldinstitut nicht zur Ehre. Nicht einmal die Industrie darf unterstützt werden, wenn die eigene Position der Bank auch nur im geringsten Maß gefährdet ist. Und drittens, also c), die letzte Grundregel: Die Bank hat für die unbedingte Wahrung des Bankgeheimnisses zu sorgen. Es dürfen keinerlei Informationen über die Angelegenheiten eines Kunden aus der Bank hinausdringen. Nicht ohne und auch nicht mit Genehmigung des Kunden. Ich würde sagen, man kann das Bankgeheimnis in seiner Strenge durchaus mit dem Militärgeheimnis vergleichen, besonders jetzt in Friedenszeiten.« Sanelma Käyrämö begriff nicht, weshalb Huhtamoinen ihr einen Vortrag über das Bankgeheimnis hielt. Sie fragte, ob er nicht gedenke, ihr Huttunens Ersparnisse auszuzahlen.

»Alle wissen doch, dass der Müller Gunnar Huttunen aus der Ouluer Nervenklinik geflohen ist. Ich habe Grund zu der Annahme, dass Sie, Fräulein Käyrämö, es übernommen haben, sich um seine laufenden Angelegenheiten zu kümmern, da er auf vielerlei Weise verhindert ist, dies selbst zu tun.«

Der Direktor schloss Huttunens Sparbuch und die Vollmacht in den Panzerschrank ein.

»Ich muss Ihnen mitteilen, Fräulein Käyrämö, dass wir Herrn Huttunens Guthaben nicht auszahlen können. Er wurde offiziell entmündigt. Außerdem befindet er sich auf der Flucht. Sie verstehen wohl, dass eine Bank nicht einfach an Dritte Geld eines Mannes auszahlen kann, der aufgrund seiner Geisteskrankheit nicht selbst in der Lage ist, es abzuheben. Außerdem besitzt Huttunen keine Adresse. Möglicherweise wissen nur Sie, wo er sich versteckt hält. Ich frage Sie nicht nach seinem Aufenthaltsort, ich bin kein Polizist. Ich bin ein Diener des Finanzwesens, und die Sache berührt mich nicht im kriminellen Sinn. Sie verstehen wohl, was ich damit sagen will?«

»Aber es ist doch sein Geld«, entgegnete die Klubberaterin.

»Im Prinzip ist es natürlich Huttunens Eigentum. Das leugne ich nicht. Aber wie gesagt, ich zahle an niemanden Geld aus ohne eine amtliche Genehmigung. In diesem Fall flössen die Mittel geradewegs in den Wald, um die Sache bildlich auszudrücken. Wohin sollte es führen, liebes Fräulein, wenn in den Banken die Praxis herrschte, die Ersparnisse und Zinsen der Kunden an irgendwelche Sümpfe und Fjälle auszuzahlen?«

Die Klubberaterin begann zu schluchzen. Wie sollte sie das Huttunen erklären?

Huhtamoinen schrieb auf ein Blatt Papier die Botschaft: »Die Genossenschaftsbank ist nicht bereit, Ihr wertes Guthaben oder dessen Zinsen an jemand anderen als Sie persönlich auszuzahlen, und auch dies nur mit ausdrücklicher Zustimmung der Behörden. Hochachtungsvoll, Ihr A. Huhtamoinen, Bankdirektor.«

»Aber wie ich betonte, halte ich das Bankgeheimnis in Ehren. Falls jemand kommt und mich fragt – nennen wir mal als Beispiel Kommissar Jaatila –, in welcher Angelegenheit Sie heute hier gewesen sind, dann schüttele ich nur den Kopf und bleibe stumm wie eine Mauer. Falls die Behörden mich auffordern zu erzählen, wo sich Herr Huttunen befindet, schweige ich, selbst wenn ich es wüsste, wo er sich versteckt. Das verstehe ich unter Bankgeheimnis. Es ist im Grunde genommen heilig. Ich werde der Polizei erklären, Sie seien hier gewesen, um einen Kredit zu beantragen für … sagen wir: für die Anschaffung einer Nähmaschine?«

»Ich besitze schon eine«, schluchzte Sanelma Käyrämö.

»Nun, dann sagen wir also, Sie waren hier … meinetwegen, um bei mir Rat einzuholen, ob es sich in heutiger Zeit für Privatpersonen lohnt, Ersparnisse in staatlichen Obligationen anzulegen. Offen gesagt, es lohnt sich nicht. Die Koreakonjunktur ist jetzt in eine Phase getreten, in der jedem, der Geld übrig hat, zu raten ist, in Immobilien anzulegen. Die Bodenpreise werden in nächster Zeit spürbar steigen, anders als die Rendite bei staatlichen Obligationen. Alles hängt natürlich davon ab, wie lange der Koreakrieg dauert, doch kann man wohl davon ausgehen, dass es in Asien noch viele Monate keinen Frieden geben wird, jedenfalls nicht vor dem nächsten Sommer. Lassen Sie sich das von mir gesagt sein. Aber jetzt habe ich bereits allgemeiner gesprochen, bitte entschuldigen Sie, Fräulein Käyrämö.«

So musste die Klubberaterin die Bank unverrichteter Dinge verlassen. Sie war den Tränen nahe, doch sie beherrschte sich, als sie an den neugierigen Angestellten vorbei zur Tür ging. Erst draußen auf der Landstraße hielt sie ihr Fahrrad an und weinte reichliche und bittere Tränen. Die Bank hatte das Geld ihres lieben Gunnar genommen, und bis zu ihrem eigenen Gehaltstag waren es noch mehr als zwei Wochen.

22

Das Reutumoor erstreckte sich über eine ganze Meile und war ein gewaltiges Sumpfmoor, eine endlose Tundra, in der hier und da kleine dunkle Teiche schimmerten. Am westlichen Rand schlängelte sich der kleine Sivakkafluss entlang, und dahinter erhob sich eine bewaldete Anhöhe, der Reutuberg.

Dorthin lenkte Huttunen seine Schritte, in diese unberührte Wildnis, eine Meile vom Kirchdorf und eine halbe von der nächsten Landstraße entfernt. Huttunen schleppte seinen Rucksack bis an den Rand des Moores, an eine kleine Krümmung des Sivakkaflusses, wo der Berg zum Fluss abfiel. Hier, am Ausläufer des Berges, war der Boden fest und flechtenbewachsen, doch gleich hinter dem Fluss erstreckte sich der weiche Sumpf. Es war ein ausgezeichneter Lagerplatz, günstig, geschützt und schön. Fern im Sumpf schrien ein paar Kraniche. Im Hintergrund auf dem Gipfel des Berges rauschten die hundertjährigen riesigen Föhren, und im gemächlichen Fluss plätscherte hin und wieder eine Grauforelle oder Äsche.

Huttunen war auf der Stelle entzückt. Er setzte seine schwere Last ab und erkor die Landzunge in der Flussbiegung zu seinem neuen Zuhause.

An den folgenden Tagen baute er sich auf der Landzunge ein festeres Lager. Er fällte am Berghang etliche abgestorbene Kiefern und rollte sie nach unten ins Lager. Dort zerhackte er sie zu Balken von zwei Meter Länge, sodass sie bereitlagen für ein Lagerfeuer, falls es eine kalte, nebelige Nacht geben sollte.

Als Behausung zimmerte er sich einen stabilen Unterstand. Zum Abdecken benutzte er Fichtenzweige, die er mit den Spitzen nach unten befestigte. Darauf kam noch eine Lage schuppenartig geschichteter kleiner Zweige, sodass ein wasserdichtes Dach entstand. Von einer jungen, oberschenkeldicken Birke schnitt er sich ein passendes Ende ab und legte es zum Schutz vor Funkenflug vor den Eingang. Den Boden des Unterstandes bedeckte er etwa zwanzig Zentimeter hoch mit weichem Astmoos. Über das Moos schichtete er die weichen Triebspitzen kleiner Fichten, wobei er die dicksten Zweige entfernte, damit sie ihn beim Schlafen nicht in den Rücken stachen.

Er wickelte das Sägeblatt aus, schnitzte Griffe zurecht und spannte zwischen ihnen ein Stück Wäscheleine. Dann sägte er hinter dem Unterstand das obere Ende einer stämmigen Kiefer ab, den mannshohen Stamm ließ er stehen. Auf diesen Stamm baute er aus leichten Fichtenhölzern eine kleine Baumhütte mit einer Öffnung, durch die der Rucksack passte. Das war seine Vorratskammer, in der er seine Esswaren, das Geschirr und den Rucksack verstaute. Ein Stückchen weiter, näher am Fluss, legte er kopfgroße runde Steine im Kreis um die künftige Feuerstätte. Eine biegsame junge Birke diente als elastischer und sich automatisch aufrichtender Aufhänger für den Kochtopf. Etwa fünfzig Meter vom Lager entfernt, dort, wo der Reutuberg bereits steil anstieg, an einer Stelle, von der man das weite Moor von einem Rand zum anderen sehen konnte, zimmerte sich Huttunen zwischen zwei Kiefern einen stabilen Abtritt, der aus zwei Balken bestand, einem zum Sitzen und einem als Rückenlehne. Darunter hob er eine fast metertiefe Grube aus. Auf ihren Grund würden von nun an ein- oder zweimal täglich die Ausscheidungen des Einsiedlers fallen. Huttunen pflegte später häufig auch ohne Anlass auf dem Balken zu sitzen und das endlose Moor zu betrachten, wo die Kraniche würdevoll stolzierten, die Wasservögel auf schnellen Schwingen umherflogen oder auch fünf oder gar zehn Rentiere auf der Flucht vor Insektenschwärmen davongaloppierten. Eines Tages glaubte er ganz hinten am Horizont einen Bären zu sehen. Dort bewegte sich ein großes graues Wesen, das sich hin und wieder aufrichtete und auf zwei Beinen stand. Als Huttunen mit seinem einäugigen Fernglas das weite, in der Hochsommerhitze flimmernde Moor absuchte, sah er nur Kraniche und keinen Bären. Hatte er inzwischen das Moor verlassen – hatte es ihn überhaupt gegeben?

Im Sumpfwiesengras schlug Huttunen ein paar Pfähle zum Netzetrocknen ein. Zum Zweck der Flussüberquerung baute er ein wendiges kleines Kiefernfloß, das er mit einer Stange vor dem Feuerplatz verankerte, sodass es gleichzeitig als Steg diente.

Zu guter Letzt schnitzte er sich noch einen Kalender in eine Kiefer gegenüber dem Unterstand. Er schnitt eine Fläche von etwa zwei Hand Breite und drei Hand Höhe in den Stamm, hobelte sie glatt wie eine Tafel und unterteilte sie mit dem Messer in senkrechte und waagerechte Felder. Jeden Morgen würde er dort den Gang seiner Tage vermerken. Er wusste nicht mehr genau, an welchem Tag er mit dem Bau des Lagers begonnen hatte, doch er schätzte das Datum auf bald Mitte Juli. Er zählte die Tage seit Johanni, das er noch in der Nervenklinik verbracht hatte, und kerbte in den Stamm die Ziffer XII, der zwölfte Tag. Die Heidelbeeren begannen zu reifen, auch daraus konnte er Rückschlüsse auf das Datum ziehen.

Es war ein klarer und heißer Juli. Beim Angeln war die Ausbeute geringer als zu Anfang des Frühjahrs oder im August. Die Edelfische waren jetzt satt und scheu, die Nächte noch zu hell und das Wasser der Bäche zu warm, es machte die kaltblütigen Bachforellen schläfrig. Huttunen probierte seine Fliegen aus, aber die Grauforellen verschmähten sie. Mit dem Spinner fing er ein paar Hechte. In glühender Asche gegart, ergaben sie eine recht anständige Mahlzeit.

Um einen fetteren Fisch zu fangen, brauchte er das Netz. Er zog es quer durch den Fluss und platschte stromabwärts im Wasser, sodass die Fische direkt hineinschwammen. Manchmal zappelten darin so viele Grauforellen und Äschen, dass er einen Teil hätte einsalzen können, doch besaß er keine Gefäße für diesen Zweck. Er war froh, dass er sich entschlossen hatte, seinen Hobel mitzunehmen. Im Herbst konnte er aus den abgestorbenen Föhren Bretter schneiden und Fassstäbe daraus hobeln. Ein paar kleine Vorratsfässer mit gesalzenem Fisch könnten das Ernährungsproblem im Winter lösen. In gutem Salz hält sich die Bachforelle, auch wenn sie ein fetter Fisch ist.

Huttunen plante außerdem, sich für den Winter eine Sauna und eine kleine Hütte zu bauen. Er hatte keine Lust, bei winterlichem Frost im Unterstand zu bibbern.

»Davon kriegt man Rheumatismus.«

Die Hütte sollte nach seinen Vorstellungen klein werden, mit einer Abmessung von höchstens drei mal drei Metern. Als Einrichtung würden eine Bettstelle und ein Tisch genügen, vielleicht in der Ecke noch ein Schrank und an der Wand ein Rentiergeweih als Kleiderhaken. Hinten im Raum würde er aus flachen Steinen einen Herd mauern. In die Wand neben der Tür käme eine Fensteröffnung. »Die Glasscheibe muss ich mir irgendwo besorgen, auch ein paar Meter Blechrohr für den Schornstein. Dachpappe brauche ich nicht, Birkenrinde tut es auch und hält bestimmt ein paar Jahre.«

Huttunen machte von seinem Lager aus lange Spaziergänge in die Umgebung. Oft stieg er auf den Gipfel des Reutubergs und betrachtete durch das Fernglas das Kirchdorf mit seinen kleinen Häusern und den beiden Kirchen, der alten und der neuen, der kleinen und der großen. Bei klarem Wetter und zur richtigen Zeit konnte er im Blau des Sommertages am westlichen Horizont den Rauch erkennen, der aus der Lokomotive des Schnellzuges aufstieg. Vom Zug selbst sah und hörte er nichts, doch aus der Richtung, in die der Rauch wehte, konnte er schließen, ob der Zug aus Kemi oder aus Rovaniemi kam, ob die Reisenden auf dem Weg nach Lappland waren oder dieses bereits gesehen hatten.

In den morastigen Randzonen des Reutumoores pflückte Huttunen saftige Moosbeeren vom vorigen Herbst. Auch die Moltebeeren begannen Knospen zu bilden, bald würden sich daraus Früchte entwickeln. In diesem Sommer war eine gute Moltebeerenernte zu erwarten. Auch viele Heidelbeeren waren gereift. Jeden Tag pflückte sich der Einsiedler einen oder zwei Liter in eine Schale aus Birkenrinde. Abends nach dem Kaffee schmeckten ihm die Beeren vorzüglich.

Huttunen genoss den Sommer und die Ruhe. Bei schönem Wetter zog er sich manchmal nackt aus, stieg auf den Berg und sonnte sich. Mit der zusammengerollten Hose unter dem Kopf lag er auf flechtenbewachsenen Felsen und ließ seine Haut von der Sonne bräunen. Er beobachtete die Wolken, die ständig ihre Form veränderten, und phantasierte sich die sonderbarsten Tiergestalten zusammen. Ein leichter Südwind hielt die Mücken unten im Sumpf. Es war still, man konnte fast hören, wie sich die Gedanken in Huttunens Kopf gegenseitig begrüßten; es gab große Mengen davon, verrückte und gewöhnliche, ihre Wanderung durch seinen Schädel hörte niemals auf.

Und wenn es regnete, lag er in seinem Unterstand und sah zu, wie die schweren Tropfen durch das Nadeldach sickerten. Das Feuer zischte, wenn sie in die heiße Asche fielen, es war warm und mild. Nach dem Regen bissen die Fische gut an – Huttunen brauchte nicht einmal das Netz auslegen, sondern die Grauforellen schnappten direkt am Ufer gierig nach den Fliegen.

Nachts wachte Huttunen häufig auf, betrachtete den blassen sommerlichen Sternenhimmel und summte vor sich hin. Bald wurde das Summen zu leisem Wimmern, und dann brach das kräftige und wilde Geheul früherer Zeiten mit Macht aus seiner Kehle. Es beruhigte ihn. Wenn er heulte, fühlte er sich nicht mehr einsam – er konnte einer Stimme lauschen, die fremd war, denn es war die Stimme eines Tieres.

Wenn er an heißen Tagen durch das baumlose unendliche Reutumoor wanderte, kam es manchmal vor, dass er Tiere nachahmte, jene Arten, die er täglich in seiner Umgebung gesehen und deren Verhalten er durchs Fernglas beobachtet hatte. Er trabte mit schaukelnden Schritten wie ein Rentierhirsch auf der Flucht vor Insekten, er krümmte sich, schnaubte und scharrte am Boden. Ein andermal breitete er die Flügel aus und erhob sich wie eine Wildgans wütend in die Lüfte, stieg höher und verschwand über dem Waldrand. Gleich darauf kehrte er als andere Gans aus der Ferne zurück, streckte die Füße aus und landete im Schilf eines Tümpels, dass das modrige Wasser hochspritzte. Als Kranich reckte er den Hals, stieß Schreie aus und erspähte mit scharfem Blick Frösche und Sumpfhunde, jene schwarzrückigen Hechte, die die Frühjahrsflut ins Moor geschwemmt und dort in den rostigen Wasserlöchern zurückgelassen hatte.

Wenn die Kraniche das langbeinige Wesen sahen, das so schrie wie sie selbst, unterbrachen sie ihr Treiben. Sie reckten ihre langen Hälse und betrachteten mit schräg geneigten Köpfen den Einsiedler, der sich zu ihnen verirrt hatte und nicht begriff, dass es Kraniche waren, denen er einen Kranich vorspielte. Dann konnte es passieren, dass der Anführer der Schar den Schnabel hoch zum blauen Himmel reckte und einen langen, kräftigen Antwortschrei ausstieß. Erst dann kam Huttunen zu sich, wurde wieder zum Menschen und wanderte heimwärts in sein Lager. Er lag rauchend im Zwielicht des Unterstandes und dachte bei sich, wenn das Leben so weiterginge, wäre alles gut.

»Bloß Sanelma müsste noch hier sein.«

23

Die Woche verging wie im Flug. Es kam der Abend, an dem Huttunen mit der Beraterin an der Wegkreuzung verabredet war.

Der ungeduldige Einsiedler war lange vor der Zeit an Ort und Stelle. Er dachte an Sanelmas gesunden und üppigen Körper, an ihre blauen Augen, ihr goldenes Haar und ihre weiche, klangvolle Stimme. Neben der Landstraße legte er sich unter die Bäume. Die Zeit verging, die Mücken stachen, aber Huttunen bemerkte es nicht, so aufgeregt erwartete er das Treffen.

Gegen sechs Uhr abends sah er auf der schmalen Landstraße eine Frau auf einem Fahrrad näher kommen. Es war Sanelma Käyrämö! Huttunen freute sich riesig. Er wollte ihr entgegenlaufen, besann sich aber und blieb im schützenden Dickicht. Sie hatten verabredet, sich im Wald zu treffen.

Die Beraterin erreichte die Kreuzung. Sie legte ihr Fahrrad in den Straßengraben und huschte in den Wald. Zaghaft und scheu um sich blickend legte sie etwa zwanzig Meter zurück. Dann blieb sie wartend stehen.

Gerade als Huttunen hinlaufen und sie umarmen wollte, hörte er im Wald einen Zweig knacken. Ein Elch, ein Ren? Nein, Viittavaara und Portimo! Sie kamen durch den Wald herangeschlichen, lauernd und keuchend und mit schweißüberströmten Gesichtern. Sie legten sich hinter einen Erdhügel, ohne sich der Beraterin zu zeigen. Anscheinend waren sie ihr vom Kirchdorf her gefolgt. Man hatte den Einsiedler in einen Hinterhalt, in eine gemeine Falle gelockt.

Huttunen zog sich tiefer in den Wald zurück und verbarg sich hinter einer dicken Fichte. Von dort konnte er das Geschehen an der Landstraße hören und beobachten. Obwohl er vor Sehnsucht zitterte, konnte er nicht zu seiner Geliebten gehen. Die Beschatter lauerten ganz in der Nähe. Sie wischten sich den Schweiß von den Gesichtern und schlugen nach Mücken. Es war anstrengend gewesen, durch die Wälder zu rennen und mit der Beraterin Schritt zu halten, die immerhin auf der glatten Landstraße mit dem Fahrrad fuhr.

Wusste die Beraterin, dass man ihr gefolgt war? Hatte sie in eine Zusammenarbeit mit den Bauern und der Polizei eingewilligt? Hatte Sanelma Käyrämö sich als Lockvogel hergegeben? Wollte sie ebenfalls, dass Huttunen gefangen und wieder in die Nervenklinik gesteckt wurde, ins Irrenhaus, in dem schwarze Apathie und traurige Untätigkeit herrschten?

»Gunnar! Lieber Gunnar! Ich bin's, ich bin da!«

Huttunen wagte keinen Laut von sich zu geben. Er wagte kaum zu atmen. Er sah, dass Viittavaara eine Flinte dabeihatte. Hielt man ihn für einen Mörder, gegen den man Waffen brauchte...? Wachtmeister Portimo saß wenigstens nur da und rang nach Atem. Doch auch er behielt die Umgebung im Auge. Huttunen verharrte still auf seinem Platz, lag hinter der Fichte und biss sich auf die Lippen. Es zerriss ihm das Herz, die Beraterin rufen zu hören: »Gunnar... mein Armer, wo bist du?«

Sie wartete lange, doch da der schweigende, finstere Wald nicht auf ihre wiederholten Rufe antwortete, stellte sie schließlich einen Proviantkorb ins Gras, deckte ihr Tuch darüber und kehrte traurig auf die Landstraße zurück. Viittavaara sah enttäuscht aus. Er flüsterte Portimo eifrig etwas zu, was Huttunen nicht verstand.

Mit Tränen in den Augen stieg die Beraterin auf ihr Rad. Huttunen hätte am liebsten mit seiner lautesten Stimme geheult, wütender als der größte Wolf, der grausamste Leitwolf. Aber er hielt seinen Mund fest geschlossen. Die Beraterin fuhr in Richtung Kirchdorf davon und verschwand bald in unerreichbarer Ferne.

Da Viittavaara und Portimo sich der Beraterin nicht gezeigt hatten, kam Huttunen zu der Überzeugung, dass sie nicht an der Intrige beteiligt war. Sie hatte ihn nicht verraten, sondern ihm im Gegenteil Essen gebracht, so wie sie es vor einer Woche vereinbart hatten. Mit glühenden Augen starrte er den Proviantkorb an, den Sanelma Käyrämö für ihn hinterlassen hatte.

Sowie die Beraterin außer Sichtweite war, stürzte Viittavaara aus seinem Versteck, um den Inhalt des Korbes zu untersuchen. Portimo folgte ihm, blickte ebenfalls unwillkürlich hinein.

»Menschenskinder, da sind Brot und Speck drin!«, brüllte Viittavaara zornig und kippte den Korb aus. Huttunen sah eine Milchflasche und ein paar in Pergamentpapier gewickelte Pakete. Der Duft von frischem Weizengebäck wehte zu ihm herüber.

»Und Kuchen, verflucht noch mal!«

Viittavaara riss die Pakete auf. Geräucherter Speck, Wurststücke, ein Paket Kaffee und Brot kamen zum Vorschein. Auf dem Boden des Korbes lagen außerdem mehrere Kilo frisches Gemüse, Rüben, Mohrrüben und rote Bete. Schließlich kamen noch Ringelblumen zum Vorschein, die Sanelma Käyrämö zu einem hübschen Strauß zusammengebunden hatte. Viittavaara packte den Strauß und schüttelte ihn drohend gegen den Wald.

»Und Blumen, verdammt! Den Irren werden auch noch Sträuße in den Wald getragen, was sagt man dazu!«

Portimo sammelte alles wieder ein und legte es in den Korb zurück.

»Lass gut sein, Viittavaara… Die Beraterin wollte Kunnari bestimmt bloß eine Freude machen. Ich finde, wir sollten jetzt gehen, der Huttunen kommt bestimmt nicht mehr.« Viittavaara brach sich ein großes Stück vom duftenden Hefezopf ab und stopfte es in seinen breiten Mund. Nach ein paar Bissen sagte er kauend:

»Schmeckt! Solche Leckerbissen werden den Waldräubern hingetragen, probier mal, Portimo!«

Portimo verzichtete und wickelte den Hefezopf wieder ins Papier. Er stellte den Korb auf die Erde und wandte sich zum

Gehen. Aber Viittavaara hängte sich den Korb über den Arm, und als Portimo ihn verwundert ansah, sagte er:

»Soll Kunnari hungern. Diese Leckerbissen lass ich dem Kerl nicht hier.«

Um seine Worte zu unterstreichen, zerquetschte Viittavaara die Ringelblumen am nächsten Baum. Portimo schaute weg, zufällig gerade in Huttunens Richtung, er blieb stehen, starrte lange hin; die Blicke des Einsiedlers und des Polizisten trafen sich. Portimo räusperte sich verdutzt und wandte den Blick ab. Er ging zur Straße und rief von dort nach Viittavaara.

Der stapfte hinter ihm her, den Mund voller Kuchen. Er stellte den Korb für einen Moment ab, um die Flinte zu schultern, nahm ihn dann wieder auf und ging mit Portimo in Richtung Kirchdorf davon. Huttunen hörte, wie Viittavaara mit lauter Stimme redete und dabei Kuchen aß. Portimo reagierte kaum, sondern war mit seinen Gedanken beschäftigt.

Als Huttunen hungrig und wie betäubt in seinem Lager eintraf, erwartete ihn dort eine weitere böse Überraschung. Er bemerkte, dass sich das Floß nicht mehr an seinem Platz befand. Jemand hatte es ans andere Ufer gestakt und dort verankert. Wer, warum? War dieser abgelegene und anscheinend sichere Stützpunkt dennoch entdeckt worden? Kannten die Bewohner des Kirchdorfes sein geheimes Lager?

Huttunen watete an der Stromschnelle im Oberlauf durch den Fluss, um sein Floß zurückzuholen. Auf den Kiefernbalken entdeckte er Spuren von Fisch – Eingeweide und silbrige Schuppen. Er beruhigte sich. Es war nur ein Angler gewesen, der zufällig vorbeigekommen war und sein Floß benutzt hatte. Kaum anzunehmen, dass der Gast das Lager hinter dem Ufergebüsch bemerkt hatte.

Huttunen befestigte das Floß hundert Meter weiter stromabwärts. Dann kehrte er ins Lager zurück und bereitete sich ein karges Abendbrot. Als Nachtisch aß er einen Napf süßer Heidelbeeren. Aber seine Gedanken waren nicht süß. Er verspürte ohnmächtige Wut auf die Bauern des Sprengels. Sie waren zu seinen Verfolgern, seinen Häschern, zu Vollstreckungsbeamten geworden. Könnte er doch gleichrangig mit ihnen kämpfen, Mann gegen Mann, dann würde sich alles regeln. Aber jetzt war er kraft Gesetzes der Unterlegene, ein schutzloser Einsiedler, dem jedes materielle Gut verboten war, selbst das Essen, sogar die Liebe. Man jagte ihn wie einen Verbrecher, nahm ihm das Brot vom Mund weg, belauerte sogar sein Mädchen wie eine Spionin.

Nachdem er sich ausgeruht hatte, beschloss er, einen oder zwei Tage am Oberlauf des Flusses zu angeln. Mit dem Netz fing er jetzt hier beim Lager gerade noch Hechte. Er verließ sich auf den Fischreichtum in der Nähe der Quelle und rüstete sich mit einer Anzahl rötlicher Fliegen und einigen hellen Blinkern aus. Er packte Salz und Brot ein, denn er hatte die Absicht, die folgenden Tage von Fisch zu leben. Zum Schluss steckte er sich die Axt in den Gürtel.

Es fiel ihm schwer, sein schmuckes Lager zu verlassen, doch jetzt im Sommer musste er jede freie Minute zum Fischfang nutzen, um für kommende Zeiten gerüstet zu sein, in denen es ihm vermutlich noch weitaus schlechter gehen würde. Während er am Fluss entlangwanderte, fluchte er auf Viittavaara:

»Verdammter Schmarotzer.«

24

In der Schlafkammer des Kommissars wurde Poker gespielt. Jaatila hatte Doktor Ervinen und Kaufmann Tervola zum gemütlichen Herrenabend eingeladen. Zunächst hatten sie sich mit langweiligen Brettspielen vergnügt, doch nachdem Doktor Ervinen ein paar tüchtige Schluck Spiritus in die Sherrygläser gegossen hatte, beschlossen sie, sich den weiteren Abend mit Poker zu versüßen.

Die Magd – oder das Stubenmädchen, wie die Frau des Kommissars zu sagen pflegte – erschien in der Tür, knickste widerwillig und teilte mit, ein Mann wolle den Kommissar sprechen. Jaatila mochte das Spiel nicht unterbrechen und ging deshalb nicht in sein Büro, sondern befahl der Magd, den Gast in die Kammer zu führen. Er hatte gerade drei Damen in seinem Blatt, zwei auf dem Tisch, eine verdeckt. Die letzte Karte war noch nicht gezogen. Er wusste bereits in dieser Phase des Spiels, dass er den Kaufmann überbieten würde, doch der verflixte Ervinen hatte unter Umständen einen Dreier. Jetzt jedoch erhöhte der Kommissar so viel, dass Ervinen blass wurde. Allerdings war der Ärger des Arztes möglicherweise nur gespielt, denn er war ein Fuchs, wie der Kommissar wusste.

In diesem Augenblick trat ein Mann ein, der nach Rauch und Fischabfällen roch. Der Kommissar fragte, was ihn zu dieser späten Stunde herführe. Der Mann erzählte, er habe am Reutumoor gefischt, auf staatlichen Ländereien selbstverständlich.

»Und, haben Sie was gefangen?«, fragte der Kommissar zerstreut und zog die letzte Karte. Es war die Karo Sechs, also nicht die fehlende Dame, doch das wollte er sich lieber noch nicht anmerken lassen. Er hatte nach der letzten Karte mit zwei Damen das beste offene Blatt auf dem Tisch. Der Kaufmann passte, aber Ervinen, der anscheinend auf eine Farbstraße spekulierte, hielt und erhöhte sogar noch. Der Arzt setzte eine Summe ein, die dem Preis eines anständigen Kleinkalibergewehrs entsprach.

»Ja, hab ich«, sagte der Mann, der immer noch in der Tür

stand. Jetzt schob er sich so weit vor, dass er den Verlauf des Spiels verfolgen konnte. Er sah Ervinen über die Schulter, verriet aber mit keiner Miene, was für ein Blatt der Arzt hatte. Der Kommissar sah dem Mann in die Augen, hob fragend die Brauen, aber der andere wandte den Blick ab. »So, so«, äußerte der Kommissar und zog mit Ervinens Einsatz mit. Als die Karten aufgedeckt wurden, stellte sich heraus, dass der Arzt geblufft hatte. Seine Grundkarte war ein nichtssagendes Pik-Ass. Die kalte Wahrheit war, dass der ganze Einsatz an den Kommissar ging. Dieser goss eine Runde Spiritus für alle ein, außer für den fremden Angler, den er in amtlichem Ton fragte:

»Nun, und was haben Sie für ein Anliegen?«

Der Mann erzählte, er habe im Sivakkafluss am Rand des Reutumoores ein neues Floß aus Kiefernstämmen gefunden.

»Ich hab mich gewundert, wer das wohl gebaut hat. Als ich mich dann ein bisschen in der Gegend umgesehen hab, da hab ich ein richtiges Lager gefunden, das war auch ganz neu. Das wollte ich Ihnen bloß erzählen, Herr Kommissar. Da draußen am Fluss haust einer im Unterstand.«

Der Kommissar verstand nicht recht, was er mit diesem Lager zu schaffen hatte.

»Das ganze Gebiet da draußen ist voll von Flößen und Unterständen. Die interessieren die Behörden einen Dreck.«

Der Angler zog sich verlegen zur Tür zurück, wo er halb entschuldigend sagte:

»Ich dachte bloß, vielleicht hat der Kunnari Huttunen, der verrückte Müller, das Lager gebaut. Im Dorf hab ich nämlich gehört, er ist aus der Irrenanstalt geflohen und hält sich jetzt im Wald versteckt.«

Ervinen zeigte sofort Interesse und rief den Mann zurück. Er fragte, wie das Lager aussehe.

»Es war ganz neu und solide gebaut. Da waren ein Unterstand und Holzvorräte für viele Wochen. Dann gab es noch eine kleine Vorratskammer auf einem Kiefernstamm. Im Wald war ein Donnerbalken und am Ufer ein Floß, wie ich schon sagte.«

»Wie war das alles gearbeitet, also das Floß und die anderen Einrichtungen?«, fragte der Kommissar.

»Wie von einem Zimmermann gemacht. Sogar der Donnerbalken war extra abgehobelt. Am Ufer standen noch Pfähle zum Netzetrocknen, für ein oder zwei Netze.«

»Es ist Huttunen«, konstatierte Ervinen. »Der Müller hat geschickte Hände, auch wenn sonst seine Motorik nicht stimmt. Am besten, wir fahren gleich los und nehmen ihn in flagranti fest.«

Der Kommissar rief Wachtmeister Portimo an und befehl ihm, ein paar Männer zu alarmieren und sofort mit ihnen herüberzukommen. Bewaffnet. Man werde mit zwei Autos fahren.

Eine halbe Stunde später versammelte sich auf dem Hof des Kommissars eine Schar Männer: Portimo, Siponen, Viittavaara, Lehrer Tanhumäki, sogar Knecht Launola hatte man rekrutiert. Siponen, Viittavaara und Launola setzten sich in das Auto des Arztes, die anderen fuhren beim Kommissar mit. Der nach Fisch riechende Zuträger fungierte als Führer.

In hohem Tempo fuhren sie zur Kreuzung am Reutumoor und stiegen aus. Es war bereits Abend, aber noch nicht sehr dämmerig.

Der Kommissar versammelte alle zum Befehlsempfang um sich: Man müsse Huttunen überraschen, erklärte er. Das Lager werde umzingelt und zerstört und Huttunen gefangengenommen. Der Angler werde sie führen. Man müsse geräuschlos vorgehen, um die Beute nicht in die Flucht zu schlagen.

»Darf man auf ihn schießen, falls er in den Wald rennt?«, fragte Siponen und schwenkte seine einläufige Flinte.

»Wir versuchen, ihn zu überrumpeln, aber falls er angreift,

kann in Notwehr geschossen werden. Aber zuerst in die Beine, dann erst in den Kopf oder den Bauch.«

Vor Mitternacht erreichten die Männer den Sivakkafluss. Dort bildeten sie eine lichte Kette und rückten flussaufwärts vor, dorthin, wo sich laut Aussage des Anglers das Lager befand. Bald kamen sie am Floß vorbei. Es sei ein Stück nach unten verlegt worden, stellte der Mann fest.

Der Kommissar befahl flüsternd, ein Teil der Männer solle sich durch den Wald hinter das Lager schleichen, die anderen sollten sich diesseits des Lagers verteilen und Wachtposten beziehen. Das Flussufer blieb ungesichert, denn man ging davon aus, dass selbst Huttunen nicht so verrückt wäre, in den Fluss zu rennen, hinter dem der tückische Sumpf wartete. Geräuschlos nahmen die Belagerer ihre Plätze rings um das Lager ein; der Kommissar gab mit der Lockpfeife das Signal, und die Männer begannen den Kreis enger zu ziehen. Sie krochen und robbten über den feuchten Boden und bekamen nasse Knie, aber die Situation war so spannend, dass sich niemand beklagte.

Nach einer halben Stunde hatte sich die Kette um das Lager geschlossen. Der Kommissar gab den Befehl zum Blitzangriff. Schrecklich brüllend und lärmend stürzten neun bewaffnete Männer aus dem nächtlichen Wald.

Aber das Lager war leer. Niemand schlief im Unterstand, die Aktion war missglückt … Die Sturmtruppe umringte den Angler und äußerte Zweifel über den Wert seiner Anzeige. Der Mann sagte, er gehe nach Hause, und verschwand gleich darauf im Wald.

Viittavaara zerrte den Rucksack aus der Baumhütte und packte den Inhalt aus. Er untersuchte jeden Gegenstand genau, als wolle er prüfen, ob es Huttunens Eigentum sei. Portimo warf nur einen Blick darauf und sagte kurz und bündig, der Rucksack gehöre Kunnari.

»Er hat ihn letzten Winter getragen, als wir zweimal auf dem

Puukkohügel Birkhühner schießen waren. Wir haben jedes Mal ein halbes Dutzend gekriegt. Und dabei hatten wir nicht mal einen Hund mit.«

Der Kommissar knurrte ihn an.

»Du als Polizeimann suchst dir ja sonderbare Jagdgefährten aus.«

»Damals war Kunnari noch nicht aus der Nervenklinik geflüchtet«, verteidigte sich Portimo.

Der Kommissar ordnete an, um das Lager Wache zu halten. Die Männer zogen sich in den Wald zurück. Niemand durfte rauchen oder auch nur ein Wort flüstern. Alle sollten schweigend im Dunkel des Waldes liegen und warten, bis Huttunen in sein Lager zurückkehrte. Vermutlich hatte er es nur vorübergehend verlassen. Wenn man ihm auflauerte, könnte man ihn immer noch überraschen.

Die Männer lagen die ganze Nacht reglos im Unterholz, aber Huttunen kam nicht. Mit steifen Gliedern vor Kälte und Feuchtigkeit erschien einer nach dem anderen morgens im Lager, wo eine neue Beratung abgehalten wurde. »Es hat keinen Zweck mehr«, äußerte Ervinen verdrossen. »Der Kerl hat von der Sache Wind gekriegt ... liegt vielleicht hinter einem Baum, beobachtet uns und lacht uns obendrein noch aus. Ich jedenfalls liege hier nicht wegen eines Irren noch länger im feuchten Sumpf.«

Launola unterstützte den Arzt eilfertig. Siponen schnauzte seinen Knecht an:

»Du lauerst auf Huttunen noch bis Weihnachten, wenn ich es befehle. Ich bezahle dir verfluchtem Kerl schließlich den Lohn dafür.«

»Auch wenn einer zufällig Knecht ist, muss er noch lange nicht jede x-beliebige Arbeit machen. Das hier ist nicht zu vergleichen mit Heueinfahren oder Holzmachen, es erinnert mich eher an den Krieg am Syväri.«

Der Kommissar beendete den Streit, indem er feststellte, es sei offenbar sinnlos, das Lager weiter zu bewachen, der Müller habe von irgendwoher einen Wink bekommen und halte sich fern. Er ordnete an, das Lager zu zerstören. Eifrig machten sich die Männer an die Arbeit.

Viittavaara warf sich Huttunens Rucksack über die Schulter. Siponen brachte den Unterstand zum Einsturz und schleppte die Fichtenzweige in den Fluss. Ervinen baute zusammen mit dem Lehrer die Baumhütte ab, die Holzteile wanderten ins Wasser. Launola wurde beauftragt, den Abtritt am Berg zu zerstören und die Grube zuzuschütten. Zuvor schätzte der Kommissar die Menge von Huttunens Exkrementen ab, denn daraus ließen sich Rückschlüsse ziehen, wie viele Tage der Müller das Lager bewohnt hatte. Die Männer rollten die Steine der Feuerstätte in den Fluss, schnitten die Hängevorrichtung ab und zerstörten die Gestelle zum Netzetrocknen. Um das Vernichtungswerk vollständig zu machen, banden sie Huttunens Floß los und überließen es der Strömung. Einzig gegen den Kalender, den der Einsiedler in die Kiefer geschnitzt hatte, waren die Männer machtlos. Die letzte Einkerbung war vor zwei Tagen vorgenommen worden, stellte der Kommissar fest, als er den Kalender mit seinem eigenen verglich.

»Ohne Ausrüstung ist Huttunen gezwungen, ins Dorf zu kommen«, befand Kommissar Jaatila. »Ich fordere alle Anwesenden auf, während der kommenden Tage äußerst wachsam zu sein. Im Interesse der Sicherheit des Kirchdorfes muss der gefährlich geisteskranke Mann so schnell wie möglich in Gewahrsam genommen und in die Anstalt zurückbefördert werden.«

Nach getaner Zerstörung traten die Männer den Heimweg an. Gerade zu dieser Zeit kehrte Huttunen, vom Oberlauf des Flusses kommend, in sein Lager zurück, in einem Korb aus Weidenruten trug er seinen gut zehn Kilo schweren Fang. Er war zufrieden und hatte vor, sich als Erstes einen starken Kaffee zu kochen.

25

Der Anblick des zerstörten Lagers erfüllte Huttunen mit kalter Wut. Alles war kurz und klein geschlagen und seine sämtliche Habe fortgeschafft worden. Nichts war verschont geblieben. Obwohl er das Gelände eingehend untersuchte, fand er keinen einzigen brauchbaren Gegenstand. Das Floß war fortgetrieben, sogar den Donnerbalken hatte man zersägt und die Grube darunter zugeschüttet.

Huttunen stieß schreckliche Flüche aus.

Jetzt befand sich sein Leben wieder in einer Sackgasse. Er wusste, dass er ohne ordentliche Lagerausrüstung, ohne Schutz gegen die Härten der Wildnis hier draußen keine Chance hatte. Geblieben waren ihm nur die Kleider am Leib, ein paar Blinker und Fliegen sowie das Messer und die Axt.

Der Einsiedler ahnte, dass die Bauern und der Kommissar das Lager gefunden und zerstört hatten. Er presste mit weißen Knöcheln den Stiel der Axt und starrte mit mörderischem Blick auf ihre funkelnde Schneide.

Auf einem Holzspieß briet er ein wenig Fisch im Feuer. Karg war das Mahl, denn mit dem Rucksack war auch das Salz entwendet worden. Betrübt kaute er den verkohlten, ungesalzenen Fisch. Dazu trank er Wasser aus dem Fluss.

Die restlichen Fische vergrub er in der Asche und verließ dann den Ort. Die folgende Nacht verbrachte er auf dem Reutuberg auf einer Streu aus Fichtenzweigen. Mitten in der Nacht wachte er vor Kälte auf, kletterte auf den höchsten Felsen und blickte erzürnt in die Richtung des Kirchdorfes.

Das Dorf schlief friedlich. In der Wärme ihrer Betten ruhten dort die Männer, die ihm das Lager zerstört hatten. Huttunen heulte drohend, zuerst leise, dann aus vollem Hals, laut und wahnwitzig.

Das irre Geheul wurde in der klaren Sommernacht bis ins Kirchdorf getragen. Die Dorfhunde erwachten und begannen ängstlich und mit gesträubtem Nackenfell zu bellen. Nach und nach stimmten alle ein, bis zum kleinsten Pinscher, sie bellten und jaulten aus voller Kraft und antworteten auf Huttunens Geheul von den Felsen des Reutubergs. Auch in den Nachbardörfern ertönte Hundegebell. Erst gegen Morgen kehrte Ruhe ein, als Huttunen auf seinen Fichtenzweigen längst schlief.

Niemand im Kirchdorf fand Schlaf in dieser Nacht. Viele Bauern standen auf Strümpfen vor ihrer Haustür und horchten auf das Geheul, dann kehrten sie in die Stube zurück und sagten zu ihren Frauen:

»Es ist Kunnari, der da heult.«

Die Frauen seufzten ängstlich und meinten:

»Man hätte ihn in Ruhe lassen sollen. Jetzt klagt der arme Kerl, weil ihm auch noch seine ganze Habe gestohlen wurde.«

Am Morgen rief Kommissar Jaatila bei Siponen an und beorderte Klubberaterin Sanelma Käyrämö zu sich zum Verhör.

Er brachte jedoch nichts Entscheidendes aus ihr heraus. Sie wusste nicht, wo sich der Müller Gunnar Huttunen derzeit aufhielt. Der Kommissar warnte sie offiziell davor, den Müller noch länger zu schützen. Das sei nicht zulässig, erklärte er, Huttunen brauche Behandlung, und das Leben im Dorf müsse sich wieder normalisieren. Dabei gähnte er und trank starken Kaffee. Der nächtliche Lärm Huttunens und der Dorfhunde hatte auch den obersten Amtmann nicht schlafen lassen.

Während des Tages fuhren Kommissar Jaatila und Wachtmeister Portimo mit Hunden zum Reutuberg, um Huttunens
Spuren zu suchen. Die Köter begriffen jedoch nicht, dass sie
Huttunens Witterung aufnehmen sollten, auch wenn man sie
noch so sehr an dessen Ausrüstungsgegenständen schnuppern
ließ. Stattdessen bellten sie eifrig ein Eichhörnchen am Berghang an. Ärgerlich schoss Kommissar Jaatila mit der Pistole auf
das Tier, obwohl er keinerlei Verwendung für ein Eichhörn-
chenfell hatte. Kleinwild mit der Handfeuerwaffe zu treffen
ist schwer. Der Kommissar musste wieder und wieder schießen.
Er leerte das ganze Magazin auf das kleine Wesen, das von
Baum zu Baum flüchtete, die Hunde auf den Fersen. Der wütende Kommissar rannte hinterher, dass der Reutuberg hallte,
erwischte seine Beute aber nicht, denn die Munition ging ihm
aus. Zur unbändigen Freude der Hunde holte Wachtmeister
Portimo das Eichhörnchen schließlich mit seiner Flinte herunter. Er überreichte das blutige kleine Fellknäuel dem Kommissar, doch der wollte es nicht haben und schleuderte es wütend
ins Gebüsch.

Die Hunde waren schwer aus dem Wald fortzubekommen.
Der Kommissar trat den Heimweg an und überließ es Portimo,
die ausgelassenen Tiere nach Hause zu locken. Im Kirchdorf
angekommen, musste der Kommissar den entgegenkommen-
den Leuten den Grund für die Schießerei erklären. Verdrossen
zog er sich in sein Büro zurück.

Ausgerechnet jetzt kam ein Anruf aus der Ouluer Nervenklinik. Man fragte an, ob der neurasthenische Patient, ein gewisser Huttunen, gefunden worden sei. Der Kommissar knurrte in den Hörer, der Mann habe trotz etlicher Versuche noch
nicht gefasst werden können.

»Wieso haben Sie den Irren laufen lassen, verflucht noch mal!
Sie haben eine geschlossene Anstalt, die aus Ziegeln gebaut ist,

und lassen den Kerl einfach rausmarschieren. Sie sollten sich um Ihre Bekloppten besser kümmern«, wetterte der Kommissar.

Aus Oulu kam die trockene Erwiderung, der fragliche geisteskranke Patient sei keineswegs ein Einheimischer, sondern stamme aus ebenjenem Sprengel, wo anscheinend auch in anderen Berufen als dem des Müllers Irre beschäftigt seien, und die Ergreifung des Flüchtigen obliege dem Kommissar. Der erbitterte und ergebnislose Wortwechsel über die Verantwortlichkeiten wurde noch eine Weile fortgesetzt, bis der Kommissar wütend den Hörer auf die Gabel knallte.

In der folgenden Nacht heulte Huttunen nicht, sondern besuchte das Kirchdorf. Er schlich um die Häuser und holte sich in Suukoski von seiner Klubparzelle ein wenig Wurzelgemüse, Rüben und Möhren gegen den schlimmsten Hunger. Die Mühle betrat er nicht, denn er fürchtete, dass dort jemand Wache hielt.

Siponens widerlicher Köter erwachte nicht, als Huttunen sich von hinten ans Haus schlich. In der Stube und in der Kammer schliefen die Leute, aber in der Mansarde brannte Licht. Die Klubberaterin war also wach. Huttunen warf einen kleinen Stein an die Fensterscheibe und verbarg sich abwartend hinter den Johannisbeersträuchern. Bald erlosch das Licht im Zimmer. Das Fenster öffnete sich, und Sanelma Käyrämö steckte ihren Lockenkopf heraus. Mit verweinten Augen blickte sie in den Garten. Huttunen trat aus dem Schutz der Sträucher hervor und flüsterte zu seiner Geliebten hinauf:

»Hast du das Geld von der Bank geholt, liebe Sanelma? Wirf mir die Brieftasche runter!«

Sie schüttelte traurig den Kopf und flüsterte eine Antwort. Als Huttunen nichts verstand, warf sie ihm ein kleines Blatt Papier hinunter. Huttunen hob es auf und las:

»...ist die Bank nicht bereit, Ihr ... Guthaben oder dessen Zinsen auszuzahlen ... Hochachtungsvoll, Ihr A. Huhtamoinen, Bankdirektor.«

Huttunen begriff nichts. Er flüsterte hektisch zum Fenster hinauf, fragte und rief so viel, dass Siponens Hund vor dem Haus erwachte und schläfrig zu bellen anfing. Sanelma Käyrämö erschrak, schrieb ein paar Worte auf einen Papierfetzen und warf ihn hinunter. Der Text lautete:

»Liebster Gunnar. Wir treffen uns morgen um 18 Uhr hinter Viittavaaras Milchbock im Wald.«

Der Einsiedler zog sich in den Wald zurück, um über die Situation nachzudenken. Bauer Siponen war vom Gebell seines Hundes aufgewacht. In Strümpfen und Unterhosen, die Flinte in der Hand, trat er vors Haus. Er inspizierte den Schuppen und die Sauna, horchte lange in die stille Nacht und starrte in den Wald, ebenso wie sein Hund. Als dieser schließlich aufhörte zu kläffen, schnauzte der Bauer ihn an und kehrte in die Stube zurück.

Huttunen aß im Wald ein paar Rüben, die er mit dem Messer abschabte. Er grübelte, warum in aller Welt der Bankdirektor nicht eingewilligt hatte, Sanelma sein Geld auszuhändigen. Mit welchem Recht hatte Huhtamoinen dermaßen niederträchtig gehandelt? Huttunen bekam eine mächtige Wut. Er vergrub die restlichen Rüben in einem Erdloch und lief schnell durch die Wälder zur Bank.

Die Bank des Sprengels befand sich im Erdgeschoss eines zweistöckigen Steinhauses. Im Obergeschoss wohnte Direktor Huhtamoinen mit seiner Familie, außerdem wahrscheinlich noch ein weiterer Angestellter, denn für nur eine Familie wirkte die Etage zu geräumig. Huttunen musterte das Gebäude, in dessen Panzerschrank sein Geld lag. Er wollte einbrechen, um sich sein Eigentum zu holen, begriff aber, dass er nicht ohne Dynamit herankam. Besser war es, die Bank während der Dienstzeit aufzusuchen. Ohne eine verlängerte Hand sollte er das aber nicht tun. Die Axt war in diesem speziellen Fall zu brav. Ein Gewehr wäre besser geeignet, den Empfang des Geldes an der Kasse zu quittieren.

Huttunen erinnerte sich an Ervinens vorzügliche Waffensammlung. Ein Gewehr konnte der Doktor sehr gut entbehren, ihm blieben immer noch reichlich Waffen für den eigenen Bedarf, zumal jetzt keine Jagdsaison war.

Am folgenden Abend traf Huttunen die Klubberaterin hinter Viittavaaras Milchbock im Wald. Sie war so verängstigt, dass sie förmlich zitterte. Huttunen flüsterte ihr Liebesworte ins Ohr, schlang schützend die Arme um sie und redete beruhigend auf sie ein. Sie berichtete, was seit ihrem letzten Treffen an Schrecklichem passiert war. Dann bot sie ihm Geld an, doch er wehrte ab:

»Lass nur, du hast bloß dein kleines Gehalt. Ich werde mir mein Geld selber holen.«

Huttunen bat sie, am späteren Abend Doktor Ervinen anzurufen und ihm zu sagen, er werde dringend im zwanzig Kilometer entfernten Kantojärvi gebraucht.

»Sag ihm, für die Zangengeburt bei der Magd von Puukkokumpu braucht man unbedingt einen Arzt.«

Als sie sich wunderte, warum sie dem Doktor solche Lügen auftischen solle, erklärte Huttunen, er wolle den Arzt für einige Zeit aus dem Haus locken. Während der Arzt in dem entlegenen Dorf einen Krankenbesuch mache, könne er, Huttunen, inzwischen in aller Ruhe dessen Haus aufsuchen.

»Ich brauche unbedingt ein paar von seinen Tabletten. Er hat im Schrank neben dem Kamin Beruhigungspillen. Ich hab gesehen, wie er sie letztes Mal da rausgeholt hat.«

Sanelma Käyrämö verstand, dass Huttunen ein Beruhigungsmittel brauchte. Aber sie hatte Angst:

»Es ist trotzdem Diebstahl ... Und es ist nicht richtig, anonym einen Arzt anzurufen. In Kantojärvi gibt es außerdem keine Gebärende, die Magd existiert überhaupt nicht.«

Huttunen überredete sie, zu tun, worum er sie bat. Handelte es sich hier nicht, mittelbar, um die Ausübung ärztlicher Tätigkeit? Denn krank war er letzten Endes, das konnte niemand bestreiten. Natürlich bewegte man sich hier ein wenig außerhalb des Gesetzes, aber man war gezwungen und hatte keine andere Wahl. Sein Kopf würde den Druck nicht mehr lange aushalten. Falls er in eine Apotheke ginge, um Medikamente zu kaufen, würde man ihn auf der Stelle festnehmen und mit dem nächstbesten Gefangenentransport in die Nervenklinik schicken. War es nicht so?

Sanelma Käyrämö versprach, Ervinen noch am selben Abend anzurufen. Sie hatte Bedenken, der Arzt könnte ihre Stimme erkennen, doch Huttunen meinte, eine Frau verstehe es immer, ihre Stimme zu verstellen, schließlich könnten auch viele Männer in verschiedenen Zungen reden.

»Also gut, ich rufe an. Von der Magd sage ich lieber nichts, aber in Kantojärvi ist eine gewisse Leena Lankinen schwanger. Ich werde sagen, bei ihr droht eine Fehlgeburt.«

Die Klubberaterin berichtete von ihrem Besuch in der Bank und davon, was der Kommissar beim Verhör von ihr wissen wollte und wie er ihr gedroht hatte. Huttunen wurde böse und sagte, jetzt gehe die Obrigkeit zu weit.

»Wieso müssen sie dich bedrängen, wo du unschuldig bist? Du bist doch nicht aus der Irrenanstalt geflohen, hast nichts getan. Sollen sie wenigstens die Frauen in Ruhe lassen. Reicht es ihnen nicht, wenn sie mich Tag und Nacht jagen?«

Bevor sie sich trennten, gab die Klubberaterin Huttunen einen Kuss und ein Viertelkilo geräucherten Speck. Huttunen blieb trunken vor Glück im Wald zurück, in den Händen das köstliche Paket Speck und auf den Lippen den Nachgeschmack von Sanelmas heißem Kuss. Als sie davongeradelt war, packte er den Speck aus dem Pergamentpapier und aß ihn mitsamt der Schwarte auf, so ausgehungert war er.

26

Huttunens Taschenuhr zeigte acht. Er lauerte im Wald hinter Ervinens Haus. Bald würde es der Doktor sehr eilig haben, denn man brauchte ihn dringend in Kantojärvi wegen einer drohenden Fehlgeburt.

Kurz nach acht Uhr kam Ervinen hastig und gereizt aus dem Haus. Er hatte Gummistiefel an und trug seine Arzttasche in der Hand. Sanelma Käyrämö hatte ihn also alarmiert.

Ervinen kurbelte sein Auto an und fuhr in schnellem Tempo in Richtung Kantojärvi davon. Sowie er außer Sichtweite war, kam Huttunen aus dem Wald und versuchte es mit der Haustür. Sie war verschlossen. Huttunen musste durch das Kellerfenster eindringen.

Drinnen im Haus rannte er als Erstes ins Kaminzimmer, um sich eine anständige Jagdwaffe auszusuchen. Er hatte reiche Auswahl – an der Wand hingen eine Flinte, ein Kleinkalibergewehr, ein Elchgewehr, ein Stutzen sowie eine kombinierte Waffe mit zwei Läufen, einem für Schrot und einem für Kugeln. Huttunen entschied sich für den Stutzen. In der Schreibtischschublade fand sich dafür reichlich Munition. Das leichte Gewehr entsprach Huttunens derzeitigem Bedarf. Notfalls konnte er damit einen Elch erlegen, doch war es auch nicht zu schwer, um Vögel zu schießen.

Er beschloss, gleich noch ein paar andere Ausrüstungsgegenstände mitzunehmen. Er wollte nicht eigentlich stehlen – er würde dem Arzt irgendwann bei passender Gelegenheit die Verluste ersetzen. Jetzt kannte die Not kein Gesetz, denn draußen in der Wildnis war er ohne anständige Ausrüstung verloren. Hier war alles vorhanden, wer konnte ihn also hindern, sich zu nehmen, was er brauchte? Der Kommissar und die Dorfbewohner, Ervinen voran, hatten ihm alles weggenommen. Nun tat er dasselbe, das war alles.

Ervinen besaß einen ausgezeichneten Rucksack, besser als der, den man Huttunen gestohlen hatte. Einem Arzt stand natürlich auch ein besserer zu als einem gewöhnlichen Müller. Die Angelgeräte waren ebenfalls zweckmäßig. Fliegen hätten es gern mehr sein können, aber die Auswahl an Blinkern war hervorragend. An Campingausrüstung war so viel vorhanden, dass die Wahl schwerfiel. Huttunen stopfte den Rucksack voll, holte aus dem Schlafzimmer noch eine dicke Decke, rollte sie zusammen und schnallte sie obendrauf. An der Wand hing ein stark vergrößerndes neues Fernglas, das er einsteckte. Ein Kompass und eine Kartentasche mit maßstabgenauen Karten der Gegend gingen ebenfalls in seinen Besitz über.

Als alles Notwendige eingepackt war, ließ Huttunen noch einmal den Blick schweifen, wie man es vor Verlassen des Hauses zu tun pflegt, um sicherzugehen, dass man nichts vergessen hat. Ihm kam der Gedanke, dass es vielleicht höflich wäre, eine Botschaft auf dem Tisch zurückzulassen, wer das Haus geleert hatte und warum. Aber dann dachte er an die gründliche Zerstörung seines eigenen Lagers. Wütend verwarf er seine Absicht:

»Dort draußen im Moor hat auch keiner einen Entschuldigungszettel hingelegt. Soll der Quacksalber mal am eigenen Leib spüren, wie so was ist. Warum musste er mich auch für verrückt erklären!«

Huttunen verließ das Haus auf demselben Weg, auf dem er gekommen war. Lautlos verschwand er im Wald, umrundete das Dorf und nahm Kurs auf den Kemifluss. Es war ratsam, sich für die kommende Nacht auf die Westseite des großen Stromes zurückzuziehen, denn in der Gegend um den Reutuberg würde man sicher nach ihm suchen.

Der Kemifluss war an dieser Stelle nicht mit einer öffentlichen Fähre zu überqueren, der Einsiedler musste sich am Ufer ein Boot suchen. Er ruderte hinüber und versteckte das Boot an der Mündung eines Baches im Dickicht. Dann ging er ein paar Kilometer landeinwärts bis zu einem dichten Fichtenwald, wo er, eingewickelt in Doktor Ervinens Decke, übernachtete. Am Morgen kehrte er zum Boot zurück, nur mit dem Gewehr und ein paar Handvoll Munition ausgerüstet. Er schob das Boot ins Wasser.

»Jetzt ist die Bank dran.«

Wie ein Geist schlich er sich durch die Wälder von hinten an das Geldinstitut des Dorfes heran. Es war so früher Morgen, dass die Bank noch nicht geöffnet hatte. Huttunen beschloss, auf den Beginn der Geschäftszeit zu warten. Vorsorglich lud er das Gewehr.

Sowie die Bank öffnete, ging Huttunen mit dem Gewehr in der Hand hinein. Die Angestellten erschraken, der Oberbuchhalter sauste pfeilgeschwind ins Hinterzimmer, um Direktor Huhtamoinen herbeizurufen. Die an der Kasse zurückgebliebene Kontoristin war weiß im Gesicht und litt Todesängste. Ein geistesgestörter Mann, der mit einem Gewehr in die Bank kommt, erweckt begründete Unruhe. Huttunen schoss jedoch nicht um sich, sondern erklärte der Angestellten ruhig:

»Ich will mein Sparguthaben abheben. Alles, auch die Zinsen.«

Direktor Huhtamoinen stürzte herein. Er zeigte sich erschüttert, versuchte zu vermitteln:

»Schau an, Herr Huttunen, Sie hier . . . Ihr Guthaben ist vorhanden und bestens verwahrt, aber wir dürfen es Ihnen eigentlich nicht . . .«

Huttunen traf Anstalten, das Gewehr zu laden.

»Es ist mein eigenes Geld. Von anderen will ich keins, aber mein eigenes nehme ich mit.«

Huhtamoinen stammelte entsetzt:

»Ich bestreite in keiner Weise, dass Sie hier ein Sparkonto und darauf auch Geld haben . . ., aber es ist beschlagnahmt worden. Der Vormundschaftsausschuss der Gemeinde hat das Geld auf sein Konto überschrieben. Aus Oulu sind Papiere gekommen, wonach Sie gewissermaßen unter Vormundschaft stehen . . . Das heißt, Sie benötigen das Einverständnis von Landwirt Viittavaara, wenn Sie beabsichtigen, Ihr Geld abzuheben. Ich könnte Viittavaara ja anrufen, vielleicht gibt er mir die Erlaubnis, Ihnen das Geld auszuzahlen.«

»Hier wird nicht telefoniert. Sie würden sowieso bloß den Kommissar anrufen. Und was, verflucht noch mal, hat Viittavaara mit meinem Geld zu tun? Der hat ja wohl selber genug.«

Der Direktor erklärte, Viittavaara sei Vorsitzender des Vormundschaftsausschusses der Gemeinde und bestimme in dieser Eigenschaft über die Geldangelegenheiten der entmündigten Personen.

»Ansonsten gehen mich diese Kontoangelegenheiten überhaupt nichts an«, schwor Huhtamoinen.

»Ich hebe jetzt trotzdem mein Geld ab. Wo muss ich quittieren?«

Die zitternde Angestellte schob eine Quittung über den Tisch, Huttunen unterschrieb und datierte den Beleg. Huhtamoinen zählte das Geld auf den Tisch. Viel war es nicht, aber für ein paar Monate würde es reichen.

Im Hinterzimmer hörte man den Oberbuchhalter sprechen.

Huttunen schaute nach, was der Mann dort trieb, und sah ihn telefonieren. Er teilte ihm mit, dafür sei jetzt nicht der geeignete Augenblick. Der erschrockene Angestellte legte den Hörer auf.

Nachdem Huttunen seine Bankgeschäfte erledigt hatte, erklärte er dem Direktor, er werde, sollte er jemals Geld übrig haben, seine Ersparnisse nicht mehr in einem Geldinstitut aufbewahren, sondern in staatlichen Obligationen anlegen.

»Banken, in denen man ohne Gewehr nicht an sein eigenes Sparkonto rankommt, vertraue ich nicht.«

Huhtamoinen versuchte, das Geschehene herunterzuspielen:

»Dies ist auf keinen Fall ein Fehler der Bank. Wir müssen lediglich dem Gesetz und den Anordnungen der Behörden folgen, so unangenehm und unhöflich es auch manchmal sein mag ... In diesem Fall hat es einfach zu viele Missverständnisse gegeben. Aber verlieren Sie nicht das Vertrauen zu uns, Herr Huttunen. Ich würde übrigens diese Begegnung nicht einmal als Bankraub bezeichnen, eigentlich ist der Vorfall weit davon entfernt. Wenn all das irgendwann geklärt ist, würde ich Sie gern wieder bei uns begrüßen dürfen. Ein alter Kunde wird in unserer Bank wie ein Freund behandelt, davon dürfen Sie überzeugt sein. Ich kann mir sogar vorstellen, dass wir über Kreditmöglichkeiten für Sie sprechen werden ... später, in der Zukunft natürlich.«

Huttunen ging schnell hinaus und verschwand im Wald. Im Schalterraum der Bank waren alle noch eine Weile vor Schreck wie gelähmt, bis der Oberbuchhalter zum Telefon griff, um den Kommissar anzurufen. Der Direktor kam selbst an den Apparat, um Anzeige zu erstatten. Er erklärte, der Müller Gunnar Huttunen sei kurz zuvor mit einem Gewehr bewaffnet in die Bank eingedrungen.

»Er hat die Bank ausgeraubt. Die Beute ist nicht sehr groß, sein eigenes Sparguthaben deckt das gerade ab. Aber ein Bankraub ist ein ernstes Delikt, hoffentlich alarmierst du gleich Männer, die ihn verfolgen. Huttunen ist eben in den Wald gelaufen.«

27

Der Einsiedler rannte durch die Wälder zum Kemifluss. Er sprang ins Boot und ruderte im Eiltempo über den reißenden Strom. Der Kommissar würde bestimmt eine große Suchaktion veranstalten, jetzt war keine Zeit zu verlieren. Die Nachricht von Huttunens Bankbesuch war bereits bis auf die Westseite des Flusses gelangt, denn am Ufer warteten mehrere Autos, die auf die Fähre wollten. Auf der Fähre befanden sich etwa zehn Männer mit Fahrrädern, fast jeder trug eine Waffe über der Schulter. Huttunen ruderte in ungefähr zweihundert Meter Entfernung vorbei. Man rief ihm zu:

»Hoi, Mann! Komm mit zum Kirchdorf, der Kunnari Huttunen hat die Bank überfallen und von Ervinen das Angelzeug und eine Flinte geklaut!«

Als Huttunen nicht antwortete, meinte jemand:

»Der hört nicht. Ruft lauter!«

Sie schrien so laut von der Fähre herüber, dass Huttunen gezwungen war, seine Fahrt zu unterbrechen und zu antworten. Er zog sich die Mütze tief in die Augen und rief zurück:

»Ich muss zur Bahnstation, komme gleich nach!«

Damit waren die Männer zufrieden, und Huttunen konnte fliehen. Er zog das Boot in die Bachmündung und rannte in den Wald. Jetzt war wirklich Eile geboten. Zum Glück kannten ihn die Männer von der Fähre nicht.

Huttunen zog seinen Rucksack aus dem Gebüsch. Er studierte kurz Ervinens Karten und strebte dann zu den Ödwäldern westlich des Kemiflusses; sein Ziel war der Puukkohügel, der auf drei Seiten von großen Moorgebieten eingeschlossen war. An einer Seite floss der kurvenreiche kleine Puukkobach. Die Entfernung betrug gut zehn Kilometer. Dort glaubte sich Huttunen vorläufig sicher. Der Kommissar müsste mit ganzen Hundertschaften die Wälder durchkämmen, um ihn dort hinten aufzuspüren. Außerdem würde man die Suche zunächst auf die Ostseite des Kemiflusses, die Wälder am Reutumoor, konzentrieren.

Den Tag verbrachte Huttunen auf dem Puukkohügel. Es war eine fichtenbewachsene Anhöhe, die Fichten waren schlank, ihre Spitzen scharf wie Messer. Von Zeit zu Zeit richtete Huttunen das Fernglas über das weite Sumpfmoor nach Osten, um zu sehen, ob die Verfolger seine Spur gefunden hatten.

Huttunen zählte viele Male sein Geld. Es war auf den Pfennig genau die Summe, die er im Lauf der Jahre auf der Bank eingezahlt hatte, und die Zinsen dazu. Wenn sich die Situation in den Wäldern erst einmal beruhigt hatte, konnte er im Nachbarsprengel einkaufen. Zunächst war ihm Ervinens Angelgerät von Nutzen, und was sollte ihn daran hindern, zur Aufbesserung seiner Mahlzeiten ein paar Vögel zu schießen? Er untersuchte die Waffe, den schönen Stutzen. Es war ein handliches Gerät, ausgestattet mit einem Magazin für fünf Patronen und einem Zielfernrohr. Allerdings war es jetzt nicht ratsam, die Waffe auszuprobieren – ein einziger Schuss würde die im Wald verstreuten Verfolger auf seine Spur führen.

Abends bekam Huttunen einen gehörigen Schreck – vor den Linsen seines Fernglases bewegte sich ein Mensch. Fern hinter dem weiten Moor tauchte ein kleiner Mann auf, der gebückt ging und eine offensichtlich schwere Last auf dem Rücken trug. Huttunen stellte das Fernglas auf die Gestalt ein. Was schleppte der Mann? Es sah aus wie ein großes Gefäß, ein schwarzes Fass. Die Entfernung betrug zwei Kilometer, noch ließ sich über die Beschaffenheit der Last nichts Genaues sagen. Auf jeden Fall war zu erkennen, dass der Mann es ungewöhnlich eilig hatte. Er hastete über den schwankenden Moorboden, und trotz seiner schweren Last gönnte er sich kaum eine Pause. Er kam geradewegs auf den Puukkohügel zu. Huttunen lud den Stutzen und wartete. Wenn der Mann allein war, wie es den Anschein hatte, brauchte er nicht gleich die Flucht zu ergreifen. Für alle Fälle versteckte er jedoch den Rucksack am Bachufer im Gebüsch.

Der Mann näherte sich halb im Laufschritt. Huttunen erkannte jetzt, dass er ein rußiges Gefäß mit mindestens fünfzig Liter Fassungsvermögen trug. Im Takt seiner Schritte klang gedämpftes Klappern von Metall herüber. Anscheinend trug er Stangen oder Rohre unter dem Arm.

Als der Mann bis auf Schussweite herangekommen war, blieb er stehen, setzte seine Last ab, seufzte ein paarmal und rannte dann schnell zurück in die Richtung, aus der er gekommen war. Jetzt, da er nichts zu tragen hatte, war sein Tempo enorm. Man sah, dass der kleine Kerl es brandeilig hatte.

Huttunen wunderte sich: Weshalb schleppte der Mann ein schwarzes Gefäß hierher, mitten ins Moor? Wozu die Schinderei?

Der emsige Kerl verschwand im Wald. Huttunen hatte Lust, hinzugehen und sich das Ungetüm anzusehen, das der Bursche gebracht hatte, doch die Sache war ihm nicht geheuer. Wie sollte man wissen, zu welchem Zweck das Gerät mit so viel Mühe hierhertransportiert worden war? Vielleicht hatte das Männchen eine unheimlich große Bombe ins Moor getragen, als Köder und Falle für den neugierigen Einsiedler? Die Grausamkeit der Menschen ist groß und ihr Verstand heimtückisch – besser, man hielt sich diesem Schauspiel fern, solange es ging.

Nach einiger Zeit tauchte derselbe Mann erneut auf, jetzt trug er eine andere, womöglich noch schwerere Last. Deshalb war er also wieder umgekehrt – er hatte noch mehr Fracht hierher ins unbewohnte Moor zu schleppen. Huttunen beobachtete den seltsamen Arbeiter durchs Fernglas. Das neue Gefäß glänzte und war kleiner als das vorige. Es war so schwer, dass der Mann damit nicht laufen konnte, aber er bewegte sich eiligen Schrittes auf den Puukkohügel und sein im Moor wartendes schwarzes Fass zu.

Als der Mann näher kam, konnte Huttunen erkennen, dass er eine Milchkanne für zwanzig Liter schleppte. Sie war sicherlich voll, denn die Füße des Mannes hinterließen tiefe Spuren im Boden. Als er sein erstes Gefäß erreichte, setzte er die Kanne ab, holte Luft und nahm gleich darauf wieder das schwarze Fass auf den Rücken. Huttunen tauschte das Fernglas gegen das Gewehr aus, entsicherte und wartete auf den Fortgang der Dinge. Allem Anschein nach strebte der Mann mit seinem Fass zu eben jenem Hügel, auf dem Huttunen saß und ihn beobachtete. Huttunen zog sich mit schussbereiter Waffe unter die Fichten zurück. Wie sollte er wissen, welche Absichten der seltsame Fassträger mit ihm hatte?

Als der Mann auf den Hügel kam, erkannte Huttunen ihn plötzlich. Es war der Postbote des Stationsdorfes, Briefträger Piittisjärvi! Ein Bekannter für Huttunen wie für alle anderen Dorfbewohner. Ein sympathischer Kerl, allerdings ein elender Säufer, doch es geschieht ja nicht selten, dass sich ein guter Mann durch Schnaps ruiniert ... Huttunen freute sich unendlich, denn hier kam einer, der mit seinem Gepäck garantiert nicht im Auftrag von Kommissar Jaatila unterwegs war. Piittisjärvi war um die fünfzig, ein kleiner, lustiger Kerl, schon vor dem Krieg verwitwet, er lebte kümmerlich vom schmalen Gehalt eines Postboten und hatte nie Geld, umso öfter aber Schnaps. Häufig verteilte er betrunken die Briefe oder trug die Postpakete jämmerlich verkatert aus. Nüchtern war er still und sanft, aber wenn er getrunken hatte, bekam so mancher der Mächtigen des Sprengels etwas von ihm zu hören. Dann spornte der Schnaps Piittisjärvi an, die Wahrheit über die Menschen zu verkünden, denen das Leben mehr gegeben hatte als ihm.

Schwer keuchend erklomm Piittisjärvi den Hügel. Er setzte das rußige Fass ab und legte einige Rohrstücke daneben. Er dampfte vom Schweiß wie ein gejagtes Pferd, seine Hände zitterten von der schweren Anstrengung. Er wirkte mitgenommen, der Schweiß rann ihm über das gefurchte Gesicht. Er wischte sich mit seinem schmutzigen Ärmel darüber und presste für einen Augenblick die Hand auf die Herzgegend. Ein dichter Mückenschwarm hatte ihn aus dem heißen Moor begleitet. Vor Müdigkeit fand er nicht die Kraft, die Blutsauger von seinem Gesicht zu verscheuchen. Er machte kehrt und ging noch einmal ins Moor zurück, um die dort verbliebene Milchkanne zu holen.

Als Piittisjärvi sämtliche Gerätschaften auf den Hügel geschleppt hatte, beruhigte er sich endlich, setzte sich auf den Deckel der Milchkanne und hielt eine Rauchpause. Er war so erschöpft, dass die Zigarette erst beim dritten Versuch brannte, die Streichhölzer erloschen in seinen zitternden Fingern.

»Verflucht noch mal ...«

Er war todmüde und verdrossen, und das wunderte Huttunen gar nicht. Solche Lasten von Gott weiß woher übers Moor zu schleppen, das konnte selbst einem braven Mann die Stimmung verderben. Huttunen trat mit dem Gewehr in der Hand zwischen den Fichten hervor.

»Grüß dich, Piittisjärvi.«

Der Postillon erschrak zunächst so sehr, dass seine Zigarette ins Moos fiel. Doch als er Huttunen erkannte, verflog sein Schreck, und ein müdes Lächeln erhellte das zerknitterte Gesicht des kleinen Mannes.

»Mensch, Kunnari! Du bist ja auch hier!«

Piittisjärvi hob seine Zigarette auf und hielt Huttunen die volle Schachtel hin. Der Einsiedler fragte, was den Postboten hier auf den Puukkohügel führe und was für verdammte Gefäße er durch die Wildnis schleppe.

»Kennst du keine Schnapsbrennerei?«

Piittisjärvi erzählte, dass er sich am Hang des Reutuberges an seinem angestammten Platz eine Schnapsbrennerei errichtet hatte. Die Maische war schon gegoren. Heute wollte er destillieren. Doch schon am frühen Morgen war es unruhig geworden im Wald. Männer mit geschulterten Büchsen waren durchs Gelände gelaufen. Hunde hatten gebellt, und man hatte nach Huttunen gerufen. Warnschüsse waren abgefeuert worden, dass die ganze Gegend widerhallte.

»Du verstehst, dass ich mich auf die Socken gemacht hab. Ich musste die Brennerei wegschaffen. Den ganzen Tag hab ich das Zeug durch die Wälder geschleppt, zuerst bin ich zum Kemifluss und dann mit dem Boot rüber, dabei wäre mir das verfluchte Boot in der Eile beinah umgekippt. Und anschließend hierher, ein einziges verdammtes Gerenne, den ganzen Tag. Da drüben auf der Ostseite hat man keine Ruhe mehr, das sage ich dir. Ich hab in meinem ganzen Leben noch nie so hetzen müssen.«

Piittisjärvi nahm einen tiefen Zug von der Zigarette. Er sah auf seine Maischekanne, den Schnapskessel und die Rohrleitungen und lächelte glücklich.

»Aber ich hab alles vor den Klauen der verdammten Kläffer gerettet! Im Krieg, während der Rückzugsphase, war ich mal in einer ähnlichen Situation. Mit einem Maschinengewehr blieben ein paar Kameraden und ich als Letzte auf der Karelischen

Landenge zurück. Als dann der Aufbruch kam, hatten wir verdammt zu schleppen, mitten im Kugelhagel. Aber das mit der Schnapsbrennerei heute war noch schlimmer. Jetzt musste ich schon zum zweiten Mal den ganzen Tag vor Kerlen mit Schießeisen weglaufen.«

Huttunen sagte, es tue ihm leid, er habe wirklich nicht gewollt, dass sich der Postbote seinetwegen so furchtbar plagen musste. Doch der freundliche kleine Mann winkte großzügig ab:

»Mach dir mal keine Sorgen, Kunnari! Du kannst nichts dafür, der Kommissar hat ja den ganzen Zirkus veranstaltet. Kannst dir ruhig noch eine Zigarette nehmen!«

28

Noch in derselben Nacht bauten sie zusammen die Geräte im Gebüsch am Puukkobach auf. Piittisjärvi gierte danach, sofort mit dem Brennen zu beginnen, denn die Maische war reif und sein Mund ausgedörrt. Doch die Nacht war still und klar, aufsteigender Rauch hätte den Standort der Brennerei verraten. Erst am Morgen, als ein leichter Wind aufkam, entfachten sie aus trockenem Holz ein gleichmäßiges Feuer unter dem Kessel und gossen die kräftig riechende Maische hinein. Huttunen holte mit der Kanne Kühlwasser aus dem Fluss. Sowie der verdampfende Alkohol in das Rohr eindrang, kondensierte er zu Schnaps und tropfte in das daruntergestellte Gefäß.

Piittisjärvi nahm einen Probeschluck von der einmal destillierten Flüssigkeit, verzog glücklich das Gesicht und reichte die Kelle an Huttunen weiter. Der verzichtete jedoch und sagte, er fröne neuerdings der Abstinenz.

»Du bist verrückt, dass du Branntwein verschmähst«, meinte der zechende Postillon. Doch nach kurzem Nachdenken erkannte er die Vorteile der Abstinenz seines Kameraden und drängte ihn nicht weiter.

»Dann reicht es länger für mich.«

Huttunen wollte am Flussufer Fliegen auswerfen. Bevor er ging, holte er für den Schnaps kochenden Postboten noch eine Kanne frisches Kühlwasser.

Als er mit ein paar Grauforellen zurückkehrte, fand er Piittisjärvi schon ziemlich angesäuselt vor. Der Postillon schlug vor, Huttunen als der Nüchterne solle die Verantwortung für das Brennen übernehmen, damit ihm selbst Zeit zum eigentlichen Trinken bleibe.

Zunächst jedoch röstete Huttunen die Fische im lodernden Feuer unter dem Schnapskessel. Piittisjärvi hatte Salz und Brot sowie ein Stückchen gesalzenen Speck dabei. Sie aßen das rote, siedend heiße Fleisch der Forellen mit den Fingern, streuten Salz drauf und bissen vom Brot ab. Huttunen bekannte, er habe seit Langem nicht mehr richtig gegessen, nämlich seit man ihm sein Lager am Reutumoor zerstört habe. Piittisjärvi seinerseits hatte zuletzt vor zwei Tagen eine Mahlzeit zu sich genommen, als er auf dem Postamt gewesen war, um die Zeitungen und Briefe zu holen. Überhaupt kam er im Sommer kaum zum Essen, da er fortwährend Post austragen oder Schnaps brennen musste.

»Im Winter klappt es besser, da habe ich nicht diese Hetze. Ich mache mir dann fast jeden Tag was zurecht, auch wenn ich ein alleinstehender Mann bin.«

Piittisjärvi schlug Huttunen eine lohnende Zusammenarbeit vor: Der eine solle die Brennerei in Betrieb halten, während der andere das Amt des Postboten ausübe. Er selbst musste an drei Tagen in der Woche die Briefe im Stationsdorf und in zwei Nachbardörfern austragen. Dazwischen kam er nicht recht zum Brennen, denn er brauchte ja auch Zeit zum Trinken. Als Gegenleistung wollte er für Huttunen sämtliche Postangelegenheiten besorgen. Huttunen fragte verwundert, welche Post er hier draußen wohl bekommen sollte.

»Na, wir bestellen dir die *Nordnachrichten!* Du kriegst deinen eigenen Briefkasten im Wald hinter dem Stationsdorf. Ich trag dir dann die Zeitungen und Briefe hin, genau wie allen anderen Bürgern. Und du kannst auch selber Briefe an Leute schreiben, ich befördere sie. Schreib doch an die neue Klubberaterin, es heißt, sie hat 'ne Menge für dich übrig.«

Huttunen überlegte sich die Sache. An Sanelma müsste er tatsächlich schreiben, es war eine gute Idee. Und Zeitungen hatte er nicht mehr gelesen, seit man ihn im Frühjahr in die Nervenklinik gebracht hatte.

Die Männer einigten sich über die Zusammenarbeit. Sie beratschlagten, für welchen Zeitraum die *Nordnachrichten* zu bestellen seien. Ein Jahresabonnement wäre wahrscheinlich Geldverschwendung, fanden sie, denn dafür sei das Leben des Einsiedlers derzeit zu unbeständig. Huttunen bezahlte dem Postboten also ein Vierteljahresabonnement, und dieser versprach, die Zeitung zu bringen, sobald er wieder seine Tour mache.

Huttunen wollte gleich ein paar Zeilen an Sanelma Käyrämö schreiben. Die Bankquittung in seiner Geldbörse konnte als Briefbogen dienen, doch besaß er keinen Stift. So musste er den Text schließlich mit einem rußigen Holzspan auf das Papier kritzeln.

Anschließend breitete er Ervinens Karten vor seinem Kameraden aus. Gemeinsam vereinbarten sie, wo Huttunen ein festeres Lager bauen und wohin er auch die Schnapsbrennerei verlegen würde. Sie einigten sich auf einen kleinen Landrücken, etwa drei Kilometer vom Oberlauf des Puukkobaches entfernt. Hinter dem Landrücken breiteten sich Sümpfe aus, und in der Talsenke floss der Bach. Huttunen hatte den Platz morgens beim Angeln entdeckt. Er hielt ihn für sicherer als diesen Hügel, auf dem sie jetzt Schnaps brannten.

Ferner suchten sie die genaue Stelle aus, wo Piittisjärvi den Briefkasten anbringen würde. Dreimal in der Woche könnte Huttunen dort seine Post abholen. An Sonntagen und manchmal auch in der Woche käme Piittisjärvi ins Lager, um zu saufen.

»Am Sonntag bring ich die Post gleich mit, du brauchst wegen der Wochenendzeitung nicht extra zum Kasten zu laufen.«

Huttunen bat den Postboten, ihm etwas Salz, Zucker, Kaffee und geräucherten Speck zu besorgen. Und natürlich Zigaretten. Er übergab dem kleinen Mann die entsprechende Geldsumme.

Nach dem Essen musste Piittisjärvi ins Dorf, denn es war wieder Postverteilungstag. Er spülte im Bach sein rußiges Gesicht und gurgelte, um den schlimmsten Branntweingeruch zu beseitigen. Bevor er aufbrach, gab er Huttunen Ratschläge für den Fall, dass sich die Maische im Fass zu sehr erhitzen oder der Branntweinfluss aus irgendeinem Grund stocken sollte.

»Am schlimmsten ist es, wenn du die Maische anbrennen lässt. Mir ist es im Sommer 1939 mal passiert. Im Herbst davor war mir die Frau gestorben, und ich war am Grübeln, wie ich am besten die Zeit verbringe. Na ja, die Maische brannte an. Ich hab tagelang das Fass schrubben müssen, ehe es wieder anständig aussah. Die Kumpels, die von dem angebrannten Schnaps getrunken haben, wurden krank, und einer wäre beinah gestorben. Als dann nachher der Winterkrieg ausbrach, ist derselbe Bursche gleich in der ersten Woche gefallen, was sagt man dazu.«

Piittisjärvi überließ Huttunen die Brennerei zu treuen Händen und machte sich auf den Weg. Leichten Schrittes überquerte er das weite Moor, marschierte fröhlich pfeifend durch die Wälder und direkt in die Post, wo er als Erstes Huttunens Zeitungsbestellung erledigte. Sicherheitshalber ließ er das Abonnement auf seinen eigenen Namen laufen.

Als die Briefe abends verteilt waren, holte er aus seiner Wohnung eine Säge, einen Hammer, Nägel sowie ein paar kurze Bretter und ein Stück Teerpappe. Er verstaute das Zubehör in den Posttaschen und radelte am Stationsdorf vorbei in unbewohnte Waldgegenden. Hier stellte er das Fahrrad ab und ging zu Fuß bis zu der Stelle weiter, die er mit Huttunen als Standort für den Briefkasten vereinbart hatte. Er wählte eine starke Föhre passender Größe aus und machte sich ans Werk.

Dem geübten Postmann ging die Arbeit flott von der Hand. Piittisjärvi zimmerte aus ein paar Latten ein Gestell, passte die Bretter ein, nagelte den Kasten an den Baum und schnitt mit dem Messer ein Stück Teerpappe zurecht, das als Regendach dienen sollte.

»Falls die *Nordnachrichten* nass werden, ist das kein großer Schaden, aber bei Wertsendungen muss man aufpassen.«

Aus zwei Lederstückchen, die er von seinem Gürtel abtrennte, gewann er das Scharnier für den Deckel. Der Gürtel hätte auch noch mehr Scharnierbedarf hergegeben. Traurig dachte Piittisjärvi daran, dass er den Gürtel einst auf seiner Verlobungsfahrt in Kemi gekauft hatte. Damals war er noch ein kräftiger Mann gewesen. Als ihm dann die Frau gestorben war, hatte er nach und nach neue Löcher in den Gürtel stechen müssen.

»Die Hilda hat bei Lebzeiten gut für mich gesorgt«, sprach er in Erinnerung an seine Frau vor sich hin. Ein Kloß stieg dem abgemagerten Mann in die Kehle.

Bis auf den Anstrich war der Briefkasten jetzt fertig. Piittisjärvi überlegte, ob es wohl klug sei, ihn mit der gelben Farbe zu versehen, die das Postgesetz vorschrieb. Im Sommer mochte es vielleicht noch angehen, doch im Winter könnte das leuchtende Gelb den Standort des Kastens verraten. Piittisjärvi beschloss, auf den Anstrich zu verzichten, obwohl es ihn stets mit Widerwillen erfüllte, Post in graue und ungepflegte Kästen zu werfen. Als er einmal leicht benebelt zu Siponens jämmerlichem Kasten gekommen war, hatte er den Bauern getadelt:

»Du als großer Bauer kannst dir wohl mal ein bisschen Farbe leisten. Es ist ja, als ob man die Zeitung in einen Nistkasten schmeißt! Na egal, die *Hauspostille* für deine Alte kann meinetwegen sonst wo liegen.«

Ein Posthorn ritzte er aber doch vorn in den Kasten und darunter den Namen des Besitzers: »Kunnari Huttunen«. Zum Schluss warf er ein mitgebrachtes Exemplar der *Nordnachrichten* ein, gewissermaßen als Probelauf. Jetzt kann Kunnari kommen und seine Post holen, dachte er zufrieden.

29

Wieder einmal musste sich der Einsiedler ein neues Lager errichten. Er schleppte seine gesamte Ausrüstung sowie Piittisjärvis Schnapsfabrik zu dem flachen, sandigen Landrücken am Puukkobach. Den Ort taufte er »Lagerhügel«. Zuerst baute er sich einen Unterstand, und erst dann stellte er die Schnapsgeräte des Postboten auf. Er grub in den flechtenbewachsenen Hang einen Erdofen und in einiger Entfernung davon eine Kellerhöhle, in der er seine Ausrüstung unterbrachte: den Rucksack, die Angelgeräte und das Gewehr. Dann machte er sich daran, Schnaps zu brennen.

Beim ersten Mal sammelten sich in der Kanne etwa zehn Liter stinkender Fusel. Wenn er die Flüssigkeit ein zweites Mal destillierte, schätzte Huttunen, ergäbe das noch sieben Liter. Er wusste, Piittisjärvi selbst würde sich nicht die Mühe einer weiteren Veredelung machen und den Schnaps so trinken, wie er war. Doch jetzt hatte ein abstinenter und zielstrebiger Mann die Sache in der Hand. Huttunen kochte den Schnaps ein zweites Mal. Er gewann gut sechs Liter klaren Alkohol, durchsichtig wie herbstliches Eis und stark wie Ervinens Spiritus. Er probierte einen Schluck, der Alkohol brannte am Gaumen, und Huttunen spuckte ihn angewidert aus.

»Lieber nicht saufen, sonst dreh ich wieder durch.«

Er steckte die Branntweinkanne in ein Sumpfloch, baute die Geräte ab und versteckte sie zwischen den Bäumen. Dann schulterte er den Stutzen, nahm das Angelzeug und machte sich auf, seine Proviantvorräte zu ergänzen. Mit Hilfe des Kompasses schlug er den Weg nach Nordwesten ein, in jene Ödwälder, in denen er im vergangenen Winter mit Wachtmeister Portimo Vögel geschossen hatte. An diesen Jagdausflug dachte er gern zurück. Sie hatten reiche Beute gemacht, und das ohne Hund. Portimo hatte seinen fahlgrauen Rüden zu Hause gelassen, da er eher ein Bärenhund war und sich nicht recht darauf verstand, Vögel aufzuscheuchen. Huttunen dachte, wenn der diesjährige Sommer so gelaufen wäre wie sonst, dann würde er jetzt nicht allein hier marschieren, sondern hätte Wachtmeister Portimo als Jagdgefährten an seiner Seite. Nun hatte der Polizist anderes zu tun, und zwar mehr als genug.

»Portimo verpasst die schönste Sommerzeit, während er hinter mir her ist. Muss schlimm sein, wenn einer gezwungen ist, seinen Kameraden zu jagen.«

Huttunen hatte das richtige Gebiet ausgewählt. Er erbeutete mehrere Vögel und auf dem Rückweg oben am Fluss etliche Kilo Fisch. Bevor er ins Lager heimkehrte, pflückte er sich noch eine Schale Heidelbeeren.

Das Leben war friedlich, aber einsam. Auf Nahrungssuche

brauchte Huttunen vorerst nicht zu gehen, die Vögel hingen ausgenommen an den Bäumen, der Fisch lag gesalzen in Zubern aus Birkenrinde, die in einem eiskalten Sumpfloch steckten. Er beschloss, zum Zeitvertreib nach Post zu sehen. Ob Piittisjärvi an die Zeitungsbestellung gedacht hatte?

Der Briefkasten fand sich am vereinbarten Platz im Wald in der Nähe des Stationsdorfes. Huttunen umrundete zunächst das Gelände, um sich zu vergewissern, dass niemand im Hinterhalt lauerte und keine Überrumpelung drohte. Doch da der Wald öde und still blieb, wagte er sich an seinen Briefkasten. Daran stand sein Name!

Heiße Freude durchflutete den einsamen Mann: er hatte jetzt einen Berührungspunkt mit der Welt, diesen farblosen, groben Kasten am Stamm einer Föhre. Piittisjärvi hatte sein Versprechen gehalten.

Aber war auch Post für ihn darin? Der Einsiedler hatte Angst nachzusehen. Wenn er den Kasten leer fände, wäre die Enttäuschung in dieser Einsamkeit bitter.

Als er den Kasten schließlich öffnete, war er überrascht. Drinnen lagen zwei Zeitungen und ein dicker Brief, der in weiblicher Handschrift an ihn adressiert war. Huttunen kannte die Schrift – die Klubberaterin Sanelma Käyrämö hatte ihm geschrieben.

Er zog sich ein paar hundert Meter in ein dichtes Fichtengehölz zurück, wo er den Brief öffnete. Es war ein schöner Liebesbrief. Huttunen las ihn, und sein Gesicht glühte vor Glück; in seinem Kopf rauschte es heftig, die Zeilen verschwammen ihm vor den tränennassen Augen, seine Hand zitterte, das Herz hämmerte. Er hätte am liebsten vor lauter Freude und Glück ein lautes Geheul angestimmt.

Bei dem Schreiben lag ein kleines gedrucktes Heft, das die Aufschrift trug:

Sanelma Käyrämö hatte ihrem Brief die Broschüre einer Fernakademie beigefügt und bat den lieben Empfänger, diese »nicht
wegzuwerfen, sondern sich damit vertraut zu machen und den
Entschluss zu fassen, ein Fernstudium aufzunehmen«. Er habe
jetzt genug Zeit, und ein Mensch dürfe niemals im Leben stehen
bleiben, sondern müsse stets, auch inmitten von Schwierigkeiten, an sich arbeiten. Nur so könne ein jeder Finne Glück und
Erfolg erzielen, was sich letztlich zum Wohl des ganzen Hei-
matlandes auswirke.

Huttunen rannte in sein Lager und traf dort bereits nach
anderthalb Stunden ein, obwohl die moorige Wegstrecke mehr
als zehn Kilometer lang war. Er warf sich auf seine Streu im Unterstand und las Sanelma Käyrämös Liebesbrief noch einmal.
Er las ihn viele Male, bis er den Inhalt auswendig konnte. Erst
dann hatte er Ruhe, in die Zeitungen zu sehen.

Darin standen Nachrichten vom Koreakrieg. Fern in Asiens
Sümpfen wurde ein komplizierter Krieg geführt, aus dem im
Lauf des Sommers anscheinend ein Stellungskrieg geworden
war. Huttunen erinnerte sich, dass im vergangenen Winter mal
die Amerikaner, mal die Koreaner oder die Chinesen die Ober-
hand gehabt hatten. Jetzt hatte sich die Front auf dem 38. Brei-
tengrad stabilisiert, und die Sowjetunion empfahl Waffenstill-
standsverhandlungen. Die Zeitung brachte ein Foto von einem
Militärjeep voller Offiziere, im Hintergrund sah man Artillerie
und hohe Berge. Der Unterschrift zufolge patrouillierten die
UNO-Truppen ständig auf den Versorgungswegen, um Hinter-
halte zu vermeiden. Über dem Kotflügel des Jeeps wehte allerdings die USA-Flagge. Huttunen wünschte sich, die Kriegspar-
teien würden ihren Konflikt beenden. Sowie es Frieden gäbe,

würde in Finnland der Holzpreis in den Keller stürzen. Das wiederum würde bedeuten, dass sich die Großbauern, speziell Siponen und Viittavaara, nicht mehr am Blut der Koreaner bereichern könnten.

Es gab erste kleine Nachrichten von den Olympischen Spielen. Wie es schien, sollten sie im kommenden Sommer in Helsinki stattfinden. Huttunen war seinerzeit mit dem Espenstab 3,90 Meter hoch gesprungen und hatte daran gedacht, sich für die Wettkämpfe zu melden. Aber dann war der Winterkrieg ausgebrochen, und man hatte die Olympiade in Helsinki wegen der Kämpfe absagen müssen. Jetzt hatte Huttunen keinerlei Möglichkeit mehr, bei den Spielen dabei zu sein, obwohl der Krieg vorbei war. Sowie er aus dem Wald käme, würde man ihn festnehmen. Die Zeitung schrieb, dass die Sowjets beabsichtigten, zum ersten Mal an Olympischen Spielen teilzunehmen. Warum nicht, dachte Huttunen, die haben bestimmt starke Hammerwerfer. Jedenfalls hatten sie die Handgranaten am Syväri ganz schön weit geschmissen, wie er sich erinnerte.

»Im Marathon holen sie vielleicht Medaillen, aber im Radsport ist ein finnischer Jäger schneller. Falls es bei der Olympiade überhaupt Radrennen gibt.«

Nachdem er die Zeitungen gelesen hatte, studierte er die Broschüre der Fernakademie. Auf vielfältige Weise wurden darin die Vorteile des Fernstudiums gepriesen. Es hieß, »ein tüchtiger und fähiger Geschäftsmann oder eine Geschäftsfrau kann schneller und mit weniger Anstrengung eine gute Position erreichen als die Beschäftigten der meisten anderen Branchen«.

Huttunen dachte an seinen eigenen Beruf als Müller. Es stimmte, dass man sein Brot im Handel leichter verdiente als beim Betreiben der uralten Mühle von Suukoski, wo es nicht einmal jedes Jahr Brotgetreide zu mahlen gab, wenn zum Beispiel Nachtfröste die Ernte vernichtet hatten. Zur Not konnte er sich von der Schindelmaschine ernähren, doch die ließ sich nicht erweitern. Geld für die Errichtung eines Sägewerks besaß er nicht. Jetzt war von neuen elektrischen Mühlen die Rede, wo Korn gemahlen werden konnte, ohne dass der Betreiber einen Anteil an einer Stromschnelle besaß. Insofern mochte ein Berufswechsel durchaus angebracht sein. Doch als der Einsiedler seine Situation überdachte, kamen ihm Zweifel, ob er eine Stelle im Handel finden würde, wenn er doch vogelfrei war und nicht einmal seine eigene Mühle betreiben konnte. Andererseits wäre das Studium sicher ein nützlicher Zeitvertreib. Die Akademie teilte mit, die Kurse würden ganz und gar schriftlich absolviert. »Teilnahmeberechtigt ist jeder Bürger mit Volksschulabschluss, unabhängig von seinem Wohnort, seinem Alter und der ihm zur Verfügung stehenden Zeit. Unter der Voraussetzung regelmäßiger Postzustellung am Wohnort kann der Teilnehmer immer dann studieren, wenn er Lust hat und sich von seinen übrigen Verpflichtungen freimachen kann.«

Ein solches Studium schien wie geschaffen für Huttunens derzeitiges Leben. Was spielte es für eine Rolle, wo er studierte, im Wald oder in der Mühle? Piittisjärvi trug ihm die Post in den Wald, und den Herren in der Fernakademie brauchte man nichts davon mitzuteilen.

Zum Abendessen verspeiste Huttunen ein halbes Birkhuhn mit Moosbeeren. Dann warf er sich auf sein Bett aus Zweigen, den Stutzen behielt er in Reichweite. Vor dem Einschlafen las er noch einmal den Brief der Klubberaterin.

Vielleicht kommen doch noch wieder bessere Zeiten, wenn Sanelma so heiße Briefe schreibt, dachte Huttunen hoffnungsvoll, ehe er auf den harzig duftenden Tannennadeln einschlief.

30

Am Sonntag bekam der Einsiedler Besuch. Briefträger Piittis-järvi und Klubberaterin Käyrämö erschienen im Lager. Vornweg trabte der kleine Mann mit einem schweren Rucksack auf dem Rücken und umgeben von einem dichten Mückenschwarm, hinter ihm schritt die Klubberaterin, stramm und rotwangig. Beide waren müde vom weiten Weg, die Beraterin war einer Ohnmacht nahe, aber bei Huttunens Anblick war ihre Müdigkeit wie weggeblasen, und sie flog an seinen Hals. Huttunen freute sich so unbändig, dass er nicht anders konnte, als vor Glück aufzuheulen.

Piittisjärvi wartete ungeduldig, bis die Umarmungen und das Geheul ein Ende hatten. Dann räusperte er sich und fragte in halbamtlichem Ton:

»Hast du gut gebrannt, Kunnari?«

Huttunen führte ihn zum Sumpfloch, aus dessen kühlen Tiefen er den Branntweinkrug zog, er öffnete den Deckel und ließ Piittisjärvi schnuppern. Der Briefträger steckte seinen kleinen Kopf in das Gefäß, ein erfreuter Aufschrei war zu hören. Dankbar erklärte er, er habe seinerseits für Huttunen einiges mitgebracht, und zwar fast ebenso lebenswichtige Dinge:

»Komm mal mit!«

Sie kehrten ins Lager zurück, wo Sanelma Käyrämö inzwischen Kaffeewasser aufgesetzt hatte. Piittisjärvi leerte seinen Rucksack auf den Nadelboden des Unterstandes. Allerlei Nützliches kam zum Vorschein: große Mengen Salz und Zucker, ein Paket Kaffee, je eine Tüte Mehl und Graupen, ein Kilo Speck, zwei Kilo Butter, zu guter Letzt noch ein Kohlkopf, mehrere Bund Möhren, Kohlrüben, Schoten, rote Rüben, Sellerie, Blumenkohl und ein paar Kilo neue Kartoffeln!

Huttunen sah Sanelma Käyrämö zärtlich an. Sie lächelte scheu und glücklich.

»Denk aber daran, Gunnar, dir das Gemüse zu kochen … Dies hier schmeckt gerieben am besten. Alles ist von deiner eigenen Klubparzelle, außer dem Kohl und dem Sellerie.«

»Wie soll ich euch bloß danken?«, stammelte Huttunen. Er sah auf Piittisjärvis dürftige Gestalt und den großen Warenberg, den er vom Kirchdorf bis hierher geschleppt hatte. »Hat dich bestimmt 'ne Menge Schweiß gekostet, das ganze Zeug zu tragen«, sagte er zum Briefträger. Der spielte seine Mühen mannhaft herunter.

»Was ist schon der eine Rucksack, das bisschen Kohl … Denk bloß an den Tag, als ich den verdammten Maischebottich von der Ostseite zum Puukkohügel getragen hab … *Das* war 'ne Menge Arbeit für einen einzelnen Mann. Wenn es nicht meine eigene Brennerei gewesen wäre, hätte ich das Zeug glatt am Reutuberg stehen lassen, bis der Kommissar drüber gestolpert wäre, glaubst du's?«

In der Seitentasche des Rucksacks fanden sich noch Briefpapier und Umschläge, Bleistifte und ein Radiergummi, ein Spitzer, ein Lineal, Hefte und ein paar Bücher sowie mehrere Lehrbriefe der Fernakademie. Huttunen dankte seinen Gästen wortreich für das Mitgebrachte und verstaute es in seinem eigenen Rucksack.

Post war ebenfalls gekommen: die *Nordnachrichten* sowie eine Rechnung vom Eisenwarenladen aus Kemi. Sie betraf den im Frühjahr bestellten Treibriemen. Ziemlich teure Angelegenheit, stellte Huttunen fest und warf die Rechnung ins Feuer.

»Ich werde euch Liebende jetzt mal allein lassen«, schlug Piittisjärvi vor. Er spielte den Feinfühligen und wollte doch nur zu seinem Branntweinfass entwischen. Das Kaffeewasser kochte jedoch, und der Briefträger musste sich noch gedulden.

Sanelma Käyrämö öffnete das Kaffeepaket und schüttete reichlich *Blonde Johanna* in den Kessel. Piittisjärvi schlürfte seinen Kaffee kochend heiß und ließ sich nicht nachschenken. Mit dampfendem Mund verließ er den Unterstand und versprach noch im Gehen, dass mit ihm in den nächsten Stunden nicht zu rechnen sei.

»Macht, was ihr wollt, ich sehe euch nicht dabei zu.«

Das war ein glücklicher Sonntag. Ein kühler Spätsommerwind trieb die Mücken nach unten ins Moor. Die Sonne schien, der Puukkobach plätscherte einschläfernd, die starken Gerüche der Sümpfe hingen in der Luft. Die Klubberaterin und der Einsiedler redeten pausenlos, planten Huttunens künftiges Leben, seufzten, küssten sich. Huttunen wäre auch weitergegangen, doch Sanelma Käyrämö wehrte ab. Huttunen verstand, dass sie Angst davor hatte, ein Kind zu bekommen, das womöglich von Geburt an geistesgestört wäre. Sie sagte jedoch, dass sie ihn heiraten wolle, später irgendwann, wenn sich alles geklärt hätte. Aber ans Kinderkriegen könne sie noch nicht denken … Sie habe daran gedacht, Huttunen später ein Kind zu gebären, dann, wenn er geheilt sei … Und sie würde gewiss alles dafür tun, dass es dazu käme. Dann könnten sie sich einen ganzen Haufen Kinder anschaffen! Aber falls er nicht geheilt würde, dann wäre es ihr zu riskant.

»Wir können ja ein Kind adoptieren oder auch zwei. Wir suchen uns gesunde Babys aus, die kann man sich in der Entbindungsanstalt von Kemi gleich mitnehmen. Und man braucht den Müttern nicht mal was dafür zu bezahlen, weil sie so arm sind, dass sie ihre Kinder sowieso nicht ernähren können.«

Huttunen versuchte zu verstehen. Natürlich wäre es schrecklich, wenn ein Mensch gleich von Geburt an als verrückt gelten würde …

Anschließend sprach Huttunen davon, seine Mühle zu verkaufen. Er kam auf die Idee, deswegen an Happola nach Oulu zu schreiben. Vielleicht gelänge es dem Makler ja doch, den Verkauf in die Wege zu leiten. Jetzt war schon Spätsommer, vielleicht war er inzwischen aus der Klinik entlassen worden. Mittlerweile waren zehn Jahre nach Ausbruch des Fortsetzungskrieges vergangen, und wie Huttunen sich erinnerte, hatte sich Happola gleich zu Beginn des Krieges in die Irrenanstalt einliefern lassen.

Huttunen diktierte, Sanelma schrieb. Happola bekam freie Hand in der Angelegenheit. Dann wurde der Brief verschlossen und frankiert.

Gegen Abend gab es Essen. Sanelma Käyrämö hatte eine Gemüsesuppe gekocht. Die Butterbrote dazu waren mit Speck und mit frischen Salaten belegt. In Schalen aus Birkenrinde servierte die Klubberaterin anschließend gezuckerte Beeren und geschnitzelte Rüben. Wirklich lecker, lobten die Männer das Speisenangebot. Sanelma Käyrämö errötete zufrieden und strich sich immer wieder ihre widerspenstigen Locken aus der Stirn. Huttunen konnte den Blick nicht von ihr abwenden; er war so verliebt, dass ihm die Glieder unruhig wurden. Es fiel ihm schwer, still sitzen zu bleiben, am liebsten wäre er um das Feuer spaziert vor lauter Liebe.

Nach dem Mahl mussten die Gäste aufbrechen, denn der Weg war weit und Piittisjärvi tüchtig betrunken. Huttunen begleitete sie. Zum Glück hatten sie nicht viel Gepäck. Sanelma Käyrämö ermüdete auf der letzten Wegstrecke, sie war an so lange Einödwanderungen nicht gewöhnt. Piittisjärvi ermüdete ebenfalls, wenn auch aus anderen Gründen.

Zum Schluss ging Huttunen zwischen seinen beiden Gästen, um sie zu stützen.

Piittisjärvi redete und lachte unentwegt, die Klubberaterin lehnte sich innig an Huttunen. So gelangten sie zur Landstraße, wo Huttunen und Sanelma Käyrämö einander zärtlich Lebewohl sagten. Wer weiß, wann sie einander wieder treffen würden? Beide versprachen, sich fleißig zu schreiben. Piittisjärvi gelobte, die Briefe ohne Postgebühren zu befördern.

»Wozu die Sachen erst zur Post schaffen und extra abstempeln lassen? Das Briefmarkenlecken könnt ihr euch sparen, ich werd keinen Lärm schlagen ... Ich drück ein Auge zu! Die Post macht nicht gleich Pleite, wenn du keine Marken auf den Umschlag klebst, Kunnari!«

Als Huttunen allein geblieben war, ging er zum Kemifluss, entwendete dort ein Boot und ruderte zum Ostufer hinüber. Durch die Wälder wanderte er zum Reutuberg und wartete dort auf die Nacht.

Um Mitternacht begann er zu heulen. Er klagte mit so hoher und weittragender Stimme, dass er mit Sicherheit bis ins Kirchdorf zu hören war. Nach einer Weile hielt er inne und zündete sich eine Zigarette an. Er dachte sich, wenn dieses neue Geheul im Dorf gehört würde, dann würde man hier am Reutuberg und am Sivakkafluss nach ihm suchen.

»Ich muss mir mit Heulen den Rücken freihalten.«

Als er zu Ende geraucht hatte, heulte er weiter. Er heulte klagend, lang anhaltend, dann wieder drohend und mit dumpfer Stimme wie ein in die Enge getriebenes Tier. Es brachte ihn außer Atem und erleichterte ihn zugleich. Eigentlich machte es Spaß, hatte er doch tagelang darauf verzichten müssen.

Als er genug geheult hatte, verstummte er und wartete auf das Echo. Die Hunde in den Dörfern hatten den Ruf gehört, sie winselten im Chor. Im Kirchdorf würde in dieser Nacht keine Seele mehr schlafen.

Nach der Heulaktion verließ Huttunen den Reutuberg. Erst in den frühen Morgenstunden langte er in seinem Lager westlich des Kemiflusses an. Als er erschöpft in seinem Unterstand ausruhte, dachte er, was dies doch für ein Leben sei: Da muss der Mensch nahezu vier Meilen marschieren, zweimal dasselbe Boot stehlen und hin und zurück über den Kemifluss rudern, und wozu?

»Die ganze Nacht unterwegs, bloß wegen einem bisschen Geheul.«

31

Das Wetter wurde regnerisch und kühl. Das einsame Einsied-lerleben im Unterstand machte Huttunen zu schaffen. Nachts war es kalt und nebelig, tagsüber tödlich langweilig. Die einzige gute Seite am Wetterumschwung war, dass die Fische gut anbis-sen. Die beste Angelperiode des Spätsommers hatte begonnen. Huttunen musste sich jedoch zurückhalten, denn er besaß kei-ne Fässer, um den Überschuss einzusalzen.

Als die Regenfälle anhielten, wurde das Nadeldach des Un-terstandes durchlässig. Um dem abzuhelfen, riss Huttunen große Stücke Birkenrinde von dicken Stämmen herunter und schichtete sie schuppenartig über die Zweige, wie Schindeln auf einem Scheunendach. Es regnete nicht mehr durch, und nach-dem Huttunen dazu übergegangen war, auch tagsüber ein La-gerfeuer vor dem Eingang brennen zu lassen, wurde sein Dasein angenehmer. Aber die Zeit verging sehr langsam. Bloßes Grü-beln machte auf die Dauer keinen Spaß, besonders da ihm hauptsächlich Verrücktheiten einfielen.

Huttunen nahm sich die Bücher und die Lehrbriefe der Fern-akademie vor, die ihm die Klubberaterin mitgebracht hatte. Als Erstes griff er nach einem medizinischen Werk, verfasst von

H. Fabritius, das den Titel trug *Nervosität und Nervenkrankheiten*. Im Klappentext wurde es als das bedeutendste Buch gepriesen, das in Finnland zu diesem Thema geschrieben worden sei. Interessiert suchte Huttunen darin nach einer Erklärung für seine eigene Geisteskrankheit. Auf den ersten Blick schienen ziemlich viele Krankheitsbilder auf ihn zu passen. Zum Beispiel entdeckte er viel Bekanntes in dem Kapitel »Überempfindliche und leicht Reizbare«. Nicht angesprochen fühlte er sich hingegen von dem Kapitel, in dem nervös bedingte Störungen an den Geschlechtsorganen behandelt wurden. An seinen Geschlechtsorganen war kein Fehler! Das einzige Hindernis bei der Befriedigung seines Geschlechtstriebes war Sanelma Käyrämös Angst vor irren Babys.

Im weiteren Text wurden Patienten vorgestellt, die unter »Zwangsvorstellungen oder sog. Zwangsneurosen bzw. Psychasthenie« litten. Huttunen musste zugeben, dass auch bei ihm die beschriebenen Symptome auftraten, trotzdem hielt er sich nicht für einen echten Psychastheniker. Alles in allem entsprach das Buch nicht seinen Erwartungen, Aufschluss über seine eigene Krankheit zu finden. Aber sonst war es interessant, sogar amüsant. Besonders gefielen ihm die Beschreibungen von Psychopathen. Am meisten Spaß machte ihm zunächst der Fall Nummer vierzehn:

»Ein Mann mittleren Alters, der niemals außerhalb Deutschlands gewesen war, reiste herum und hielt Vorträge. Er erzählte, er sei in Pretoria, der Hauptstadt der südafrikanischen Republik Transvaal, geboren. Während des Burenkrieges habe er sagenhafte Heldentaten vollbracht, u. a. an 42 Schlachten teilgenommen, und habe für seine Verdienste von Präsident Krüger den Titel eines Freiherrn verliehen bekommen. Bei seinen Vortragsveranstaltungen verkaufte er Postkarten, auf denen er in Militäruniform dargestellt war (Abb. 3).«

Das abgebildete Foto zeigte einen Mann in prächtiger Offiziersuniform. Ein sympathisch wirkender Bursche, der Huttunen sofort gefiel. Der Einsiedler wurde wütend, als er las, wie die Deutschen mit dieser verwandten Seele umgesprungen waren. In dem Buch hieß es nämlich: »Die Polizei wurde auf den Mann aufmerksam und wies ihn zwecks ärztlicher Untersuchung in eine Nervenklinik ein, wo man ihn als einen Psychopathen vom Typus des Lügners und Abenteurers einstufte.« Der Autor Fabritius charakterisierte den Fall aus finnischer Sicht. Er konstatierte, man könne den Mann »noch nicht als Kriminellen abstempeln, doch in einer geordneten Gesellschaft wird nicht gestattet, dass eine Person ihren Lebensunterhalt damit bestreitet, öffentliche Vorträge zu halten, deren Inhalt aus der Luft gegriffen ist, auch wenn sie recht spannend sind und dem Publikum anscheinend gefallen«.

Erbost schleuderte Huttunen das Buch von sich. Er konnte sich vorstellen, welche Erfahrungen der arme Kerl anno dazumal in einer deutschen Nervenklinik gemacht hatte. Die dortigen Kliniken waren bestimmt noch düsterer als das Ouluer Irrenhaus, und das war schon eine wahre Hölle der Gefangenschaft gewesen.

Während der nächsten Tage widmete sich Huttunen eifrig dem Studium. Er arbeitete die Aufgaben im Lehrbrief für schriftlichen Ausdruck durch, las Auszüge aus Haupt- und Nebensätzen und konnte sich nicht genug darüber wundern, besonders über nebengeordnete und untergeordnete Sätze, zu denen es folgende Beispiele gab:

»Mit vielem kommt man aus, mit wenigem hält man haus.«
»Wir machen einen Ausflug und bleiben den ganzen Tag.«
»Wir brechen nur auf, wenn es warm ist.«

Der Inhalt der Sätze interessierte den Einsiedler mehr als ihr grammatikalischer Aufbau. Er dachte an seine eigenen Ausflüge und stellte verärgert fest, dass er den ganzen Sommer über gezwungen war, Ausflüge zu machen, auch dann, wenn es kalt war. Dafür sorgte Kommissar Jaatila.

Huttunen wurde ferner mit dem Lautäng bekannt. Es amüsierte ihn, dass sich erwachsene Männer damit abgaben, Regeln für solche Selbstverständlichkeiten aufzustellen. Mehr Verständnis hatte er für den Abschnitt über Schlussbehauchung oder Aspiration. Er redete ein Weilchen ohne Aspiration vor sich hin und musste über seine eigenen Sätze so lachen, dass ihm die Tränen kamen. Zum Glück hörte ihm niemand zu.

Handelslehre und -recht interessierten Huttunen mehr als schriftlicher Ausdruck. Als Erstes las er das Lehrbuch, das ihm Sanelma Käyrämö beschafft hatte und das von den Autoren I.V. Kaitila und Esa Kaitila stammte. Ob die beiden miteinander verwandt waren? Vielleicht ein Ehepaar? Der Text war ziemlich trocken, doch die Fakten waren klar und in leicht verständlicher Form dargestellt. Für die Lösung der Aufgaben im Lehrbrief hätte Huttunen nur den Inhalt der ersten zwanzig Seiten gebraucht, doch da gerade Regentage waren, ackerte er das ganze Buch von Anfang bis Ende durch. Dann machte er sich daran, die Fragen der Fernakademie zu beantworten.

In einer der Aufgaben wurde verlangt, Großhandel und Einzelhandel miteinander zu vergleichen. Huttunen musste an Kaufmann Tervola denken. Hinter seine eigentliche Antwort schrieb er den Zusatz:

»Hier in unserem Dorf verkauft der Einzelhändler Tervola an Geisteskranke nur dann Lebensmittel, wenn ihm mit der Axt gedroht wird. Beim Großhandel würde man eher Waren bekommen als bei ihm.«

Interessant war auch die Frage, warum die Finnische Bank für Geldeinlagen keine Zinsen zahlte. In Anlehnung an die Kaitilas beschrieb Huttunen in seiner Antwort den Charakter der Finnischen Bank als zentrales Geldinstitut. Ursprünglich wollte er noch eine Bemerkung über Bankdirektor Huhtamoinen hinzufügen, der manchen Kunden nicht nur keine Zinsen, sondern nicht einmal das Sparguthaben auszahlte, also eigenmächtiger handelte als die Finnische Bank, unterließ es dann aber. Wen interessierten in der Volksbildungsgesellschaft seine persönlichen Geldangelegenheiten? Das Wichtigste war hier das Studium, nicht Huhtamoinens Bankpraktiken.

Was ist Rembours? Was ist eine Obligation?

Huttunen fand die Termini der Handelslehre spannend und lustig, sie prägten sich ihm gut ein. Er ärgerte sich, dass er nicht in jüngeren Jahren Handel studiert hatte. Das Studium war erstaunlich leicht und außerdem bestimmt von enormem Nutzen. Wenn ein solventer Geschäftsmann anfinge zu heulen, würde ihm das vermutlich leichter verziehen als einem Müller ... Egal, auch in seinem Alter war es noch nicht zu spät, sich Klarheit über die Dinge zu verschaffen.

Huttunen freute sich schon im Voraus auf den Tag, da ihm die Fernakademie das Zeugnis über die Absolvierung der Handelsschule schicken würde. Bis Weihnachten wäre das geschafft, wenn man bedachte, wie leicht ihm das Studium fiel. Nachher konnte ihn niemand mehr für einen nichtsnutzigen Irren halten. Er würde dem Kommissar ein bisschen Bußgeld für das Heulen bezahlen, und dann, wer weiß, würde er vielleicht eines Tages die Buchhaltung eines Großhandelslagers besorgen! Daneben könnte er auch noch eine Mühle betreiben, falls der Ort eine solche besaß.

Dann fiel ihm ein, dass man ihm kein Zeugnis ausstellen würde. Das Kursmaterial war aus Vorsichtsgründen auf den Namen von Briefträger Piittisjärvi bestellt worden. Klar, dass der Postmann auch das Zeugnis bekäme. Ihm, Huttunen, blieben lediglich die Kenntnisse, und die wogen nicht viel ohne amtliche Beglaubigung.

Andererseits, wenn man es von Piittisjärvis Standpunkt aus betrachtete, so hätte der von diesem Studium spürbaren Nutzen. Der Kerl brauchte nichts weiter zu tun, als Briefe auszutragen und Branntwein zu saufen, und nebenbei studierte ihm ein anderer das Zeugnis der Handelsschule in die Tasche. Wenn Piittisjärvi pfiffig war, konnte er es über kurz oder lang bis zum Postverwalter des Kirchdorfes bringen. Der jetzige hatte bestimmt keine Handelsschule besucht. Huttunen versuchte, sich Piittisjärvi im Amt des Postverwalters vorzustellen. Er würde mit der Brille auf der Nase hinter einem großen Schreibtisch sitzen und hin und wieder amtliche Stempel auf Wertsendungen knallen.

Der Einsiedler freute sich über diese Vorstellung und machte sich daran, die Lehren aus dem Kaitilaschen Handbuch zu wiederholen.

Ist egal, wer von uns beiden nach oben kommt, Piittisjärvi oder ich, dachte er und überprüfte seine Kenntnisse in der Rediskontierung.

Am Freitag wurde das Wetter ein wenig wärmer, es war wolkig, regnete aber nicht. Huttunen steckte die ausgefüllten Lehrbriefe in Umschläge, frankierte sie und schrieb auch noch einen Brief an die Klubberaterin. Dann trug er alles zu seiner persönlichen Waldpost. Dort würden für ihn ein paar Nummern der *Nordnachrichten* liegen, vielleicht auch noch mehr. Ein paar Zeilen von Sanelma Käyrämö? Abends erreichte Huttunen den Briefkasten. Er näherte sich vorsichtig, aber es gab keinen Hinterhalt, der Poststandort war geheim geblieben. Im Kasten befanden sich die Zeitungen und ein Brief von Sanelma. Der Brief enthielt viele feurige Liebesworte sowie die Mitteilung, dass wieder einmal mit einer großen Schar Männer die Gegend östlich des Kemiflusses nach Huttunen durchsucht worden sei. Der Kommissar habe getobt und Wachtmeister Portimo übel beschimpft, weil es ihm im ganzen Sommer noch nicht gelungen war, Huttunen zu verhaften.

In den *Nordnachrichten* waren Leichtathletik-Bezirkswettkämpfe angekündigt, sie sollten am kommenden Sonntag auf dem Sportplatz des Kirchdorfes stattfinden. Der Gouverneur persönlich hatte die Schirmherrschaft übernommen, da er gleichzeitig eine offizielle Inspektionsreise in die Gemeinde unternahm. Die Zeitung brachte sowohl das Programm der Wettkämpfe als auch das des Gouverneurs.

Huttunen beschloss, als Zuschauer teilzunehmen. Vielleicht konnte er von irgendeinem größeren Hügel aus zusehen? Er könnte auf einen Baum klettern und alles durch Ervinens Fernglas beobachten. Die Ansagen auf dem Platz würden nicht weit zu hören sein, aber was machte das schon. Hauptsache, er konnte die Wettkämpfe und den Gouverneur sehen.

»Und ich brauche keinen Eintritt zu bezahlen.«

32

Huttunen verließ seinen Lagerhügel am Sonntag schon in den frühen Morgenstunden, damit er das Kirchdorf erreichte, bevor die Leute aufstanden. Er entwendete gewohnheitsmäßig am Ufer des Kemiflusses ein Boot und ruderte hinüber. Das Dorf schlief. Es war kühl, fast schon herbstlich, und noch dunkel. Huttunen suchte nach einer geeigneten Anhöhe, von der er die Leichtathletikwettkämpfe verfolgen konnte, ohne entdeckt zu werden.

In der Nähe des Kirchdorfes gab es zwei große Hügel. Sie eigneten sich jedoch nicht als Aussichtspunkte, denn auf dem einen sah man nur das Schindeldach und den Turm der neuen Kirche, und auf dem anderen wurde der Blick vollständig verdeckt durch den Schlauchturm der Feuerwehr. Die dritte Möglichkeit wäre, die Wettkämpfe fern vom Reutuberg aus zu beobachten, doch die Entfernung war zu groß – nicht einmal mit Ervinens starkem Fernglas ließen sich Einzelheiten erkennen.

Den besten Überblick hätte Huttunen vom Turm der Feuerwehr gehabt. Doch dort hinaufzusteigen war riskant, denn der Straßenmeister hatte seine Wohnung im Erdgeschoss des Gebäudes. Blieb als letzte Möglichkeit noch der Glockenturm der neuen Kirche. Wenn er es dort versuchte?

Huttunen schlich über den einsamen Friedhof und versuchte es mit den Kirchentüren. Sie waren allesamt verschlossen. Hinter der Sakristei führte eine Tür in den Keller. Sie war ebenfalls verschlossen, doch das Fenster daneben ließ sich nach innen drücken. Huttunen kroch in den Keller und schob das Fenster hinter sich zu.

In dem dunklen, öden Verlies roch es muffig. Im Licht eines Streichholzes sah Huttunen einen großen Raum über der blanken Erde. Wurde hier der Abendmahlswein gelagert? Stieß man womöglich auf uralte Totengebeine? Doch obwohl Huttunen mehrere Streichhölzer anriss, entdeckte er weder Weinflaschen noch ein einziges Gerippe. Stattdessen sah er einen Stapel verschimmelter Ziegelsteine und daneben eine Schubkarre und einen Betonmischer. Der Keller wurde also als Lager für Baumaterial benutzt. Auch dürften hier wohl kaum jemals Menschen bestattet worden sein, denn die Kirche stammte vom Beginn des Jahrhunderts.

Aus dem Keller führten Stufen nach oben. Die Tür am oberen Ende der Treppe war offen, Huttunen gelangte in die Sakristei. Von dort hatte er ungehinderten Zutritt zu dem gewaltigen Kirchenraum, der mit Brettern verschalt und blaugrau angestrichen war. Selbst jetzt im Dämmerlicht war zu erkennen, wie verwittert die Farbe war, große Stücke waren abgeblättert und herabgefallen. Die größenwahnsinnigen Bauern des Sprengels hatten seinerzeit eine zu große Kirche gebaut, und ihre Söhne waren nun nicht mehr in der Lage, das Gebäude zu unterhalten. Ob es an Glauben oder an Geld mangelte, konnte Huttunen nicht beurteilen.

Er konnte es sich nicht verkneifen, die Kanzel zu betreten. Er nahm eine priesterliche Haltung ein und stieß ein gewaltiges Geheul aus. Von den hohen Wänden der Kirche dröhnte ihm ein solches Echo entgegen, dass er erschrak und schnell die Kanzel verließ. Er stieg auf die Empore. Hinter der Orgel führte eine Wendeltreppe in den Turm. Die Treppe machte sieben volle Drehungen, ehe sie im Glockenstuhl endete. Der Raum war klein, eine sechseckige Kabine, in deren Mitte zwei Glocken hingen, eine größere und eine kleinere. Es gab runde Fenster nach allen Richtungen, sie waren nicht verglast – natürlich nicht, sonst wäre das Geläute nicht weit genug zu hören. Als Huttunen durch eine der Öffnungen nach unten spähte, schwindelte ihm von der Höhe.

Vom Glockenturm bot sich eine überwältigende Aussicht auf das Kirchdorf und die Bergrücken in blauer Ferne. Am allerbesten war der Sportplatz zu sehen: Er lag wie auf einem Tablett direkt vor den Augen des Betrachters. Mit einem Blick konnte man die Wettkämpfe in allen Disziplinen verfolgen. Einen besseren Zuschauerplatz hätte Huttunen nicht finden können. Er stellte das Fernglas scharf. Seinetwegen konnten die Wettkämpfe beginnen.

Schließlich wurde es Tag, es ging auf zehn. In gut einer Stunde würde die Veranstaltung beginnen. Huttunen studierte das Wettkampfprogramm, das er aus den *Nordnachrichten* herausgerissen hatte. Unmittelbar nach der Rede des Gouverneurs sollten die Wettkämpfe beginnen, den Schluss würden der 3000-Meter-Lauf, die 400 Meter Hürden und die 100 Meter Sprint bilden. Huttunens eigene Laufdisziplin waren gerade die 400 Meter Hürden gewesen, darin hatte er während des Krieges am Syväri die Divisionsmeisterschaften gewonnen. Er hatte fünf Tage Sonderurlaub bekommen, die er in Sortavala verbrachte. Auf diesem Ausflug waren ihm die Spikes abhandengekommen, dafür hatte er sich eine Menge scheußliche Filzläuse eingehandelt.

Vom Friedhof drangen Stimmen herauf, anscheinend kamen der Pastor und der Küster. Erst jetzt fiel Huttunen ein, dass es Sonntag und Gottesdienstzeit war. Na, egal. Er saß hier sicher und geschützt im Glockenturm, unten in der Kirche hatte er nichts verloren. Er würde den Gesang bis nach oben hören, und zum Zeitvertreib konnte er sogar mitsingen. Sofort nach dem Gottesdienst würden dann als Höhepunkt des Tages die Sportwettkämpfe folgen.

Unten in der Kirche hallten Stimmen, Türen klappten, und die Fußbodendielen knarrten. Der Küster schlug auf der Orgel ein paar Töne an. Dann war es, als stiege jemand die Treppe zum Glockenstuhl hoch. Kam der Pastor etwa herauf? Was in aller Welt hatte der im Turm zu schaffen? Huttunen stellte sich an die Treppe und lauschte. Kein Zweifel, jemand war unterwegs nach oben.

Plötzlich begriff Huttunen – der Kirchendiener wollte natürlich die Glocken läuten!

Die Situation war heikel. In der kleinen Kabine konnte sich Huttunen nirgends verstecken. Die Schritte auf der Treppe näherten sich. Aus dem Fenster zu springen war undenkbar.

Es war der Knecht Launola, der die steilen Stufen heraufkam. Als er nichts ahnend den Glockenstuhl betreten wollte, schmetterte Huttunen ihm seine Faust auf den Kopf. Launola wäre beinah rückwärts hinuntergestürzt, doch Huttunen konnte ihn vor dem Verderben retten. Er fing den Knecht auf und schleifte ihn unter die Glocken. Launola war bewusstlos, atmete aber gut. Das Herz schlug in seiner Brust, es war also nichts weiter passiert. Huttunen band ihm mit seinem eigenen Gürtel die Hände auf dem Rücken zusammen. Dann zog er ihm das Hemd aus und band es ihm vor den Mund. Nachdem er den Mann sprech- und bewegungsunfähig gemacht hatte, richtete er ihn auf, damit er am Fenster frische Luft bekäme. Vom Morgenwind kam der Knecht auch bald wieder zu sich.

»Du verdammter Kerl machst hier Dienst?«, herrschte Huttunen ihn wütend an. Der Knecht starrte Huttunen entsetzt an und nickte.

»Wo ist der richtige Küster?«

Launola zeigte eine leidende Miene.

»Du willst die Glocken läuten, häh?«

Launola nickte wieder.

Huttunen zog seine Taschenuhr heraus. Verflucht und zugenäht, bald würde der Gottesdienst beginnen. Es war tatsächlich höchste Zeit für die Glocken. Launola durfte das auf keinen Fall besorgen; er würde natürlich Alarm läuten, und die Gottesdienstbesucher kämen in den Turm gerannt, um nachzusehen, in welcher Gefahr der Vertreter des Küsters schwebte. Huttunen stellte fest, dass ihm nichts anderes übrig blieb, als an diesem Sonntag eigenhändig die Kirchenglocken zu läuten.

Er versuchte sich zu erinnern, in welchem Rhythmus die Glocken gewöhnlich schlugen. Langsam – mehr fiel ihm dazu nicht ein. Hatten sie einen speziellen Klang? Davon hatte er nicht die geringste Ahnung. Am besten war, sie in gleichmäßigem Abstand zu läuten.

Huttunen griff nach dem Strang der kleineren Glocke und zog kräftig daran. Die Glocke schwang, sie kippte ein wenig nach oben und kehrte in die Ausgangsposition zurück. Huttunen zog ein zweites Mal, jetzt legte sie sich waagerecht, und als sie wieder herunterkam, dröhnte sie, dass ihm beinah das Trommelfell platzte. Mit der anderen Hand zog er am Strang der großen Glocke. Die dröhnte noch mächtiger. Huttunen riss jetzt abwechselnd an den Strängen, sodass es ein ganz prächtiges Geläute gab. Er fand, es gelang ihm recht gut, das gottesfürchtige Volk einigermaßen gebührend in die Kirche zu rufen.

Huttunen überlegte: Wie lange musste es läuten, bis die Sache erledigt war? Zehn Minuten oder länger? Das Läuten war enorm anstrengend, und außerdem musste er Knecht Launola im Auge behalten, der fluchtbereit vor einer Fensteröffnung saß.

Huttunen zerrte schwitzend an den Seilen, der mächtige Klang der Glocken ließ die Kirche erdröhnen. Er konnte sich vorstellen, dass die infernalischen Klänge weit zu hören waren, bis in die entlegensten Dörfer. Bloß gut, dass nicht auch noch Rovaniemi Zeuge wurde, wie in diesem frommen Sprengel das Christenvolk zum Gesang gerufen wurde.

Es gelang Huttunen, einen flüchtigen Blick auf seine Taschenuhr zu werfen. Sie zeigte eine Minute vor zehn. Er beschloss, um Punkt zehn mit dem Läuten aufzuhören. So sei es üblich, schätzte er, schließlich musste ja auch der Pastor mit seinem Part an die Reihe kommen. Die Ohren waren ihm schon völlig betäubt von dem satanischen Gedröhn.

Um zehn Uhr ließ er die Glockenseile aus den Händen. Die kleinere Glocke schlug noch zweimal an, die große einmal. Im Glockenstuhl breitete sich eine himmlische Stille aus.

Nach einiger Zeit klang unten aus der Kirche andächtiger Gesang. Das Christenvolk hatte an Huttunens Geläut nichts Außergewöhnliches gefunden.

Von der Predigt des Pastors war oben nichts zu verstehen, doch als das Schlusslied ertönte, konnte auch Huttunen nicht umhin, mit einzustimmen. Der Gottesdienst war zu Ende, und die Leute verließen die Kirche, um geradewegs auf den Sportplatz zu eilen. An diesem Sonntag hatte niemand die Kollekte durchgeführt, denn der Küster war krank, und sein Stellvertreter saß gefesselt im Glockenstuhl. Anscheinend hatte kein Gemeindemitglied diesen Umstand bedauert. Huttunen fühlte einen Stich in der Brust – er war schuld, dass die Kinder in irgendeinem heidnischen Land keine Missionsgelder der Gemeinde erhielten. Wenn er irgendwann ein begüterter Geschäftsmann war, so beschloss er, würde er der Gemeinde und den Missionaren den entstandenen Schaden ersetzen.

Aus dem Lautsprecher auf dem Sportplatz ertönten Rufe. Huttunen stellte sich an die Fensteröffnung und hob Ervinens Fernglas. Er sah Wettkämpfer in Trainingsanzügen und Hunderte von Zuschauern. An einer Seite des Platzes, in der Nähe des Tores, war mit Brettern eine Art Umzäunung geschaffen worden, in der einige Stühle standen. Auf dem vordersten saß der Gouverneur und um ihn herum die Mächtigen des Sprengels – der Kommissar, der Vorsitzende der Gemeindevertretung, Doktor Ervinen, der Pastor und ein paar Bauern, unter ihnen Viittavaara und Siponen. Ersterer war mit seiner Frau zum Festplatz gekommen, Letzterer beehrte die Veranstaltung allein.

Huttunen versuchte, die Klubberaterin Sanelma Käyrämö mit dem Fernglas einzufangen. Systematisch suchte er die Zuschauerreihen ab. Schließlich erkannte er sie, sie stand außerhalb des Platzes auf einer kleinen, kiefernbewachsenen Anhöhe neben dem Friedhof. Dort befand sich eine ganze Gruppe junger Frauen in bunten Röcken und Kopftüchern. Huttunen freute sich bei Sanelmas Anblick so sehr, dass er drauf und dran war, ihr einen Gruß hinüberzuheulen.

Der Gouverneur sprach. Die Lautsprecher waren so aufgestellt, dass im Glockenturm eigentlich zwei Reden zu hören waren. Es klang, als ahmte der Gouverneur sich selbst nach. Der Redner unterstrich den erhebenden Einfluss des Sports auf die Moral und forderte die Bürger auf, jede Gelegenheit zum sportlichen Wettstreit zu nutzen. Er wies auf die Reparationen hin, zu deren Zahlung Finnland verpflichtet worden und deren Ableistung der große sportliche Erfolg einer ganzen Nation gewesen sei.

»Wenn sich der Zug mit den Reparationsgütern an der Landesgrenze auch nur um eine, ja eine Zehntelsekunde verspätete, so forderte der Empfänger sofort hohe Geldstrafen. Möge dies der Jugend unseres Landes als anschauliches Beispiel dafür dienen, dass man am Zielband nicht zu spät eintreffen darf.«

Der Gouverneur wies auf die Olympischen Spiele hin, die im nächsten Sommer in Helsinki stattfinden sollten. Er sprach die Hoffnung aus, dass auch Sportler dieses Sprengels daran teilnehmen und viele goldene und silberne Medaillen nach Lappland heimbringen würden.

Nach der Rede begannen die Wettkämpfe. Knecht Launola kroch zu Huttunen und gab mimisch zu verstehen, dass er ebenfalls zuschauen wollte. Obwohl Huttunen ihn nicht leiden konnte, machte er ihm trotzdem am Fenster Platz. Dankbar verfolgte der unglückliche Vertreter des Küsters die Wurfdisziplinen. Ein Mann aus Kantojärvi warf gerade den Speer. Das Gerät flog in die Loge des Gouverneurs, und der Sportler wurde sofort disqualifiziert, obwohl er in Führung lag.

Im Stabhochsprung wurden gute moderne Bambusstäbe benutzt. Huttunen erwartete ein entsprechendes Ergebnis, wurde aber enttäuscht, denn der Sieger übersprang mit Mühe 3,45 Meter. Als ihm nach dem Wettkampf der silberne Löffel überreicht wurde, konnte Huttunen nicht an sich halten und rief vom Kirchturm:

»Tollpatsch!«

Der Ruf durchschnitt den Himmel über dem Sportplatz. Die Zuschauer und die Ehrengäste starrten in die Wolken, aus denen die Stimme anscheinend gekommen war. Gerade in diesem Moment flogen vom Friedhof her zwei Krähen taumelnd über den Platz und krächzten scheußlich. Der Gouverneur und das übrige Publikum richteten ihre Aufmerksamkeit wieder auf das Wettkampfgeschehen.

Den 400-Meter-Hürdenlauf verfolgte Huttunen mit Spannung. Es gab nur drei Teilnehmer sowie den Fotografen der *Nordnachrichten*, der mit wehendem Trenchcoat neben den Sportlern herlief und Aufnahmen machte. Huttunen fand, den harten Kampf habe am Ende der Fotograf gewonnen, denn auf der Zielgeraden verletzte sich der führende Läufer an der letzten Hürde so stark das Knie, dass man ihn zu Doktor Ervinen in die Ehrenloge tragen musste. Ervinen verbeugte sich höflich vor dem Gouverneur, zog dem Wettkämpfer die Trainingshose herunter und schlug ihm mit der Handkante gegen das Knie. Ein Schmerzensschrei durchschnitt die Luft.

So verfolgten Huttunen und Knecht Launola die Meisterschaften von Anfang bis Ende. Mehr als auf die Wettkampfsieger war Huttunens Fernglas jedoch auf die Klubberaterin Sanelma Käyrämö gerichtet, deren goldenes Haar anmutig im Spätsommerwind wehte.

33

Nach dem offiziellen Programm war der Gouverneur bei Kommissar Jaatila zu Gast. Man hatte für ihn die Sauna geheizt, die am Kemifluss stand. Auf der Veranda wurden Appetithappen serviert, es gab Kaffee. Im Gefolge des Gouverneurs befanden sich außer dem Kommissar noch Doktor Ervinen, der Pastor, der Vorsitzende der Gemeindevertretung und Bankdirektor Huhtamoinen. Auf den Lehrer hatte man verzichtet, stattdessen aber Viittavaara eingeladen, denn der besaß immerhin einen ansehnlichen Hof und war durch die Koreakonjunktur zu Reichtum gekommen.

Die Gespräche drehten sich um den Koreakrieg, die Olympischen Spiele, die Reparationen, die Industrialisierung Lapplands sowie die Abholzungen, die jetzt auch auf den staatlichen Ländereien eingeleitet worden waren. »Unser Volk wird wieder hochkommen«, konstatierte der Gouverneur, als er nackt aus dem kühlen Wasser des Kamiflusses stieg.

Als die erlauchte Gesellschaft die Sauna verlassen und sich in das Zimmer des Kommissars zurückgezogen hatte, wurde eine kleine Kognakflasche geöffnet und ein Glas zur Brust genommen. Ein einziges, denn bedauerlicherweise war der Gouverneur ein Verfechter der Abstinenz.

»Apropos, etwas ganz anderes ... Bis hinauf nach Rovaniemi geht die Rede, dass Sie hier im Sprengel einen geisteskranken Mann haben, der sich einer klinischen Behandlung in Oulu widersetzt. Es wird erzählt, er soll abends zur eigenen Erbauung wie ein Wolf heulen.«

Der Kommissar räusperte sich. Er spielte den Fall herunter, sagte, solche Irren gebe es immer, in jedem Dorf ...

Aber Ervinen und Viittavaara begannen mit kognakgeröteten Gesichtern, dem Gouverneur vom Treiben des Müllers Gunnar Huttunen zu berichten. Sie zählten alle seine Taten einzeln auf, behaupteten, er sei gefährlich, habe eine Waffe und halte das ganze Kirchdorf in Angst und Schrecken. Man komme gegen den Mann nicht an.

Der Kommissar versuchte das Ganze zu mildern. Er erklärte,

der Müller sei an sich nicht gefährlich, nur einfältig und ein bisschen verrückt, es lohne nicht, ihn ernst zu nehmen.

»Ich würde Müller Huttunen letztendlich als fröhlichen Irren bezeichnen ... Er ist zwar unruhig, aber ungefährlich und von seinem Grundwesen her ein recht verträglicher Mann.«

Der Gouverneur hatte jedoch genug gehört:

»Es kommt nicht in Frage, dass in meinem Bezirk ein bewaffneter geistesgestörter und, nach allem zu urteilen, sehr gefährlicher Mann frei im Wald herumläuft. Kommissar Jaatila! Sie müssen die Suche verstärken. Dieser Mann ist unverzüglich in die Klinik zu schaffen. Für Individuen wie ihn gibt es spezielle staatliche Einrichtungen.«

Gerade in diesem Moment ertönte fern vom Reutuberg ein trauriges Geheul. Das Fenster stand einen Spalt offen, der Gouverneur stieß es ganz auf und lauschte aufmerksam. Sein Gesicht hellte sich vor Spannung auf.

»Ein Wolf? Ist das nicht der Ruf eines Wolfes?«

Der Kommissar trat ans Fenster, tat, als lausche er, und sagte dann, wobei er versuchte, das Fenster zu schließen:

»Ja, natürlich ... irgendein einsames Tier, das vielleicht über die Grenze gekommen ist. Jetzt im Sommer ist es völlig ungefährlich.«

Der Gouverneur erlaubte nicht, dass das Fenster geschlossen wurde. Er erzählte, dies sei das erste Mal, dass er Gelegenheit habe, das Geheul eines echten und wilden Wolfes zu hören.

»Dies ist eine der wunderbarsten Erfahrungen meines Lebens! Kommissar, gießen Sie doch ausnahmsweise noch ein wenig Kognak ein!«

Ervinen durchbrach den Bann, indem er spöttisch bemerkte:

»Das ist kein Wolf. Ich kenne doch die Stimme meines Patienten. Es ist der Müller Huttunen, der da heult.« Viittavaara bestätigte:

»Genauso winselt er immer. Das ist Huttunen und kein normaler Wolf. Du hast ihn doch selber auch erkannt, Jaatila.«

Der Kommissar musste zugeben, dass auch sein Gehör jetzt besser unterscheide und dass es vielleicht doch Huttunen sei, der da heule.

Der Gouverneur explodierte. Er fand das alles unbegreiflich: Man ließ diesen Mann den Sprengel terrorisieren, wie es ihm gefiel! Warum fuhr man nicht sofort hin und verhaftete ihn?

Der Kommissar erklärte, es sei in dieser schneelosen Zeit nicht so einfach, den Müller zu finden. Man brauche viele Männer, Spürhunde, Glück ... Im Sprengel gebe es nur einen einzigen Polizisten, Wachtmeister Portimo, der seiner Aufgabe nicht gewachsen sei und den Müller schon mehrmals habe entwischen lassen. Man müsse den Huttunen jetzt einfach heulen lassen ... Nachher im Herbst, gleich beim ersten Schnee, werde er, der Kommissar, dem Gejaule ein Ende machen. Im Moment könne man nichts tun.

Der Gouverneur war anderer Meinung:

»Ich werde dafür sorgen, dass von der Grenzkompanie aus Rovaniemi Jäger und Spürhunde hergeschickt werden. Ein einzelner Mann ist im Wald zu finden, da bin ich sicher. Wenn Sie, Kommissar Jaatila, nicht genügend Männer und Hunde zur Verfügung haben, werde ich mich persönlich um diese Seite der Angelegenheit kümmern.«

Das Fenster wurde geschlossen. Man schenkte dem Gouverneur Kaffee ein. Kommissar Jaatila saß beleidigt in seinem Sessel. Seine Amtsführung war soeben massiv kritisiert worden. Schuld daran waren der geschwätzige Doktor Ervinen und der tölpelhafte Bauer Viittavaara ... und natürlich der Erzteufel selbst: Huttunen.

Nach einiger Zeit machte der Kommissar dem Gouverneur den Vorschlag, man solle mit dem Müller Gunnar Huttunen in eine Art Friedensverhandlungen eintreten, ein Abkommen anstreben:

»Könnte man den Mann nicht auf irgendeine Art begnadigen? Man könnte ihm eine Botschaft zukommen lassen, dass er aus dem Wald herauskommen kann und dass für die früheren Vergehen keine Anklage erhoben, ja dass er nicht mal gleich in die Klinik gebracht wird ... Ich bin sicher, er würde auftauchen, zur Ruhe kommen. Man könnte eine schriftliche Erklärung von ihm verlangen, dass er nie wieder laut heult. Die hiesige Landwirtschaftsberaterin hat angedeutet, dass sie Kontakt zu dem Mann hat. Damit wäre die leidige Angelegenheit von der Tagesordnung.«

Der Gouverneur dachte über den Vorschlag nach, kam jedoch zu einem negativen Ergebnis:

»Nein. Das lässt sich nicht machen. Einen Verbrecher könnte man vielleicht noch begnadigen, dafür gibt es keinen Hinderungsgrund, aber wie begnadigen wir einen Geisteskranken? So etwas steht nicht in der Macht der Behörden. Die Sache ist schlicht und einfach die, dass der Mann bei der nächstbesten Gelegenheit in die Nervenklinik einzuliefern ist, wo er auf Dauer hingehört. Ich erlaube nicht, dass in den Wäldern meines Bezirkes ein Mensch heult.«

Im Salon wurden Stimmen laut. Die Magd kam und teilte dem Kommissar mit, ein gewisser Launola wolle ihn sprechen. Der Kommissar folgte ihr in den Salon. Der Gouverneur hörte, wie in der erregten Unterhaltung der Name des Müllers Huttunen fiel. Er bat den Kommissar und den Knecht ins Arbeitszimmer.

»Erzählen Sie mal, junger Mann, was Sie von diesem Müller Huttunen wissen.«

Launola verbeugte sich und fing damit an, dass er es übernommen habe, den Küster zu vertreten, der krank sei.

»Er hat eine Lungenerweiterung und liegt im Bett, weil ihm keine Medizin hilft ... und weil er kein Geld für einen anderen Arzt als bloß für den ... ehm ... Doktor Ervinen hat.«

Ervinen fuhr ihn an:

»Komm zur Sache, Launola, die verrotzte Lunge des Küsters interessiert den Gouverneur nicht.«

Launola erzählte, er sei am Morgen in den Glockenturm hinaufgestiegen, um die Kirchenglocken zu läuten. Im Turm habe Huttunen ihm aufgelauert.

»Kunnari hat mich k. o. geschlagen und mich so gefesselt, dass ich nicht fliehen und nicht schreien konnte. Dann hat er selber die Glocken geläutet, und nach dem Gottesdienst haben wir uns die Sportwettkämpfe angesehen. Den Herrn Gouverneur haben wir dort auch gesehen.«

Launola erzählte, er sei den ganzen Tag Huttunens Gefangener gewesen. Erst abends habe Huttunen mit ihm den Glockenstuhl verlassen und ihn in den Kirchenkeller eingeschlossen. Von dort habe er eben erst durchs Fenster fliehen können.

»Das war alles, was ich sagen wollte.«

Der Knecht durfte gehen. Als sich die Tür hinter ihm geschlossen hatte, sagte der Gouverneur mit strenger Stimme:

»Da der Mann ein derartiges Verhalten und eine so ungeheure Frechheit an den Tag legt, ist er schnellstens festzunehmen, notfalls mit Hilfe der Armee. Kann man sich ein schlimmeres Glaubensverbrechen vorstellen – ein Irrer läutet im Gotteshaus die Glocken!«

Der Gouverneur öffnete noch einmal das Fenster. Alle lauschten schweigend. Aber am Reutuberg blieb es still. Huttunen war bereits unterwegs zu seinem Lager auf der Westseite.

34

Ein paar Tage vergingen, da tauchte ein Bekannter im Lager auf: Happola. Huttunen lag in seinem Unterstand und las in der Kaitilaschen *Handelslehre*, als die Unglückshäher vom Dach aufflatterten und ihn von seiner Lektüre aufschreckten. Mit dem Stutzen in der Hand wartete er auf den Ankömmling. Als er seinen Kameraden aus der Nervenklinik erkannte, fragte er als Erstes:

»Wie kannst du denn jetzt schon hier sein?«

»Du hast doch geschrieben! Es war gar nicht so einfach, dein neuer Wohnort ist umständlich zu erreichen. Aber du hast in deinem Brief alles ziemlich genau beschrieben. Bloß den Briefkasten konnte ich beim besten Willen nicht finden!«

Happola wirkte vital und fröhlich. Er trug eine neue Lederjacke und Stiefelhosen mit hinten aufgenähtem Lederbesatz. Seine Füße steckten in neuen Schaftstiefeln. Huttunen hängte den Kaffeekessel übers Feuer und schnitt seinem Kameraden Brot und Speck auf.

Nach dem ersten Becher Kaffee kam Happola auf sein eigentliches Anliegen zu sprechen. Er berichtete, er sei vor zwei Tagen in Oulu aufgebrochen, habe in Kemi übernachtet und sich danach die Mühle von Suukoski angesehen. »Gestern und heute habe ich in deiner Mühle rumgestöbert.«

»Na, wie findest du sie? Ist doch gut in Schuss, oder?«, fragte Huttunen gespannt.

Happola gab zu, dass die Mühle einigermaßen in Ordnung sei, oberflächlich betrachtet. Das Gebäude habe einen neuen Anstrich. Das Wehr habe stabil gewirkt. Auch die Wasserräder seien in einem brauchbaren Zustand. Beim Treibriemen sei er da nicht so sicher. Huttunen sagte, er habe bereits im Frühjahr einen neuen für die Mehlsteine bestellt. Der liege abholbereit

am Bahnhof, man brauche nur die Rechnung beim Eisenwarenladen in Kemi zu bezahlen.

Happola sagte:

»Ich verstehe ja nicht viel von Mühlen, aber die Schrotsteine
machten einen neueren Eindruck als die Mehlsteine. Und wie
du weißt, lohnt sich die Verwendung von Schrotsteinen heute
kaum noch.«

»Aber die Mehlsteine tun es bestimmt noch etliche Jahre«,
behauptete Huttunen.

»Der größte Mangel an der Mühle ist aber der, dass die un-
tersten Balken am Gebäude ziemlich morsch sind. Auf der Süd-
seite müssten mindestens drei Lagen Balken erneuert werden.
Denselben Fehler findet man auch am unteren Ende der Zulaufrinne. Ich hab die Balken mit dem Messer geprüft, und die Spitze
ist so tief reingegangen, obwohl ich mit der linken Hand gedrückt
hab«, erklärte Happola und zeigte die entsprechende Spanne.

Huttunen gab zu, dass an der Wand zum Wasserrad hin vielleicht tatsächlich in den nächsten Jahren ein paar Lagen Balken
erneuert werden müssten. Aber da die Mühle auf Pfeilern ruhe,
sei die Einfügung neuer Balken überhaupt kein Problem:

»Wenn du mit einem Hebel die Balken auf Höhe der Pfeiler
anhebst und das morsche Holz darunter austauschst, brauchst
du nachher bloß das Gebäude herunterzulassen und fertig. Ein
Zimmermann macht dir das in ein oder zwei Tagen.«

»Aber auf den Preis wirkt es sich aus. Und du musst bedenken, dass ich eigentlich überhaupt keine Mühle brauche, weil
ich nicht im Getreidegeschäft bin.«

Trotzdem unterbreitete Happola ein Kaufangebot. Der Preis
war gering, für die Summe bekäme Huttunen höchstens ein
kleines Häuschen oder zwei, drei Arbeitspferde mit Geschirr
und Wagen. Dennoch war er gezwungen, den Preis zu akzeptie-
ren, da er hier draußen in der Einöde keine besseren Angebote

zu erwarten hatte. Die Männer bekräftigten die Abmachung mit Handschlag, und damit war alles perfekt. Happola versprach, das Geld zu schicken, sobald der Notar seinen Namen unter das Papier gesetzt habe. Er sagte, er werde die Papiere fertigmachen, sowie er wieder in der Stadt sei.

»Zufällig kenne ich in Kemi einen Notar. Ich müsste mich bloß erst nach eventuellen Hypotheken erkundigen – obwohl ich dir natürlich vertraue, so ist es nicht«, sagte Happola, der mit dem ersten Mühlenkauf seines Lebens sehr zufrieden schien.

Die Männer erinnerten sich an ihre gemeinsamen Klinikzeiten. Huttunen wollte wissen, wie es Happola gelungen sei herauszukommen.

Happolas Gesicht verfinsterte sich, als die Rede darauf kam.

»Verflucht noch mal, der Spaß hat mich etliche Jahre meines Lebens gekostet. Die letzten fünf Jahre habe ich in dem Irrenhaus völlig umsonst zugebracht.«

Er erzählte, er sei nach Ablauf der zehn Jahre zum Arzt marschiert und habe verkündet, er sei in Wahrheit völlig gesund. Er habe seine ganze Geschichte erzählt. Anfangs habe man ihn nicht für voll genommen, doch schließlich, nach Enthüllung seines Doppellebens in der Stadt, habe man ihm geglaubt. Widerstrebend habe man ihn gesundgeschrieben, der Entlassung allerdings Hindernisse entgegengestellt:

»Als den Kerlen nichts anderes einfiel, haben sie in der Klinik einen Wirtschaftsleiter eingestellt. Der hat gesagt, die Klinik ernährt Gesunde nicht umsonst. Er hat mir eine Rechnung für fünf Jahre hingeknallt und gesagt, wenn ich nicht bezahle, komme ich nicht raus. Dann haben sie mich in ein Einzelzimmer, eine Zelle für Unruhige, gesteckt und mir mit der Zwangsjacke gedroht, falls ich nicht bleche.«

Er habe sich erkundigt, mit welchem Recht man von ihm für die letzten fünf Klinikjahre eine Bezahlung verlange, und zwar für Verpflegung und Behandlung. Daraufhin habe man ihm erwidert, eigentlich bestehe Grund, ihm die Kosten für alle zehn Jahre in Rechnung zu stellen, doch Essen und Aufenthalt der ersten fünf Jahre seien verjährt. So sei er schließlich gezwungen gewesen, für die empfangene Pflege Geld herauszurücken.

»Die Rechnung war eine Schweinerei. Ein fieser Kerl, der Wirtschaftsleiter. Für das Essen waren fast Gaststättenpreise veranschlagt, mit Mittag- und Abendessen und allen möglichen Pflegekuren. Und Miete! Als hätte ich fünf Jahre in einem Hotel logiert! Der ganze Sums musste auf einen Schlag bezahlt werden. Als ich draußen war, bin ich mit der Rechnung gleich zu einem Anwalt marschiert, die Sache kommt jetzt im Winter vors Landbezirksgericht. Aber bezahlen musste ich trotzdem, und das habe ich gemacht.«

Happola war wütend. Er ließ sich über das Essen in der Klinik aus.

»Den Brei habe ich zehn Jahre lang gegessen. Du hast ihn ja abgelehnt, aber ich habe ihn gegessen, und zu welchem Preis, verflucht noch mal!«

»Viel wert war der Fraß wirklich nicht«, gab Huttunen zu. Er erinnerte sich noch gut an das Grundgericht der Anstalt, einen dicken Haferflockenbrei auf der Grundlage von Futterkorn. Der Brei klumpte und war meist bei der Ausgabe schon kalt. Oft waren Grannen darin.

»So nehmen sie einen in den staatlichen Einrichtungen aus«, klagte Happola. »Aber zum Glück ist der Koreakrieg noch nicht vorbei. Ich hab in Kiiminki an die sechzehn Hektar Wald verkauft. Mit den Moneten hab ich die Klinikrechnung bezahlt. Und es ist noch so viel übrig, dass ich dir mit deiner Mühle helfen kann. Ich hab in Kajaani einen Käufer dafür, kaufe sie also nicht, um sie stillstehen zu lassen.«

Huttunen fragte, wie es ihren gemeinsamen Zimmergefährten in der Anstalt gehe. Happola schüttelte den Kopf.

»Die sind wie immer. Bloß Rahkonen ist Anfang Juli gestorben. Das war der Kerl, der immer von morgens bis abends mit gerunzelter Stirn in der Ecke saß. Eines Abends ist er einfach gestorben, hat nichts gesagt, ist bloß umgekippt, und das war alles. Dafür brachten sie ein paar Tage später einen, der ein bisschen munterer war, so ein Typ, der andauernd über alles lacht. Der Hänfling, erinnerst du dich an den? Der arme Junge hat es sehr schwer genommen, dass du abgehauen bist. Wochenlang hat er gefragt, wann du wiederkommst. Und dann die Putzfrau, die immer rumgeschrien hat! Sie wurde auf die Frauenstation versetzt, und da hat sie die verrückten Weiber beschimpft, bis die sie eines Tages verdroschen haben. Dabei haben sie ihr ein Bein gebrochen, und jetzt liegt sie in der Diakonie.

Die Weiber haben es ihr so gründlich besorgt, dass sie nicht vor Weihnachten zurückkommt. Bei uns hat nachher ein Mann sauber gemacht. Ein fauler Lümmel. Redet nicht, tut aber auch nichts.«

»Und der Arzt?«

Happola erzählte, der Stationsarzt reibe auf seiner Brille herum wie eh und je.

»Der ist vielleicht explodiert, als ich ihm sagte, ich bin gesund, also tschüs! Er hat angefangen zu kreischen und zu schreien und sich nicht beruhigt, bis die Pfleger gekommen sind und gedroht haben, sie stecken ihn in die Zwangsjacke. Es war hart für ihn. Ist natürlich verständlich: da behandelt er einen Kerl zehn Jahre lang als angeblich Verrückten, und plötzlich kommt der anmarschiert und sagt, er sei gesund.«

»Der Arzt war selber nervenkrank.«

»Das kann man wohl sagen. Der irrste Arzt von Finnland.«

Huttunen zeigte seinem Kameraden das Lager, die von Ervi-

nen beschaffte Ausrüstung, die Waffe und Piittisjärvis Schnapsbrennerei. Er erzählte von seinem eigenen Schicksal und allem,
was vorgefallen war. Er sagte, in Anbetracht der Umstände lasse
sich sein Leben zurzeit ganz gut an. Auf lange Sicht komme ein
solches Einsiedlerleben jedoch nicht in Frage. Im Winter werde
die Existenz schwierig. Wenn Schnee liege, könnten die Behörden sein Lager entdecken. Er habe daran gedacht, sich tiefer in
die Einöde zurückzuziehen und eine Hütte zu bauen. Erst
müsse er sich allerdings eine finanzielle Grundlage schaffen.

»So ein Einsiedlerleben ist ziemlich hart.«

Dann erzählte er von seinen kaufmännischen Studien. Er
zeigte die Lehrbriefe der Fernakademie und redete in den Termini der Geschäftswelt. Happola hörte interessiert zu.

»Wenn du nicht offiziell verrückt wärst, könnten wir ein
gutes Paar abgeben. Ich bin ja mein Leben lang kaufmännisch
tätig gewesen. Der Großhandel würde mich interessieren.
Mach du mal diese Handelsschule fertig, dann sehen wir weiter.
Wir könnten in Oulu oder Kemi ein Großhandelskontor auf-
machen. Ich würde in Geschäften unterwegs sein, und du würdest den Papierkram und die laufenden Angelegenheiten der
Firma erledigen.«

Huttunen bewirtete seinen Gast mit gesalzener Bachforelle.
Nach dem Essen begleitete er ihn zur Landstraße. Als sie sich
trennten, verabschiedete sich Happola mit Handschlag:

»Ich schicke gleich morgen etwas Schriftliches über den Mühlenkauf an dich ab. Das Geld kriegst du, sowie die Papiere fertig
sind, da kannst du ganz unbesorgt sein.« Huttunen kehrte zufrieden in sein Lager zurück. Er spürte nach langer Zeit wieder ein
wenig Sicherheit, erstmals seit Monaten zeigte sich die Zukunft
in hellerem Licht. Jetzt hatte er Geld in Aussicht. Das Studium
machte Fortschritte ... Vielleicht konnte er sehr bald mit Sanelma
Käyrämö ins Ausland reisen und dort ein neues Leben beginnen!

35

In der nächsten Woche schleppte Piittisjärvi wieder Gemüse und Post ins Lager des Einsiedlers. Klubberaterin Sanelma Käyrämö warnte Huttunen in ihrem Brief vor weiterem Heulen, denn der Gouverneur persönlich habe gedroht, die Armee auszuschicken, um ihn zu verhaften, falls das Geheul und die Übeltaten nicht aufhörten. Am Schluss ihres Briefes erklärte sie, dass sie Huttunen qualvoll brennend liebe, und unterstrich gleichzeitig die Wichtigkeit des Handelsstudiums. Das mitgeschickte Gemüse empfahl sie zu reiben oder auch als Salat zu essen.

Noch ein zweiter wichtiger Brief war gekommen: von Happola. Huttunen öffnete ihn triumphierend – jetzt war der Verkauf der Mühle perfekt, er brauchte nur seinen Namen unter die Papiere zu setzen und sich von Happola das Geld zu holen.

Entsetzlich war seine Enttäuschung, als er die Botschaft las. Sie besagte, dass Happola die Mühle gar nicht kaufen könne, denn sie sei vom Sozialausschuss beschlagnahmt worden. Huttunen sei für unzurechnungsfähig erklärt worden und habe somit kein Recht mehr, sein Eigentum zu veräußern oder zu verpfänden.

»Unter diesen Umständen wird also nichts aus dem Geschäft. Versuch, das Veräußerungsverbot rückgängig zu machen, dann kaufe ich deine Mühle bestimmt. Behalt den Kopf oben. Happola.«

Huttunen griff nach dem Stutzen, steckte den Lauf in den Mund und wollte sich auf der Stelle erschießen. Piittisjärvi versuchte, seinen Kameraden zu beruhigen, und sagte, er wäre verrückt, wenn er sich jetzt erschießen würde.

»Das würde den Herren im Kirchdorf ja gerade gefallen.«

Huttunen dachte über die Worte nach und fand, der Briefträger habe recht.

»Ich brenne die verfluchte Mühle ab, dann ist sie weg!«

Er schulterte den Stutzen und machte sich augenblicklich auf den Weg ins Dorf. Piittisjärvi versuchte, mit ihm Schritt zu halten, fiel aber schon in der Mitte des Pukkosumpfes zurück. Huttunen verschwand im Wald. Piittisjärvi dachte, wenn Huttunen in diesem Zustand im Kirchdorf erscheine, werde es erst den richtigen Tumult geben.

»Noch dazu mit dem Schießeisen …«

Es war Nachmittag, der Sumpfboden bebte, und der Schlamm spritzte, als der Einsiedler zur Landstraße rannte. Er kam am Stationsdorf vorbei, ruderte über den Kemifluss und lief quer durch die Wälder nach Suukoski. Unterwegs riss er mit beiden Händen Rindenstücke von den Birken. Schweißgebadet kam er bei der Mühle an. Er riss die zugenagelte Tür auf und stürmte nach oben in die Stube.

Aus dem Holzkasten neben dem Ofen griff er sich einen Armvoll trockenes Kleinholz. Mit kräftigen Zügen schnitzte er ein Bündel Späne zurecht. Dann trug er alles nach unten, wo er es zwischen Schrot- und Mehlsteinen zu einem Lagerfeuer aufstapelte. Er schichtete die Scheite fugenweise, steckte Späne und Rindenstücke dazwischen und holte die Streichhölzer aus der Tasche. Er riss ein Streichholz an, war aber so erregt, dass es in seinen vor Wut zitternden Händen erlosch.

Er blickte sich um. In dieser Mühle war alles vertraut und gediegen: die Steine, die Wandbalken, die Kisten, die Mehlbehälter. Sie schienen ihren Herrn und Gebieter um Gnade anzuflehen: nicht verbrennen!

Huttunen unternahm keinen weiteren Versuch. Er sammelte sämtliches Zubehör ein, rückte den Stutzen über der Schulter zurecht und verließ die Mühle. Er band Holz und Späne auf den Gepäckträger seines Fahrrads und sprang auf den Sattel wie ein Jäger, der zum Angriff stürmt.

»Verflucht, ich brenne das ganze Dorf nieder«, verkündete er mit dumpfer Stimme. Der Gewehrkolben schlug gegen das Fahrradgestell, als Huttunen ins Zentrum des Kirchdorfes radelte. Viittavaaras Hof sauste vorbei, dann Siponens, dann der Laden. Dort verlangsamte Huttunen das Tempo und wollte Tervolas Geschäftsräume in Flammen aufgehen lassen, fand dann jedoch, die Beute sei zu gering. Sein Zorn verlangte nach größerer Rache. Erst am Spritzenhaus stoppte er. Vielleicht sollte er hier beginnen?

Aber sein Blick wanderte zum Friedhof mit der neuen Kirche, dem mächtigsten Gebäude des Sprengels, und er hatte eine Idee:

»Wenn ich die abbrenne, lernen sie's endlich!«

Er radelte über den Friedhof zum Hauptportal. Um die Kirche war es still und öde, die Tür war nicht abgeschlossen. Huttunen trug Holz und Späne hinein. Er machte sich daran, im Mittelgang unmittelbar vor dem Altar das Lagerfeuer aufzuschichten. Der Gewehrkolben schlug polternd auf die Dielen, als Huttunen sich bei der Arbeit niederkniete, und das Echo hallte durch das weite Kirchenschiff.

Als der Holzstoß fertig war, stand Huttunen auf und tastete in seinen Taschen nach den Streichhölzern. Wütend und rachedurstig sah er sich in der mächtigen Kirche um. Sein Blick fiel auf das Altarbild, das Jesus am Kreuz darstellte. Er drohte dem Gemälde mit der Faust.

»Du bist auch so ein Schlauberger! Warum musstest du mich zu einem Irren machen?«

Ihm war, als sähe ihm Jesus scharf in die Augen. Der leidende Ausdruck auf dem Gesicht des Erlösers verwandelte sich erst in Verblüffung, dann in nachsichtige Güte. Er öffnete den Mund und begann zu sprechen. Der gewaltige Kirchenraum hallte wider, als er zum Einsiedler sagte:

»Lästere nicht, Huttunen. Dein Verstand dürfte keinen nennenswerten Schaden haben. In der Fernakademie der Volksbildungsgesellschaft hat man dir gute Noten gegeben. Du hast mehr Grips als Viittavaara und Siponen zusammen und viel mehr als der Pastor dieses Sprengels, der immerhin Gelegenheit hatte, seinen Geist durch akademische Studien zu bilden. Ich habe den Mann immer verabscheut, er ist letzten Endes ein nichtssagender Typ, ein widerwärtiger Pfaffe.«

Huttunen lauschte verblüfft. War er nun endgültig geisteskrank, da schon ein Altarbild zu ihm sprach?

Jesus fuhr mit sanfter, aber hörbarer Stimme fort:

»Jeder von uns hat sein Kreuz zu tragen, Huttunen ... du ebenso wie ich.«

Huttunen nahm all seinen Mut zusammen und widersprach Jesus:

»Aber in meinem Fall geht es wohl etwas zu weit! Diese verdammte Jagd dauert nun bald ein halbes Jahr! Seit Wochen muss ich da draußen in der Einöde frieren, und vorher musste ich in Oulu in der Klinik hocken ... Täte es nicht auch weniger?«

Jesus nickte teilnahmsvoll. Aber dann wies er auf seine eigenen Lebenserfahrungen hin:

»Deine Schwierigkeiten sind klein, Huttunen, im Vergleich zu dem, was die Menschen mir seinerzeit antaten.« Christi Miene verfinsterte sich, als er zurückdachte.

»Mein Leben lang wurde ich verfolgt ... und schließlich lebendig ans Kreuz genagelt. Da hatte ich etwas auszustehen, Huttunen. Du kannst dir nicht vorstellen, wie furchtbar weh es tut, wenn einem fünfzöllige Kupfernägel durch Hände und Füße geschlagen werden. Man drückte mir einen Dornenkranz auf die Stirn und richtete das Kreuz auf. Am schlimmsten war das Hängen. Kein Mensch, der nicht selbst am Kreuz gehangen hat, kann sich die Qualen vorstellen.«

Jesus sah Huttunen ernst an.

»Ich bin ein Mann, der in seinem Leben viel gelitten hat.«

Huttunen wandte den Blick ab und spielte verlegen mit der Streichholzschachtel. Er wusste nicht recht, was er Jesus antworten sollte. Dieser fuhr fort:

»Aber wenn du, Huttunen, ernsthaft beschlossen hast, die Kirche niederzubrennen, dann tu es meinetwegen. Ich habe dieses Gebäude von Anfang an nicht gemocht. Mir gefällt die alte Kirche drüben auf dem Hügel besser. Diese hier zu bauen war der reine Größenwahn. Aber zünde das Feuer trotzdem nicht unmittelbar vor dem Altar an. Geh lieber in die Sakristei oder in den Vorraum, das Feuer wird sich auch von dort ausbreiten, so trocken, wie das Gebäude ist. Und du könntest das Gewehr wegschaffen ... Es schickt sich nicht, mit geschultertem Gewehr und einem Haufen Brennholz hereinzukommen. Trotz allem handelt es sich hier immerhin um eine Kirche.«

Huttunen verbeugte sich etwas verlegen vor Jesu Bild, sammelte sein Brennholz wieder ein und trug es in den Vorraum. Dort entzündete er rasch das Feuer. Die Späne und Rindenstücke loderten munter. Dicker Qualm sammelte sich im Vorraum und im Kirchenschiff.

Bald war der Vorraum so voller Rauch, dass Huttunen gezwungen war, das Portal zu öffnen. Er selbst tastete sich durch den Rauch zurück in die Kirche. Dort setzte er sich in eine Bank und rieb sich die Augen. Er hätte nie geglaubt, dass ein so kleines Feuer so dicken Qualm verursachen würde, wahrscheinlich kam es daher, dass es in der Kirche keine Zugluft gab.

Eine Rauchwolke quoll aus dem Hauptportal der Kirche und zog am Spritzenhaus vorbei ins Dorf. Mit klappernden Eimern eilten Löschkräfte herbei. Zur gleichen Zeit versuchte Huttunen das Feuer im Vorraum der Kirche zu schüren. Er blies in das verkohlte Holz, dass es glühte und erneut Flammen hochschlugen. Der Rauch zwang ihn immer wieder, sich ins Innere der Kirche zurückzuziehen.

Draußen waren die Rufe der Löschmannschaft zu hören. Der Qualm in der Kirche wurde dicker, als die Leute Wasser in den Vorraum schütteten. Das Feuer zischte, und die Flammen erstarben.

Huttunen konnte die Löschkräfte nicht sehen, aber nach den Stimmen zu urteilen, waren sie sehr zahlreich. Jetzt musste er fliehen, denn so viele Menschen konnte er nicht mal mit der Waffe in Schach halten. Er holte tief Luft, rannte in den Vorraum, durch das zischende Feuer und geradewegs an die frische Luft, das Gewehr über der Schulter, die Hände vor den tränenden Augen. Die Leute machten ihm erschrocken Platz. Bald konnte er wieder so viel sehen, dass er den Weg zum Friedhof fand. Er sprang über die Grabsteine, überwand den Zaun und hastete in den Wald.

Kommissar Jaatila traf ein. Er konnte feststellen, dass es gelungen war, das Feuer zu löschen. Als man ihm berichtete, der Müller Gunnar Huttunen habe versucht, die Kirche niederzubrennen, verkündete er entschlossen:

»Gleich morgen früh wird eine Großfahndung eingeleitet. Ich bestelle telefonisch aus Rovaniemi Soldaten und Spürhunde.«

36

Am Morgen hielt auf dem Bahnhof ein Güterzug, was ungewöhnlich war. An seinem hinteren Ende befand sich ein Viehwagen, dessen Doppeltür geöffnet wurde. Ein halber Zug behelmter Grenzjäger sprang heraus. Sie führten ein Mannschaftszelt, eine Feldküche und zwei Spürhunde mit sich, außerdem war jeder Mann mit einer Maschinenpistole bewaffnet. Die Sergeanten brüllten, und die Jäger stellten sich in Reih und Glied auf. Der Zugführer, ein junger, gestählter Leutnant, erstattete Meldung.

»Willkommen, meine Herren!«, sagte Jaatila. »Sie haben eine schwierige und gefährliche Aufgabe vor sich, aber ich vertraue auf Sie und vor allem auf Ihre Hunde.«

Der Kommissar bot dem Leutnant eine Zigarette an. Die Sergeanten schrien Kommandos, und die Jäger formierten sich in Marschordnung. Dröhnend marschierte die Abteilung zum Fährufer. Viittavaaras Pferd wurde vor die Gulaschkanone gespannt. Die Spürhunde und der Leutnant fuhren im Auto des Kommissars mit. Die Köter trugen Maulkörbe und waren einstweilen unschädlich. Es waren große Schäferhunde mit dickem Fell, sie wirkten freudlos und nervös. Der Leutnant tätschelte einen der Hunde und erklärte dem Kommissar stolz:

»Der hier heißt Grenzteufel und der andere Blessie. Die Burschen verstehen keinen Spaß.«

Von der Fähranlegestelle marschierten die Soldaten zum Sportplatz des Kirchdorfes, wo sich bereits eine Schar Zivilisten versammelt hatte, ausgestattet mit Flinten und Rucksäcken. Zählte man die herumstehenden Frauen und Kinder mit, so waren mehr Menschen auf dem Platz als bei den Bezirkssportmeisterschaften.

Der Kommissar gab über Lautsprecher Anweisungen an den Suchtrupp. Proviant und Karten wurden an die Männer verteilt. Die Bauern bildeten Gruppen zu je zehn Mann. Die Sonne schien strahlend, es war das passende Wetter für eine Großfahndung. Die Bauern erhielten Schrot für die Flinten, die Grenzjäger füllten die Magazine ihrer Maschinenpistolen.

»Die Sache kann beschissen werden«, meinte einer der Jäger.

»Ich finde die Jagd auf einen Menschen besser, als einen Waldbrand zu löschen. Letztens zu Johanni ging es in Narkaus zwei Wochen hintereinander in einem Ritt. Als wir fertig waren, hatte jeder von uns einen Zoll dick Ruß im Gesicht.«

»Im Krieg war ich ein paarmal hinter Fallschirmjägern her. Diesen Verrückten aus dem Wald zu holen ist wahrscheinlich ungefähr dasselbe.«

»Zum Glück haben wir Helme mitgekriegt«, meinte ein anderer. »Der Verrückte soll ein Gewehr haben – fragt sich bloß, wie er schießt.«

Der Leutnant befahl den Männern, den Mund zu halten und den Anweisungen des Kommissars zu lauschen. Dieser beendete seine Rede:

»Ich betone noch einmal, dass der Gesuchte bewaffnet und außerordentlich gefährlich ist. Wenn er sich nicht gleich bei der ersten Aufforderung ergibt, ist zur Gewalt zu greifen. Sie verstehen sicher, was ich meine.«

An den Leutnant gewandt, sagte er:

»Ganz unter uns … eigentlich können Sie den Huttunen erschießen, sowie er sich zeigt.«

»Verstehe.«

Der Suchtrupp teilte sich in zwei Teile: Zwanzig Zivilisten sollten sich die Wälder östlich des Kemiflusses vornehmen, während der Hauptteil mit dem Floß übergesetzt wurde, um die Wildnis auf der Westseite zu durchkämmen. Der Kommissar richtete im Stationsdorf eine Kommandozentrale ein.

Als Briefträger Piittisjärvi von der Sache erfuhr, bekam er Angst um seine Schnapsbrennerei. Er radelte am Suchtrupp vorbei zu Huttunens Briefkasten, versteckte das Fahrrad im Wald und lief eilig los, um seine Anlage zu retten und gleichzeitig Huttunen zu warnen. Als er ankam, fand er das Lager leer. Er rief gedämpft nach Huttunen, bekam aber keine Antwort. Anscheinend war der Einsiedler am Fluss unterwegs, denn das Gewehr und das Angelzeug fehlten.

Piittisjärvi demontierte seine Schnapsbrennerei und versteckte die Teile unter alten Fichten. Aus dem Sumpfloch fischte er seine Schnapskanne, die noch gut fünf Liter Fusel enthielt.

Er hinterließ auf Huttunens Rucksack eine warnende Botschaft:

»Soldaten suchen dich überall, Huttunen. Nimm die Beine in die Hand! Piittisjärvi.«

Der Briefträger lud sich die Schnapskanne auf den Rücken und verließ eilig das Lager. Er schätzte, er werde es bis zur Landstraße schaffen, ehe die Suchtrupps die Gegend erreichten. Aber jetzt war Eile geboten, es blieb nicht mal Zeit für eine Zigarette, höchstens für einen Schluck aus der Kanne hin und wieder.

Es war bereits des zweite Mal in diesem Sommer, dass Piittisjärvi seine Brennerei evakuieren musste. Hatte er schon beim vorigen Mal laufen und sich sputen müssen, so war es jetzt die reine Hetze. Piittisjärvi rannte über weiche Sümpfe und durch dichte Wälder, im Kopf nur einen einzigen Gedanken: Er musste auf die andere Seite der Landstraße gelangen, ehe die Soldaten die Gegend unsicher machten.

Aber die Grenzjäger hatten schnell und geübt eine Kette gebildet. Sie bewegten sich geräuschlos durch den Wald, und so lief ihnen der kleine schwitzende Briefträger direkt in die Arme. Der Spürhund heulte und hätte den kleinen Mann in Stücke gerissen, hätte nicht der Hundeführer eingegriffen und dem Hund einen Maulkorb angelegt.

Man brachte Piittisjärvi und seine Branntweinkanne ins Stationsdorf zur Kommandozentrale des Kommissars. Jaatila verhörte ihn kurz, danach durfte Portimo ihn in die Arrestzelle bringen. Der Schnaps wurde kaltblütig auf die Erde geschüttet. Dem Briefträger traten die Tränen in die Augen.

Am Nachmittag fanden die Grenzer Huttunens Lager, zerstörten es und brachten dem Kommissar die von Piittisjärvi hinterlassene Botschaft. Jaatila marschierte stehenden Fußes in die Arrestzelle und verpasste Piittisjärvi mit dem bleigefüllten Schlagstock saftige Hiebe. Piittisjärvi weinte und jammerte, flehte um Gnade, aber umsonst. Der Kommissar verlangte Informationen über Huttunen, doch Piittisjärvi schwieg. Man zeigte ihm Huttunens Korrespondenz – die Lehrbriefe der Fernakademie, einige Liebesbriefe und Happolas letzte Nachricht. Auf welchem Weg war die Post in seine Hände gelangt? Der grün und blau geschlagene Piittisjärvi blieb tapfer:

»Und wenn du mich totschlägst, einen Freund verrate ich nicht.«

Piittisjärvi hielt stand, obwohl ihn der Kommissar ein zweites Mal durchprügelte. Als der Kommissar wütend die Zelle verließ, rief ihm der Postbote nach:

»So einem Hund verrate ich keine Postgeheimnisse!«

Der Kommissar ließ sich die Klubberaterin Sanelma Käyrämö kommen und unterzog sie einem scharfen Verhör, doch sie gestand nichts, obwohl der Kommissar ihr mit dem Fluch des Landwirtschaftsklubverbandes und des Gouverneurs drohte. Sie brach in Tränen aus und flehte um Gnade für Huttunen, sie sagte, wenn dieser Gelegenheit bekäme, sich zu erklären, dann käme er freiwillig aus dem Wald. Der Kommissar merkte sich diese Worte. Verächtlich fuhr er die Beraterin an:

»Soll ich Ihnen sagen, was ich von Frauen halte, die Irre beschützen? Sie sind schlimmer als Huren!«

Im Lager am Puukkobach wurden die Hunde auf Huttunens Spur angesetzt. Mit peitschenden Schwänzen sausten sie los und führten die Soldaten stromaufwärts. Huttunens Spuren waren frisch, die Hunde gerieten in Erregung, krachend brachen sie durchs Unterholz. Dabei knurrten und kläfften sie, obwohl es ihnen die Hundeführer verboten.

Huttunen angelte am Puukkobach am Rand eines Sumpfes

mit Fliegen. Er hatte ein paar Äschen gefangen und dachte bereits an die Rückkehr in sein Lager. Er zündete sich eine Zigarette an und starrte betrübt in das langsam dahinfließende Wasser. Es ging auf den Abend zu. Huttunen beschloss, an Sanelma Käyrämö zu schreiben. Er musste ihr von den letzten Ereignissen berichten. Jetzt, da die Mühle nicht mehr verkauft werden konnte, war es wohl am klügsten, diese Gegend zu verlassen und sich weiter nach Norden zurückzuziehen, sich tief in der Einöde eine Hütte zu bauen und darin zu überwintern. Er müsste sich Skier hobeln und Fässer zimmern, müsste Beeren sammeln und Vögel schießen. Vielleicht wäre es gut, für den Winter einen Elch zu räuchern.

Das scharfe Ohr des Einsiedlers hörte weiter unten am Bach Hundegebell. Wenn er angestrengt lauschte, konnte er leise Männerstimmen vernehmen. Er hob sein Fernglas und spähte zum gegenüberliegenden Ufer des Sumpfes. Im Licht der Abendsonne sah er behelmte Soldaten in grauen Uniformen. Zwei große Wolfshunde rannten am Bachufer entlang auf ihn zu. Er ahnte, dass die Jagd keinem anderen als ihm galt. Er lud den Stutzen, ließ sein Angelzeug und die Fische am Ufer liegen und ergriff augenblicklich die Flucht. Sein Ziel war der kleine Hügel auf der anderen Seite des Sumpfes.

Bald erreichten die Hunde den Angelplatz und machten sich über die Fische her. Huttunen nahm einen der Köter ins Visier und drückte ab. Der Spürhund winselte und sank tot zu Boden. Die Jäger gingen sofort in Deckung. Der zweite Hund kam über den Sumpf zu dem Hügel gerannt, auf dem Huttunen mit dem Stutzen an der Wange auf der Lauer lag.

Als der Hund bis auf fünfzig Meter herangekommen war, erschoss ihn Huttunen ebenfalls. Der Hund fiel auf die Seite und blieb still liegen. Die Grenzjäger bildeten eine Kette und stürmten auf Huttunens Hügel zu. Einer feuerte mit der Maschinenpistole eine kurze Salve ab.

Huttunen flüchtete nach Norden. Er rannte, so schnell er konnte, und dachte, die Männer müssten sich verdammt anstrengen, wenn sie ihn lebendig fangen wollten.

Die ganze Nacht rannten die Grenzjäger durch die Wildnis, fanden aber von Huttunen keine Spur. Gegen Morgen wurden alle Männer im Lager zusammengezogen, wohin Viittavaara mit einem Sommerschlitten die Feldküche gefahren hatte. Sie errichteten ein Mannschaftszelt. Die müden Soldaten und Bauern ließen sich nieder, um zu essen und zu schlafen.

Die toten Spürhunde band man mit den Beinen an eine Stange, und vier Mann wurden abkommandiert, sie ins Dorf zu tragen. Als der müde Konvoi in der Kommandozentrale des Kommissars eintraf, schnauzte Jaatila mit Blick auf die Hunde:

»Sollen die Kadaver etwa auf dem Friedhof beerdigt werden?«

Der Grenzjägerleutnant erwiderte ärgerlich:

»Lass den Spott. Wir haben immerhin das Lager des Irren gefunden.«

Der Leutnant ordnete an, die Hunde zu begraben. Die Jäger hoben an einer Weggabelung neben dem Transformator eine Grube aus. In der Nähe stand das Haus des Bauern Rasti, wo gerade eine Abendandacht stattfand. Leiser Gesang tönte herüber. Der Leutnant fluchte.

»Macht schnell. Die singen auch noch Psalmen! Was für eine gottverdammte Gegend.«

Drinnen im Haus sprach Laienprediger Leskelä und betete für Huttunen:

»Lieber Gott, nimm Müller Huttunen möglichst bald zu dir in den Himmel, oder lass ihn den Soldaten in die Hände fallen. Im Namen des Blutes und Fleisches Jesu Christi, Amen!«

37

Drei Tage und drei Nächte durchkämmten die Soldaten und die Männer des Sprengels die Wildnis, jedoch ohne Erfolg. Dann kehrten die Bauern stillschweigend auf ihre Höfe zurück, hängten die Flinte an die Wand und machten sich wieder an ihre Arbeit. Die Grenzjäger bauten ihr Zelt ab, ließen die Feldküche zum Bahnhof transportieren und luden ihre Ausrüstung in einen Viehwagen. Ohne viel Aufheben wurde der Wagen an den Güterzug nach Norden angekoppelt. Die Dampflokomotive pfiff, und die Soldaten fuhren davon.

An die Suchaktion erinnerte nur mehr ein zerfallender Erdhügel im Stationsdorf neben dem Transformator. Unter der Erde ruhten zwei tapfere Militärhunde. Die kleinen Kinder machten es sich in diesem Herbst zur Gewohnheit, jeden Sonntag am Grab der Hunde Zionspsalmen zu singen, dieselben, die Prediger Leskelä in ihren Elternhäusern bei den Andachten singen ließ.

Einmal am Tag besuchte Kommissar Jaatila die Arrestzelle, um dem Briefträger Piittisjärvi eine Tracht Prügel zu verabreichen, doch die Mühe war umsonst. Der zähe Postbote ertrug die Schläge tapfer und berief sich auf das unverletzliche Briefgeheimnis.

Da man Huttunen nicht mit Gewalt hatte festnehmen können, verfiel der Kommissar auf eine List. Er nahm Kontakt zur Klubberaterin Sanelma Käyrämö auf und teilte ihr mit, die Behörden hätten nunmehr beschlossen, Huttunen zu begnadigen. Dieser müsse jedoch zunächst aus dem Wald herauskommen.

»Wir sollten gleich zu Briefträger Piittisjärvi in die Zelle gehen und ihn beauftragen, Huttunen mein Begnadigungsschreiben zuzustellen, in dem die Sache offiziell bestätigt wird. Ich schwöre Ihnen, dass die Skandale Ihres Müllers kein Nachspiel haben. Eine kleine Geldbuße wird über ihn verhängt, sonst nichts.«

Der Kommissar setzte ein Schreiben an Gunnar Huttunen auf. Die Klubberaterin schrieb ihm zusätzlich einen Brief, in dem sie ihn bat, ins Kirchdorf zu kommen und sich zu stellen. Alles, was gewesen war, würde ihm verziehen.

Anschließend gingen sie gemeinsam zu Piittisjärvi, um ihn zur Beförderung der Briefe zu bewegen.

Piittisjärvi befürchtete zunächst eine Falle. Doch als der Kommissar unter das Begnadigungsschreiben einen offiziellen Stempel drückte und den Umschlag noch mit einem Siegel versah, glaubte er schließlich an den Sieg des Rechts und versprach, die Post zu befördern. Er verlangte lediglich, es allein zu tun, damit niemand erführe, wohin er sie brachte.

Der Kommissar ging bereitwillig auf die Bedingung ein. Bald darauf wurde ein großer Teller mit dampfendem Eintopf in die Zelle gebracht. Piittisjärvi erhielt eine Schachtel Zigaretten, und nach der Mahlzeit kam die Masseuse des Kirchdorfes, um seinen Rücken mit Liniment einzureiben, denn der bleigefüllte Schlagstock des Kommissars hatte schwarze, brennende Striemen darauf hinterlassen. Abends, bei Einbruch der Dunkelheit, wurde die Tür der Zelle geöffnet, und Piittisjärvi durfte in die Freiheit treten, um die ihm anvertraute Post zu überbringen.

Der Kommissar hatte für Piittisjärvi eine intensive Beschattung organisiert: Knecht Launola, Viittavaara und er selbst folgten dem Briefträger ins Stationsdorf und schlichen lautlos durch den Wald, als er Huttunens Briefkasten ansteuerte. Piittisjärvi spähte umher, um zu prüfen, ob er allein sei, merkte aber nichts von der Beschattung. So trug er die Briefe zum Kasten und kehrte arglos auf die Landstraße zurück.

Sofort nachdem er den Standort des Briefkastens preisgegeben hatte, wurde er wieder festgenommen. Rücksichtslos schleifte man ihn in die Zelle, da half kein Protest. Prügel bezog er diesmal allerdings nicht, denn der Kommissar hatte es eilig, sich am Briefkasten auf die Lauer zu legen.

Anderthalb Tage bewachten der Kommissar und die anderen Männer den Briefkasten des Einsiedlers, ehe die Falle zuschnappte. Der sehr ausgehungerte Huttunen erschien gegen fünf Uhr morgens, um nach Post zu sehen. Knecht Launola, der gerade Wache hielt, meldete dies sofort dem Kommissar.

Huttunen näherte sich vorsichtig, doch da der Wald einsam und verlassen schien, wagte er es schließlich, den Kasten zu öffnen. Er las die Briefe des Kommissars und der Beraterin viele Male. Als er die wunderbaren Angebote begriff, legte sich seine Unruhe, er kam zu sich, und obwohl er zu Tode erschöpft war, schien ihm aus den Briefen neuer Lebensmut und neue Kraft zu erwachsen. Er war in die Falle gegangen. Die Jäger konnten zuschlagen. Huttunen steckte die Briefe ein und ging zur Landstraße. Er steuerte das Flussufer an, doch kaum hatte er ein paar Schritte getan, ergriffen ihn von beiden Seiten die Häscher. Der völlig überrumpelte Einsiedler wurde zu Boden gerissen. Man band ihm Hände und Füße fest zusammen. Der Kommissar hieb ihm ein paarmal mit dem Schlagstock auf den Rücken, dass seine Schulterblätter krachten. Viittavaara holte sein Pferd, und bald dröhnte die Straße unter den Hufen des alten Wallachs. Huttunen lag gefesselt im Wagen, der Kommissar und Viittavaara saßen auf ihm und schlugen auf das Pferd ein. Als sie die Fähre erreichten, hatte der Wallach Schaum vor dem Maul und dampfte vom Galopp. Huttunen lag reglos da, schaute traurig zum Himmel und sagte kein Wort.

Die Nachricht von der Verhaftung des Müllers hatte im Kirchdorf bereits per Telefon die Runde gemacht. Als die Fähre ans Ufer kam, wartete dort eine dichte Menschenmenge. Die erleichterten und triumphierenden Dorfbewohner starrten auf die gefesselte gefährliche Fracht im Wagen. Sie riefen Huttunen zu, ob er immer noch Lust habe, zu heulen oder die Kirchenglocken zu läuten. Oder ob er wieder gekommen sei, die Kirche anzuzünden oder die Bank auszurauben, diesmal richtig mit Pferd und Wagen.

Tanhumäki, der Leiter der Volksschule, hatte eine Kamera mitgebracht. Er hielt das Pferd an, um eine Aufnahme zu machen. Er verschaffte sich Platz in der Menschenmenge und bat den Kommissar, die Zügel in die Hand zu nehmen, sodass auf dem Foto das Pferd, der Kommissar, der Wagen und der gefesselte Gefangene zu sehen wären. Huttunen drehte sein Gesicht zur Seite, aber Knecht Launola kam sofort und rückte seinen Kopf in den richtigen Winkel für die Aufnahme. Als der Auslöser klickte, schloss Huttunen die Augen. Nach der Zeremonie übergab der Kommissar Viittavaara die Zügel, der dem Pferd aufs Hinterteil schlug. Der Einsiedler wurde in die Arrestzelle getragen. Der Kommissar beorderte Wachtmeister Portimo ebenfalls in die Zelle, wo er sich neben Huttunen auf die Betonbank setzen musste. Anschließend fesselte der Kommissar Portimos linke und Huttunens rechte Hand mit Handschellen aneinander, erst danach löste er die Seile von Huttunens Händen und Füßen. Er ließ die beiden Hand an Hand in der Zelle zurück, spähte noch einmal durch die Klappe und sagte zu Portimo:

»Du bleibst da sitzen und bewachst den Irren.«

Die Klappe schloss sich, die Schritte des Kommissars entfernten sich in Richtung Kanzlei.

Portimo und Huttunen waren allein. Traurig sagte der Polizist:

»So ist es nun wieder gekommen, Kunnari.«

»Missgeschicke passieren eben.«

Am Morgen ließ der Kommissar den Gefangenen und seinen Bewacher in die Kanzlei holen. Anwesend waren außerdem Siponen, Viittavaara und Ervinen. Der Kommissar überreichte

Portimo ein Schreiben des Doktors. Es war Huttunens Einweisung in die Ouluer Nervenklinik. Außerdem übergab er ihm die Begleitpapiere für die Bahnfahrt. Portimo nahm die Papiere entgegen. Er konnte sich die Bemerkung nicht verkneifen:

»Auch ein Kommissar sollte sein Wort halten. Es ist verkehrt, den Kunnari wieder nach Oulu zu schaffen.«

»Ruhe! Versprechen an Geistesgestörte sind für die Behörden nicht bindend. Halte du deine Klappe, Portimo, und mach deine Arbeit. Der Zug fährt um elf Uhr, vorher kriegt Huttunen was zu essen. Ihr reist im Wagen des Kondukteurs, und du, Portimo, bist für diesen Mann verantwortlich.«

Ervinen sah Huttunen spöttisch an.

»Das war ein langer und lustiger Sommer, Huttunen. Aber jetzt ist er vorbei. Als Arzt kann ich schwören, dass du niemals mehr Gelegenheit haben wirst, in diesem Sprengel deinen Schabernack zu treiben. Auf der Einweisung steht, dass du unheilbar geisteskrank bist, bis zu deinem Tod. Mit dem Geheul ist ein für allemal Schluss, Huttunen.«

Plötzlich begann Huttunen zu knurren und die Zähne zu zeigen. Er senkte den Kopf und stierte die Männer in der Kanzlei so grimmig an, dass die Bauern und der Arzt zurückwichen und der Kommissar die Pistole aus der Schreibtischschublade zog. Portimo redete Huttunen gut zu und konnte ihn mit Mühe besänftigen. Doch noch lange knurrte der Müller wie ein in die Enge getriebener Wolf. Seine Augen glühten vor unterdrückter Wut.

Die beiden wurden mit dem Auto zu Portimos Haus gefahren, wo Huttunen seine letzte Mahlzeit erhielt. Portimos Frau hatte Fisch gebraten. Dazu servierte sie kühle Buttermilch und frisches Fladenbrot sowie richtige Butter. Zum Nachtisch gab es Eierkuchen. Huttunen und Portimo aßen nebeneinander, der eine mit der linken, der andere mit der rechten Hand. Der Kommissar verfolgte ungehalten den Fortgang der Mahlzeit.

»Nun macht schon!« Und an die Hausfrau gewandt: »Wieso backen Sie für einen geisteskranken Häftling extra Eierkuchen? Wir müssen den Zug erreichen. Diese Geschichte muss so schnell wie möglich von der Tagesordnung.«

Die Klubberaterin Sanelma Käyrämö kam herein. Sie hatte die ganze Nacht geweint. Wortlos trat sie zu Huttunen und legte ihm die Hand auf die Schulter. An den Kommissar gewandt, sagte sie mit brechender Stimme:

»Und ich Verrückte habe einem Verräter geglaubt.«

Der Kommissar räusperte sich amtlich und verlegen. Er drängte zum Aufbruch. Portimo und Huttunen erhoben sich. Huttunen drückte mit seiner Linken Sanelmas Hand, sah ihr in die Augen und ging hinter Portimo aus dem Haus.

Draußen verabschiedete sich Portimo von seiner Frau. Dann führte er Huttunen zum Hofgebäude und pfiff nach seinem Hund. Der Bärenhund mit dem fahlgrauen Fell kam winselnd zu seinem Herrn gerannt, sprang an ihm hoch und leckte ihm das Gesicht. Er leckte auch Huttunens Gesicht, da dieser sich wegen der Handschellen ebenfalls hinunterbeugen musste.

»Herrgott, müssen die sich auch noch von ihren Kötern verabschieden«, schnauzte der Kommissar nervös.

Portimo und Huttunen setzten sich ins Auto, die Türen wurden zugeknallt, und los ging es. Das Auto fuhr zur Fähre, wo schon die schnellsten Radfahrer eingetroffen waren. Auf dem Bahnhof wartete eine dichte Menschenmenge. Der ganze Sprengel wollte zusehen, wie Huttunen auf seine letzte Reise nach Oulu geschickt wurde.

Der Kommissar erkundigte sich beim Stationsvorsteher, ob der Zug pünktlich sei, und erhielt eine bejahende Antwort.

»Und warum ist er dann nicht hier?«, fauchte Jaatila.

»Ganz auf die Minute kommen die Züge nie«, erwiderte der Stationsvorsteher.

Dann fuhr der Zug ein. Die schwere Dampflok hielt. Huttunen und Portimo wurden zum Schaffnerwagen geführt, im Gleichschritt stiegen sie ein. Schon pfiff die Lokomotive, der Zug ruckte an. Huttunen stand an der offenen Tür, hinter ihm sah man die Umrisse von Wachtmeister Portimo. Der Zug rollte an der Menschenmenge vorbei. Huttunen öffnete den Mund, und ein gewaltiges Geheul drang heraus, neben dem sich das Pfeifen des Zuges wie ein klägliches Piepsen anhörte. Das Publikum erschauerte.

Der Waggon hatte die Zuschauer passiert, die Tür wurde geschlossen. Die Weichen am Ende der Rangiergleise knirschten, der Zug entfernte sich. Erst als das Rattern der Räder ganz verstummt war, zerstreute sich die Menge. Abseits von den anderen verließ Portimos Frau den Bahnhof, sie stützte die weinende Klubberaterin Sanelma Käyrämö. Der Kommissar stieg ins Auto und fuhr davon. Der Stationsvorsteher rollte sein grünes Fähnchen auf und murmelte vor sich hin:

»Hier waren mehr Leute als letztens beim Gouverneur.«

38

Man erfuhr, dass Huttunen und Portimo nie in der Ouluer Nervenklinik erschienen waren. Kommissar Jaatila ließ sie im ganzen Land steckbrieflich suchen, doch ihr Verschwinden wurde nie geklärt. Auch Interpol lagen keine Informationen über das Schicksal der beiden Männer vor.

In diesem Herbst zog die Klubberaterin Sanelma Käyrämö als Untermieterin bei Portimos Frau ein. Die beiden begannen, einen gemeinsamen Haushalt zu führen, und kamen dank des preiswerten Gemüses einigermaßen zurecht. Für die schwersten Männerarbeiten kam Piittisjärvi ins Haus, der jetzt über reichlich Zeit verfügte, da man ihn seines Amtes als Briefträger enthoben hatte.

Im Oktober lief Portimos grauer Rüde weg und verschwand in den Wäldern. Als der Winter kam, fand man seine Spuren im Reutumoor. Er war dort draußen nicht allein, sondern ein großer Wolf hatte sich ihm angeschlossen, den Spuren nach ein einsamer Rüde. In frostklaren Nächten ertönte vom Reutuberg das klagende Geheul des Wolfes, und manchmal hörte man dazwischen auch Portimos Bärenhund traurig bellen.

Im Dorf hieß es, der Wolf und der Hund kämen nachts bis ans Kirchdorf. Manche sagten, die Klubberaterin und die Frau des Polizisten fütterten sie heimlich.

Vor Weihnachten stellte man fest, dass der Wolf und der Hund in Siponens Hühnerstall gewesen waren. Alle zwanzig Hühner waren tot.

Als Viittavaara in der Adventswoche ein fettes Ferkel schlachtete und es abgebrüht an einen Balken in der Scheune hängte, verschwand es in der Nacht. In der Scheune fand man die frischen Spuren eines Wolfes und eines Hundes. Das Ferkel tauchte nie wieder auf.

Im Winter überraschten die beiden zottigen Gesellen Kommissar Jaatila und Doktor Ervinen auf einem Teich im Reutumoor. Die Männer waren beim Eisangeln, als plötzlich der Wolf und der Hund aus dem Wald stürzten. Dem Kommissar und dem Arzt wäre es schlecht ergangen, wäre es ihnen nicht gelungen, auf die Föhren am Teichufer zu klettern. Es herrschte strenger Frost. Grässlich knurrend hielten der Wolf und der Hund die Männer anderthalb Tage gefangen, sie fraßen ihren Proviant aus den Rucksäcken und rollten die Thermosflaschen ins Eisloch. Dem Kommissar erfror die Schlaghand bis zum

Ellenbogen und dem Arzt die Nase. Womöglich wären sie auf den bereiften Föhren umgekommen, hätte nicht ein freundlicher Waldarbeiter sie aus ihrer misslichen Lage befreit.

Die Bäuerin Siponen hatte sich angewöhnt, jeden Sonntag die Kirche zu besuchen. Da sie immer noch behauptete, gelähmt zu sein, musste Knecht Launola jedes Mal das Pferd anspannen. Die Bäuerin wurde aus dem Schlitten in die Kirche getragen und vorn auf die Bank gelegt. Sie beanspruchte den Platz von fünf Gottesdienstbesuchern, doch das gestattete man der armen bewegungsunfähigen Frau.

Bei einer dieser Kirchenfahrten griffen ein magerer Wolf und ein struppiger Rüde auf dem Eis des Kemiflusses das Gefährt an. Das Pferd ging durch und zerbrach die Deichsel, der Schlitten kippte um. Knecht Launola flüchtete auf dem Rücken des Wallachs. Die dicke Bäuerin lag im Schnee und war ihren zottigen Angreifern ausgeliefert. Sie hätte dieses Unglück nicht lebend überstanden, wäre sie nicht auf ihren dicken Stampfern losgerannt und hätte sich in der Fährhütte in Sicherheit gebracht. Die Fluchtspuren der armen Gelähmten auf dem Eis des Kemiflusses riefen allgemeine Bewunderung hervor, besonders in sportinteressierten Kreisen.

Die Männer des Sprengels versuchten mit allen Mitteln, den Wolf und den Hund zu töten, kamen jedoch nie an sie heran. Die beiden waren zu schlau und zu frech. Sie waren aufeinander eingespielt, bildeten ein wildes und Furcht erregendes Paar.

Wenn in Nächten mit strengem Frost vom Reutuberg das durchdringende Geheul des Wolfes herüberklang, sagten die Leute:

»Bei dem Huttunen hat sich das irgendwie natürlicher angehört.«

ENDE